GOLDMANN

»Wenn selbst die Barmänner ihre Romantik verlieren, wird es Zeit für eine bessere Welt. Oder wenigstens eine andere Bar.«

James Crumley

Buch

Zunächst sieht alles nach einem harmlosen Auftrag aus für Privatdetektiv Chauncey Wayne Sughure: Er soll den Schriftsteller Abraham Trahearne ausfindig machen, der sich auf einer gewaltigen Sauftour durch halb Amerika befindet. Also begibt sich auch Sughrue auf eine Reise von Tresen zu Tresen, doch als er den abgewrackten Autor endlich gefunden hat, hat die Jagd gerade erst begonnen: Die beiden werden von der Barbesitzerin Rosie für lumpige 87 Dollar angeheuert, ihre seit zehn Jahren verschwundenen Tochter Betty Sue ausfindig zu machen. Verstärkt durch die ewig alkoholisierte Bulldogge Fireball begeben sich die beiden auf die rasende Achterbahn von Gewalt und Leidenschaft.

Autor

James Crumley, 1939 in Südtexas geboren, war u. a. Soldat und Barkeeper, ehe er in seiner Zeit als Assistenzprofessor an der Universität von Montana (1966–69) seinen ersten Roman schrieb. In den nächsten Jahren schlug er sich an diversen Universitäten durch und verbrachte eine Menge Zeit *on the road*, in schäbigen Bars, kahlen Motelzimmern und verbeulten Autos. All diese Erfahrungen seines unruhigen Herzens fließen in seine späten Romane ein, von denen »Der letzte echte Kuß« zu »einem Meilenstein der hartgesottenen Literatur wurde« (Crime. Das Krimi-Journal).

JAMES CRUMLEY

DER LETZTE ECHTE KUSS

Kriminalroman

Aus dem Amerikanischen von
Tony Westermayr

Goldmann Verlag

Die Originalausgabe erschien unter dem Titel
»The Last Good Kiss«

Umwelthinweis:
Alle bedruckten Materialien dieses Taschenbuches sind chlorfrei und umweltschonend.
Das Papier enthält bereits Recycling-Anteile.

Der Goldmann Verlag
ist ein Unternehmen der Verlagsgruppe Bertelsmann

Made in Germany · 1. Auflage dieser Ausgabe · 4/93

Umschlaggestaltung: Design Team München
Umschlagfoto: Zefa/Stockmarket, Düsseldorf
Druck: Elsnerdruck, Berlin
Krimi 4983
Lektorat: Ulrich Genzler
Herstellung: Heidrun Nawrot
ISBN 3-442-04983-0

Für Dick Hugo,
den grossen, alten Detektiv des Herzens

Du kommst vielleicht sonntags in einer Laune hin. Sagen wir, dein Leben ist kaputt. Der letzte schöne Kuß, den du bekommen hast, ist Jahre her. Du gehst durch diese von Irren angelegten Straßen, vorbei an Hotels, die nicht von Dauer, an Bars, die es doch waren, am gequälten Versuch der Fahrer, ihr Leben zu beschleunigen. Nur Kirchen werden instand gehalten. Das Gefängnis ist dieses Jahr 70 geworden. Der einzige Gefangene ist immer zu Hause, ohne zu wissen, was er getan hat …

Richard Hugo, ›Degrees of Gray in Philipsburg‹

Kapitel 1

Als ich Abraham Trahearne endlich einholte, trank er in einer baufälligen Kneipe direkt vor Sonoma in Kalifornien Bier mit einer Säufer-Bulldogge namens Fireball Roberts und soff einen schönen Frühlingsnachmittag kaputt.

Trahearne war schon fast drei Wochen auf dieser Wander-Sauftour, und der große Mann in zerknittertem Khaki sah aus wie ein alter Soldat nach einem langen Feldzug; er trank langsam ein Bier nach dem anderen, um den Geschmack des Todes fortzuspülen. Der Hund hockte wie sein müder kleiner Kumpel zusammengesunken auf dem Nachbarhocker und hob nur gelegentlich den Kopf, um aus einem schmutzigen Aschenbecher auf der Theke Bier aufzuschlabbern.

Keiner von beiden machte sich die Mühe, einen Blick auf mich zu werfen, als ich mich auf einen Barhocker zwischen der Bulldogge und den zwei anderen Gästen dort schob, stellenlosen Baumschatten-Mechanikern, die über ihre verlorenen Arbeitslosen-Schecks, ihre letzte Vorstrafe wegen Volltrunkenheit und den vermutlichen Verbleib der Steuerkette eines 57er Chevrolet sprachen. Ihre knorrigen Gesichter und die nasale Sprechweise stammten aus einer anderen Zeit, einem anderen Ort. Aus den dreißiger Jahren mit der großen Dürre und einem selbstgebastelten Klapperkasten von Lastwagen Model T, der untergehenden Sonne entgegen. Als ich mich hinsetzte, warfen sie mir mit den schmalen Augen der Leute vom Land Blicke zu und betrachteten mich sorgfältig von oben bis unten, als wäre ich ein aufgegebenes Autowrack, das sie ausschlachten wollten. Ich nickte freundlich, um ihnen klarzumachen, daß ich ein Wrack sein mochte, aber noch kein Totalschaden. Sie erwiderten meinen stummen Gruß mit leeren Augen und nachdenklichem Nikken, das anzudeuten schien, man könnte für Unfälle sorgen.

Von zu vielen Meilen auf den falschen Straßen schon erschöpft, ließ ich sie denken, was sie mochten. Als ich bei dem älteren Barmädchen ein Bier bestellte, kippte sie aus ihren Tagträumen in ein schläfriges Grinsen. Sie machte die Flasche auf, und der Hund erwachte aus seinem Trunkenheits-Schläfchen, rülpste wie ein Drache, stemmte seine mageren Hinterbeine hoch und watschelte über drei wacklige Hocker durch die muffige Wolke aus schalem Bier und Bulldoggen-Atem, um mir für einen Schluck von meinem Bier einen nassen, fadenziehenden Kuß anzubieten. Ich gab ihm nichts, und er erhöhte den Einsatz, indem er meinen ganzen sonnverbrannten Ellenbogen besabberte. Trahearne knurrte scharf einen Befehl und schüttete etwas Bier in den Aschenbecher. Der Hund starrte mich traurig klagend an, dann wackelte er zu einer sicheren Sache zurück.

Während ich mit einem feuchten Lappen, der vor zu kurzer Zeit und zu oft denselben Zweck erfüllt hatte, den Hundespeichel vom Arm wischte, fragte ich das Barmädchen nach einem Münztelefon. Sie deutete stumm auf die grauen, staubigen Bereiche hinter dem Billardtisch, wo ein schwarzes Telefon in Aschenschatten hing.

Als ich an Trahearne vorbeiging, hatte er seinen schweren Arm um die faltigen Schultern der Bulldogge gelegt und rezitierte Lyrik in das Stummelohr. »Der Fels vor uns beginnt zu reißen... vor diesem grünen Meereswind... die... Der Salzgestank des Wales... ach, Mensch... hundsgemein waren wir, alter Freund, hundearm sind wir geworden, und Hundekacke werden wir sein...« Dann kicherte er ziellos in sich hinein, wie ein alter Mann, der seine Brille sucht.

Es störte mich nicht, wenn er Selbstgespräche führte. Das machte ich selbst auch schon lange.

Das hatte ich ebenfalls an dem Nachmittag gemacht, als Trahearnes geschiedene Frau mich angerufen hatte – in meinem kleinen Blechwandbüro in Meriwether, Bundesstaat Montana, sitzend, während ich über die Gasse hinweg auf den überquellenden Müllcontainer gestarrt und mir gesagt hatte, es mache mir nichts aus, wenn das Geschäft schlecht ginge, es sei mir sogar recht. Dann schnurrte das Telefon. Trahearnes Ex-Frau war ganz Sachlichkeit. In weniger als einer Minute hatte sie erklärt, daß sowohl die Gesundheit als auch die Trinkgewohnheiten ihres Ex-Ehemannes schlecht seien und sie den Wunsch habe, ich solle ihn finden, ihn auf seiner langen Sauftour aufspüren, bevor er sich in ein frühes Grab hineintrinke. Ich schlug vor, daß wir uns über den Auftrag unter vier Augen unterhalten sollten, aber sie wollte mich sofort auf der Straße haben; ich sollte keine Zeit mehr damit verlieren, daß ich die drei Stunden nach Cauldron Springs hinauffuhr. Um Zeit zu sparen, hätte sie bereits ein Lufttaxi ab Kalispell bestellt, das in eben diesem Augenblick Richtung Meriwether fliege und mir einen Barscheck als Vorschuß, eine Liste von Trahearnes Lieblingskneipen im Westen

– vor allem jene, über die er nach anderen Sauftouren Gedichte geschrieben hatte – und ein Schutzumschlag-Foto von seinem letzten Roman bringe.

»Und wenn ich den Auftrag nicht annehmen will?« fragte ich.

»Wenn Sie gesehen haben, wie hoch der Vorschuß ist, werden Sie ihn wollen«, erwiderte sie kühl und legte auf.

Als ich am Flugplatz Meriwether den großen, braunen Umschlag abholte, warf ich einen Blick auf den Scheck und beschloß, den Auftrag zu übernehmen, bevor ich mir noch das Foto ansah.

Trahearne schien ein großmächtiger Mann zu sein, ein Dockarbeiter im Ruhestand, wie er an einer Säule auf der Veranda des Cauldron-Springs-Hotels lehnte, in einer Hand ein leuchtendes Getränk, in der anderen eine rauchende Zigarre. Man sah ihm sein Alter sogar durch das jungenhafte Grinsen hindurch an, aber zur Kur war er gewiß nicht nach Cauldron Springs gegangen. Hinter ihm schlurften zwei arthritische Gespenster in gleichen Karo-Bademänteln durch den breiten, dunklen Eingang in die Sonne. Ihre uralten Gesichter schienen vor Vorfreude darauf zu lächeln, ihre spröden Knochen in die heißen Mineralquellen zu tauchen.

In den Jahren, die ich damit verbracht hatte, nach vermißten Ehemännern, Ehefrauen und Kindern zu suchen, hatte ich gelernt, nicht zu glauben, ich könnte in ein eindimensionales Gesicht blicken und den Menschen hinter der Fotografie erkennen. Der große Mann wirkte aber wie einer, der eine breite Bahn zieht und eine unübersehbare Spur hinterläßt.

Anfangs war es zu einfach. Wieder in meinem Büro, rief ich fünf oder sechs von den Bars an und erwischte den Alten in Ovanda, Montana, in einer großartigen kleinen Bar, die ›Trixi's Antler Bar‹ hieß. Trahearne war aber schon fort, bis ich die achtzig Meilen zurücklegte, und hatte dem Barmann erklärt, er sei unterwegs nach Two Dot, um sich die Bierdosensammlung in einer der beiden Bars von Two Dot anzugucken. Ich verfolgte ihn durch ganz Montana, aber als ich Two Dot erreichte, war Trahearne zur ›666‹ in Miles City weitergefahren. Von dort aus fuhr er in Richtung Süden nach Buffalo in Wyoming, um ein episches Werk über den Krieg im Johnson County zu schreiben. Das erzählte er jedenfalls der Kellnerin. Wie sich herausstellte, unternahm Trahearne nie einen Schritt, ohne ihn mit allen Leuten im Lokal zu besprechen. Dadurch konnte man ihm mühelos folgen, ihn aber nicht einholen.

Wir machten die Tour durch die Bars, sahen uns die Sehenswürdigkeiten an. Das Hotel ›Chugwater‹ unten in Wyoming, das ›Mayflower‹ in Cheyenne, das ›Stockman's‹ in Rawlings, eine Stacheldrahtsammlung in der Bar des Hotels ›Sacajawea‹ in Three Forks, Montana, Gesteinsbrocken in Fossil, Oregon, betrunkene Mormonen in ganz Nord-Utah und Süd-Idaho – ziellos im Kreis herum. Zweimal charterte ich Privatflugzeuge, um dem Alten zuvorzukommen, und zweimal tauchte er erst auf, als ich wieder fort war. Sein Geschmack an Bars gefiel mir, aber ich betrat und verließ so viele davon, daß sie alle anfingen, wie stets dieselbe Bar auszusehen. Mitte der zweiten Woche wurden meine Spesen sogar mir peinlich, so daß ich die gewesene Mrs. Trahearne anrief, um zu fragen, wieviel Geld sie in das rollende Saufloch schütten wolle.

»Soviel nötig ist«, erwiderte sie gereizten Tones, weil ich überhaupt gefragt hatte.

Ich ließ mich also wieder in den Schalensitz meines El Camino-Transporters zu einer langen Belagerung auf Rädern sinken, folgte Trahearne von Bar zu Bar, auf allen Straßen, die seine Laune ihm eingab. Ich wieselte dahin wie ein aufgeregter junger Jagdhund, nur um seine Witterung nicht zu verlieren, folgte ihm, während er weiterzog, einem Sturmwind zugewandt, den nur er spürte, sein Ohr gespitzt, um die Melodie eines fernen Liedes zu vernehmen, das nur er hörte.

Bis zur Mitte der zweiten Woche hatte ich dasselbe hohe, einsam-scharfe Pfeifen in der Brust, und hätte ich das Geld nicht so dringend gebraucht, ich hätte Abraham Trahearne vielleicht zum Teufel fahren lassen, eine Willie Nelson-Kassette in den Recorder gesteckt und versucht, in einem eigenen Whiskey-Strom zu ertrinken. Aber ich werde dafür bezahlt, Leute zu finden, nicht dafür, mich zu verlieren; deshalb hielt ich seine Spur wie ein alter Jagdhund, der hinter letzten Waschbären her ist.

Und es machte mich noch verrückter als Trahearne. Ich sah mich Gespenster über graue Bergpässe und hinab durch grüne Täler, die gesprenkelt waren mit Spätfrühlings-Schnee, verfolgen. Ich fing an, in denselben Motelbetten zu schlafen, die er benützt hatte, bemüht, ihn im Traum heraufzubeschwören, fing an, mich in denselben Bars zu betrinken, in der Hoffnung auf eine Whiskey-Vision. Sie kamen auch, diese tristen Motelträume, die Whiskey-Visionen, aber sie stammten aus meiner eigenen verwehten Vergangenheit. Was Trahearne anging, hatte ich keinen Anhaltspunkt.

Einmal bumste ich sogar dieselbe traurige junge Hure auf einem

Wohnwagenplatz draußen in der Wüste von Nevada. Sie war ein zerbrechliches, mageres kleines Ding aus Cincinnati und hatte ihre Goldmine hinaus in den Westen geschafft, damit diese dort vielleicht mehr bringe, aber ihr Schacht war eingestürzt, ihre Adern erschöpften sich, und die Kanülenspuren an ihren dünnen Armen sahen aus, als stammten sie von einem rostigen Pickel. Nachdem ich zu viele Nächte zielloser Barhocker-Begierde inmitten ihrer Glieder gestillt hatte, fragte ich sie noch einmal nach Trahearne. Sie sagte zuerst gar nichts, sondern lag nur auf ihrem zerdrückten Bettzeug, rauchte Hasch und starrte durch die Alu-Decke in die kalte Wüstennacht.

»Glaubst du, daß wir wirklich auf dem Mond gewesen sind?« fragte sie ernsthaft.

»Weiß ich nicht.«

»Ich auch nicht«, flüsterte sie in den Rauch hinein.

Ich knöpfte meine Levis zu und floh in die Wüste hinaus, in eine von Mondlicht und Schatten zersprengte Landschaft.

In Reno verlor ich dann die Fährte, mußte die Stadt in immer größer werdenden Schleifen umkreisen, mit Barmännern und Tankwarten reden, bis ich in Truckee einen fand, der sich erinnerte, daß der große Mann in seinem Cadillac-Kabrio nach den Schlammbädern von Calistoga gefragt hatte. Der Schlick war noch warm, als ich hinkam, aber seine Fährte so kalt wie die Augen der alten Leute, die rund um die Thermalbäder starben.

Als ich Trahearnes Ex-Frau anrief, um mein Scheitern einzugestehen, erklärte sie mir, sie hätte eine Ansichtskarte mit der Golden Gate-Brücke und einem rätselhaften Spruch von ihm bekommen. ›Als bester Freund des Mannes gilt der Hund, doch kennt sein Durst kein Ende, seine Tasche keinen Grund.‹

»Trahearne hat eine seltsame Zuneigung zu Hunden«, erzählte sie, »vor allem zu solchen, die nicht nur Kunststücke können, sondern auch trinken. Einmal hat er drei Wochen in Frenchtown, Montana, verbracht, um mit einem Köter zu trinken, der eine winzige verbeulte Offiziersmütze, Sonnenbrille und eine Maiskolbenpfeife trug. Trahearne sagte, sie hätten bei Brombeerlikör den Feldzug im Pazifik besprochen.«

Ich antwortete, es sei ihr Geld, und wenn sie wünsche, daß ich in der Bay Area herumwanderte und nach einem saufenden Barhund suche, würde ich das gern tun. Das wolle sie, sagte sie, also hängte ich ein und fuhr nach San Francisco, ein schlauer Detektiv, einem trinkenden Barköter dicht auf den Fersen, ein Narr im Auftrag einer Verrückten.

Ich hätte mir denken müssen, daß es in der Stadt der Lichter von Barkötern wimmeln würde – tanzende Hunde und singende Hunde, sogar halluzinierende Hunde –, so daß ich erst drei Tage später, während ich mit einem rosaroten Pudel in Sausalito Gimlets trank, von der biertrinkenden Bulldogge bei Sonoma erfuhr.

Das alte Holzhaus stand fünfzig Meter abseits der Straße nach Petaluma, und Trahearnes roter Cadillac war davor abgestellt. Früher war das einmal eine Tankstelle gewesen. Eine kleine Herde herrenloser Autos stand bis zu den Hälsen im staubigen Sudangras und Unkraut, und die leeren Höhlen der Scheinwerfer träumten von Pegasus und Asphaltflug. Das Lokal hatte nicht einmal einen Namen, nur ein verblaßtes, an der windschiefen Veranda hängendes Schild, das bleich BIER versprach. Die alten Benzinpumpen mit ihren Glasaufsätzen waren längst auf und davon – vielleicht nach Sausalito, um einen Antiquitätenladen zu eröffnen –, aber die rostigen Bolzen ihrer Sockel ragten immer noch aus dem Beton wie Fingerknochen aus einem flachen Grab.

Ich hielt neben Trahearnes Caddy, stieg aus, um die Meilen aus den Beinen zu schütteln, dann ging ich aus der Frühlingssonne in den staubigen Schatten der Kneipe. Das war der Ort, den ich auf meiner eigenen Wander-Sauftour aufgesucht hätte, um wie eine Murmel in einem Spalt eingeklemmt zu bleiben, eine Zuflucht für Okies aus Kalifornien und Texaner im Exil, ein Heim für Leute vom Land, die erst vor kurzem enteignet wurden und deren Augen von Hoffnung so entleert waren, daß sie heißen, winddurchfegten Ebenen glichen, kargen, beinahe biblisch weiten, nur vom Rückgrat eines verwaisten Schaukelstuhls unterbrochenen Horizonten. Das hätte ebensogut mein Heim sein können, eines, wo ein Mann in Langeweile trinken und in Heftigkeit bereuen und um den Preis für ein Glas Bier Vergebung erlangen konnte.

Nachdem ich überlegt hatte, steckte ich meine Münze wieder in die Tasche und ging zur Theke zurück, um noch ein Bier zu bestellen. Ich hatte auf dem ganzen Weg dies oder jenes von Trahearne entdeckt und kam mir vor wie ein alter Freund. Es wäre eine Schande gewesen, ihn nicht zu genießen, nicht ein paar Bier mit ihm zu trinken, bevor ich seine Ex-Frau anrief und der Sache ein Ende machte. Sooft ich jemanden gefunden hatte, war ich immer der undeutlichen

Meinung gewesen, ich verdiente als Bezahlung mehr als Geld. Das war immer der traurigste Augenblick der Jagd, das stumme Warten auf die bedauernden Eltern oder das zornige Ehegespons oder die Polizei. Das Verfahren war schön, aber das fertige Produkt immer häßlich. In meinem Beruf braucht man eine moralische Gewißheit, die zu besitzen ich längst nicht einmal mehr behauptete, und jedesmal, wenn eine Jagd zu Ende ging, wäre ich am liebsten weggegangen.

Aber noch nicht jetzt, nicht diesmal. Ich lehnte mich an die Theke und bestellte noch eine Flasche Bier. Als das Barmädchen sie hinstellte, huschte ein großer schwarzer Kater auf der Theke heran, um die Feuchtigkeit am langen Hals zu beschnuppern.

»Trinkt die Katze auch Bier?« fragte ich das Barmädchen.

»Schon lange nicht mehr«, antwortete sie mit einem Grinsen, während sie mit dem tropfnassen Thekenlappen nach dem Kater schnalzte. Er sah sie böse an, dann lief er gemächlich die Theke entlang, vorbei an Hund und Trahearne, wobei sein Schwanz über Trahearnes teilnahmsloses Gesicht strich.

»Das Viech hat gesoffen wie'n Fisch, ist aba zuviel Ärger gewor'n. Wie der olle Lester da«, sagte sie und wies mit dem Kinn auf den Baumschatten-Mechaniker mit den meisten Zähnen. »Er verträgt's nich. Er is so gemein besoffen gewor'n un' dahergewankt, daß er überall da, wo's nich gepaßt hat, 's Rumhur'n anfing.« Das Barmädchen warf dem ollen Lester einen scharfen, vielsagenden Blick zu, dann begann sie freudig zu gackern.

Der olle Lester versuchte zu grinsen und zeigte mir den Rest seiner Zähne. Sie waren nicht schöner als jene, die ich schon gesehen hatte. »Nachts mal fing der bekloppte alte Saukerl an, alles zu bumsen, was da war – die Beine vom Billardtisch, Queues, die Füße von den Gästen, alles, was nich' schnell genug wegkonnte – und dann tat er was Böses an 'ner Dam'hose, und einer lachte, und dann gab's de größte Schlägerei, die ich je geseh'n hab'. Jeder, der nich ins Krank'nhaus kam, saß im Knast, und mir is' sechs Wochen die Konzession entzog'n wor'n.« Sie lachte und fügte hinzu: »Da hab' ich ihm das Ding abhacken lassen. Seitdem säuft er nischt mehr.«

»Meinen Sie Lester oder den Kater?« fragte ich.

Das Barmädchen gackerte fröhlich, der andere Mechaniker wieherte, nur der olle Lester saß da, als schmerzten ihn seine sämtlichen Zähne.

»Nee«, gab sie zurück, als sie mit dem Lachen fertig war. »Der olle Lester da macht hier keen Ärger. Da hat er zuviel Angst vorm Hund da.«

»Sieht mir aus nach einer schlichten alten Dogge«, sagte ich, dann lehnte ich mich zurück und wartete auf die Geschichte.

»Schlicht«, quietschte Lester. »Schlicht bösartig. Und wie! Mensch, Mann, vorigen Sommer komm' ich morgens mal hier ganz friedlich rein, und mach' den Fehler, dem Kerl auf'n Fuß zu treten, als er'n Kater hatte, und da reißt er mir doch beinah das ganze Bein ab.« Lester beugte sich vor, um sein Hosenbein zu lüften und eine Garnitur Hundebißnarben vorzuweisen, die aussahen wie Hühnerkratzspuren. »Siebenundfünfzigmal genäht«, behauptete er stolz. »Der olle Oney hier mußte dem Kerl eins mit dem Queue auf'n Kopf geben, damit er mein Bein losließ.«

»Das verdammte Queue is' in zwei Stücke gebrochen«, fügte Oney schnell an.

»Schlichte alte Dogge, hä«, sagte Lester. »Das Vieh is hinterfotziger wie 'ne Schlange. Sag's ihm nur, Rosie.«

»Hören Sie, Mister«, sagte das Barmädchen, als sie sich über die Theke beugte, »ich hab' geseh'n, wie Fireball Roberts da stockbesoffen un' sterbensverkatert war, un' dann war das auf'n Schlag weg un' er hat so manch ei'm einfach's Beinkleid weggefetzt, wenn der gemeint hat, er macht's 'ner armen Frau schwer, die ganz allein steht.« Als Sie ›allein‹ sagte, stützte Rosie ihr Kinn mit einem Finger und lächelte geziert. Ich blickte über ihre Schulter in den blinden Spiegel, um zu sehen, ob mein Haar auf der Fahrt ergraut war. Ein altes Gespenst mit schwarzen Haaren grinste wie ein Coyote heraus. Rosie fügte hinzu: »Der stößt se nich bloß um, Mister, der zieht se am Hosenboden raus, un' se sin' meistens froh, daß se wegkomm'.«

»Na, hol mich der Teufel«, sagte ich, angemessen beeindruckt, dann warf ich einen Blick auf die Bulldogge, die zusammengerollt still auf dem Barhocker schlief. Trahearne fing meinen Blick mit einem bösen Funkeln auf, so, als glaube er, ich wollte am Mut des Hundes zweifeln, aber seine Augen verloren die zornige Scharfeinstellung und schienen, jedes für sich, wegzugleiten.

»Wenn Fireball se jetzt aber nich alle ganz alleine packt, versteht sich«, fuhr Lester mit hoher, erregter Stimme fort, »die alte Rosie da is auch nich' faul. Wenn Se die wild machen, Mister, knallt se Ihn' die Augen aus, bevor Se sich umsehen.«

Ich nickte, und Rosie errötete süß.

»Zeig ihm mal die Pistole«, verlangte Lester.

Rosie ergänzte ihr Erröten um einen Spritzer verschämtes Widerstreben, und einen Augenblick lang ließ das Gesicht einer jüngeren, hübscheren Frau ihre Falten verschwimmen. Sie ordnete ihre grauen Locken, dann griff sie unter die Theke und holte eine uralte und mißhandelte vernickelte Automatikpistole, Kaliber 38, heraus, von der die Vernickelung wie billiger Lack abgegangen war.

»Sieht nicht nach viel aus«, räumte Lester unerschrocken ein, »aber den Abzug hat se ganz fein zugefeilt, un' das Drecksding schießt lieber gleich fünf- als einmal.« Er drehte sich herum und zeigte durch das Lokal auf einen Haufen ungeflickter Einschußlöcher zwischen zwei Fenstern über einer schäbigen Nische. »Se hat nicht abdrücken müssen, aber ich schwör' Ihn', Mister, wenn se unter de Theke langt, wird's hier herinnen ganz friedlich.«

»Wie in einer Kirche«, sagte ich.

»Eher wie auf einem Friedhof«, verbesserte Lester. »Wird überhaupt nich gesungen, nur still gebetet.« Dann lachte er wild los, und ich prostete seiner Fröhlichkeit zu.

Rosie behielt die Pistole noch einen Augenblick in den Händen, dann warf sie die Waffe unter die Theke, daß es krachte.

»Zu Haus' hab' ich natürlich ne richtige Pistole«, sagte Lester selbstzufrieden.

»Eine deutsche Parabellum?« fragte ich, ohne zu überlegen.

»Woher wissen Sie das?« fragte er argwöhnisch.

In Wahrheit hatte ich mein Leben damit zugebracht, mir in Bars Kriegserlebnisse und diverse Lügen anzuhören, aber ich log und erzählte Lester, mein Papa hätte eine aus dem Krieg mitgebracht.

»Die meine hab' ich 'nem Kraut-Hauptmann in der Normandie abgenomm'«, sagte er mit gerümpfter Nase, als hätte mein Papa die seine beim Würfelspiel gewonnen.

»Da müssen Sie aber ziemlich jung gewesen sein«, sagte ich und bedauerte es sofort. Leute wie Lester erzählen manchmal eine windige Geschichte, aber nur ein ausgemachter Dummkopf macht sie darauf aufmerksam.

Lester starrte mich lange an, um zu sehen, ob ich ihn einen Lügner nennen wollte, dann sagte er mit geübter Lässigkeit: »Hab' mich älter gemacht.« Nach einer kleinen Pause fragte er: »Sin' Se mal beim Barras gewesen?«

»Nein, Sir«, log ich. »Plattfüße.«

»Untauglich«, sagte er, bemüht, nicht allzusehr von oben herab zu reden. »Oney da is auch untauglich, aber bei dem waren's nich die Füße, sondern der Kopp.«

»Ich geh' zu keiner gottverdammten Scheißarmee«, sagte Oney ernsthaft, dann schaute er sich um, als wäre ihm das Wehrkreisamt noch auf den Fersen.

»Gibt ja nich mal mehr 'ne Wehrpflicht«, sagte Lester und schnaubte vor Oneys Unwissenheit.

»Ja«, sagte Oney traurig. »Die sollten bei Gott da mal rübergeh'n nach San Francisco un'n paar Hunnerttausend von den gottverdammten haarigen Hippies kassier'n.«

»Das is bei Gott wahr«, sagte Lester und wandte sich mir zu. »Nich?« Seine Augen verengten sich vor den Dreitage-Stoppeln an meinem Kinn, als sei das ein Bartbeginn.

Zur Abwechslung hielt ich den Mund und nickte. Aber ich nickte nicht nachdrücklich genug. Lester war nicht zufrieden. Er wollte etwas sagen, aber ich unterbrach ihn, entschuldigte mich und ging auf Trahearne zu. Ich tippte ihm auf die Schulter, und sein mächtiger kahler Schädel drehte sich langsam, als sei er schwer wie Blei. Er zog seine Brauen hoch, beförderte ein freundliches, kleines Lächeln auf sein Gesicht, zuckte die Achseln und kippte dann rückwärts vom Barhocker. Ich bekam eine Handvoll Hemd zu fassen, aber das bremste ihn nicht einmal. Er prallte hart auf den Rücken, wie ein Doppelzentnersack Zement. Dachbalken und Fensterscheiben zitterten, zwischen den Dielenbrettern quollen Wolken uralten Staubes hoch, und die Billardkugeln auf dem Tisch tanzten munter über den abgestoßenen Filz.

Während ich blöd dastand, eine Handvoll schmutzigen Khaki in der rechten Hand, sprang Lester von seinem Hocker und schrie: »Wozu ha'm Se denn das gemacht, Mensch?«

»Was gemacht?«

»Den alten Mann einfach geschlagen«, sagte Lester, während sein Adamsapfel wie eine irre Maus in seiner Kehle auf- und absauste. »So 'nen Scheiß hab' ich überhaupt noch nich' geseh'n.«

»Ich habe ihn nicht geschlagen«, sagte ich.

»Mensch, Mann, hab' ich doch selber gesehen.«

»Tut mir leid, aber da müssen Sie sich getäuscht haben«, sagte ich, bemüht, ruhig und vernünftig zu bleiben, was in solchen Fällen ein Fehler ist.

»Woll'n Se mich 'nen Lügner nenn'?« fragte Lester, während er die Fäuste ballte.

»Durchaus nicht«, sagte ich, und machte einen zweiten Fehler, während ich zu meinem Bier an die Theke zurücktrat: Ich versuchte, die Dinge zu erklären. »Hören Sie, ich bin Privatdetektiv, und die geschiedene Frau des Herrn hat mich beauftragt...«

»Was'n los?« unterbrach mich Lester verächtlich, »is er mit sein' gottverdammten Al-ü-menten im Rückstand, was? Ihre Sorte kenn' ich, Freundchen. Ein mieser, hinterlistiger Dreckskerl wie Sie is mir mal bis zu meiner Mama in Barstow nachgefahr'n, nur weil ich der Hure, mit der ich verheiratet war, 'n paar Monate nischt bezahlt hab', un' ich will Ihn' bloß sagen, ich hab' ihm sauber den Arsch versohlt, und gute Lust, daß ich's mit Ihn' genauso mach'.«

»Wollen wir uns einfach beruhigen, hm?« sagte ich. »Ich spendiere den Herren eine Runde und erzähle Ihnen alles, ja?«

»Ich will hier kein' Ärger«, warf Rosie leise ein.

»Kein Ärger«, sagte ich. Lester und Oney mochten Komikergesichter, eine seltsame Redeweise und schlechte Zähne haben, aber sie hatten auch Handgelenke, so dick wie Zaunpfähle, knochige, beschwielte Hände, klumpig, wie Socken voll Steinbrocken, und ein Leben voller Zorn und Groll hinter sich. Ich war mit solchen Menschen aufgewachsen und hütete mich, ernsthaft mit ihnen in Streit zu geraten. »Gar kein Ärger«, sagte ich. »Ich gehe schon.«

»Das reicht aber hint'n und vorne nich'«, knurrte Lester, als er zwei Schritte auf mich zutrat und einen Schwinger auf mein Gesicht loslassen wollte.

Ich duckte ab, dann hieb ich ihm mit einer Rückhand die halbvolle Bierflasche auf den Kopf. Sein rechtes Ohr verschwand in einem blutigen Schaumregen, er fiel seitlich um und krabbelte ein Stück, während er fluchend die Hand aufs Ohr preßte. Oney stand auf und setzte sich wieder, als er die abgebrochene Flasche in meiner Hand sah.

»Reicht das?« fragte ich.

Oney stimmte mit einem nervösen Nicken zu, aber Lester hatte gerade in seine Hand geguckt und kleine Stückchen von seinem Ohr gefunden. Er schrie mit dünner, hoher Stimme: »Verdammich, Oney, hol die Pistole!«

Hinter mir hörte ich Trahearne aufstehen und verträumt fragen, was denn los sei. Niemand antwortete. Oney und Rosie und ich guckten einander starr an. Dann reagierten wir alle gleichzeitig. Rosie hetzte die Bar hinunter zur Pistole, während Oney hinüberkletterte. Ich warf einen Blick auf die Dogge, die immer noch wie ein Murmeltier schlief, dann suchte ich das Weite. Ich hätte es auch geschafft, aber der gute olle Lester rollte sich herum und rammte mir eine Schulter in mein Knie. Wir brachen zusammen. Genau auf sein kaputtes Ohr. Er wimmerte, klammerte sich aber fest. Sogar noch, als ich aufstand und ihm eine Handvoll schmutziger Haare ausriß.

Hinter der Theke rangen Rosie und Oney immer noch um die Pistole. Trahearne war soweit nüchtern geworden, daß er sie sah, aber als er davonzulaufen versuchte, krachte er an den Billardtisch und versuchte dann, unter ihn zu kriechen, als Oney Rosie die Pistole aus der Hand riß und sie wegstieß. Im Fallen schrie sie: »Fireball!« Ich gab auf und hob die Hände, fand mich mit einem Nachmittag Spaß und Spiel als Strafe für Lesters Ohr ab. Aber als Oney die Pistole hob und mit dem Daumen den Sicherheitshebel umlegte, fuhr Fireball aus tiefem Schlaf hoch und setzte wie ein Blitz aus fettem, grauem Licht mit einem einzigen Sprung über die Theke. Noch in der Luft verbiß er sich mit den gelben Stummelzähnen in Oneys Rücken, an der empfindlichen Stelle knapp unter den kurzen Rippen und über der Niere. Oney ächzte wie jemand, dem man einen Baseballschläger übergezogen hat, ließ die Arme fallen und erbleichte so stark, daß alte Pickelnarben auf seinem ganzen Gesicht glühend rot aufleuchteten. Er ächzte noch einmal, schluchzte kurz auf und drückte ab.

Der erste Schuß riß ihm einen erheblichen Teil vom rechten Fuß weg, der zweite richtete schaumige Verheerung im Wasserkühltank an, und der dritte durchschlug die dünne Hartfaserplatte der Thekenwand und fuhr Mr. Abraham Trahearne genau in seinen berühmten Hintern. Der vierte pulverisierte Billardkugel 14, der fünfte zerballerte eine Fensterscheibe, der Rest durchsiebte das Dach.

Als das Magazin endlich leer war, sank Oney hinter der Bar langsam zusammen, die Pistole mit der erhobenen Hand umklammernd, und Fireball immer noch wie einen fetten, grauen Blutegel am Rükken. Während der Pistolensalven war der Kater aus dem Nichts aufgetaucht und schoß nun wie ein schwarzer Blitz zur Eingangstür hinaus. Lester umklammerte wie ein verschrecktes Kind meine Knie. Oder wie ein Mann, dessen Erzählungen nun endlich wahr geworden sind.

»Verdammt noch mal, Lester«, sagte ich, als der Widerhall aufgehört hatte, die alten Balken zu erschüttern, »Sie verbluten mir.«

»Tut mir leid«, sagte er leise, als sei ihm ernst damit, dann ließ er mich los.

Als ich ihm mein Taschentuch für sein Ohr gab, kam Fireball um die Theke herumgetrabt. Seine hängenden Lefzen waren blutgerändert. Er kletterte auf den vorspringenden Thekensockel, auf einen Hocker und die Theke. Er arbeitete sich dort entlang, kippte Flaschen um, fing sie mit dem Maul auf und trank sie leer. Dann leckte er seinen Aschenbecher aus, rülpste und sprang auf demselben Weg, den er hinaufgekommen war, wieder hinunter. Mit erschöpftem Watscheln, aus dem bei jedem Schritt ein Seufzer zu kommen schien, wanderte er zum Eingang und streckte sich in einem Flecken Sonnenlicht aus, schlief schon, bevor sein Bauch den Boden berührte und kleine, zarte Schnarcher die Stäubchen in der Luft aufwirbelten.

»Ich glaube nicht, daß ich so etwas schon einmal gesehen habe«, sagte ich zu Lester.

»Gottverdammter Mistköter«, knurrte Lester, während er zu einer Nische ging, um sich hinzusetzen.

Ich ging hinter die Bar, um nach Oney und Rosie zu sehen. Oney war ohnmächtig geworden, und sie lag wie eine Leiche auf den Laufbrettern. Nur hatte sie die Hände auf die Ohren gepreßt, statt sie auf der Brust zu kreuzen.

»Irgend jemand tot?« fragte sie, ohne die Augen aufzumachen.

»Ein paar gehfähige Verwundete, aber keine Toten«, erwiderte ich.

»Wenn Sie warten würden, bis ich meinen Verstand beisammen habe, bevor Sie die Polizei rufen, wäre ich sehr dankbar«, sagte sie. »Wir müssen uns was ausdenken, wie wir den ganzen Scheiß erklären.«

»Richtig. Haben Sie Whiskey?«

Sie wies mit dem Kinn auf einen Wandschrank, wo ich eine halbleere Flasche ›Old Crow‹ fand. Ich tat für Oneys Fuß, was ich tun konnte, zog seinen Arbeitsschuh und den Baumwollsocken aus und goß etwas Whiskey auf die Knubbel, wo seine beiden Mittelzehen gewesen waren; dann wickelte ich den Fuß in ein sauberes Spültuch. Nachdem ich den Hundebiß mit Kernseife ausgewaschen hatte, ging ich hinüber zu Lester, um ihm zu helfen, Glassplitter aus der Schläfe und dem zerfetzten Ohr zu ziehen.

»In das Ohr steckt keine Dame mehr ihre Zunge rein«, witzelte ich.

»Da war ich sowieso nie dafür«, sagte er steif. »Wie geht's dem ollen Oney?«

»Hat sich zwei Zehen weggeschossen«, sagte ich.

»Große oder kleine?«

»Mittlere.«

»Mensch, das is gar nischt«, sagte Lester, während er vorsichtig sein Ohr berührte. »Un' Rosie?«

»Ich glaube, sie macht ein kleines Schläfchen.«

»Der Große da, scheint's, auch«, sagte Lester mit einem Nicken.

Ich hielt es für unliebenswürdig, darauf hinzuweisen, daß aus dem ›Alten‹ auf irgendeine Weise der ›Große‹ geworden war, also ging ich hinüber, um festzustellen, warum Trahearne immer noch unter dem Billardtisch kauerte.

»Alles in Ordnung, Mr. Trahearne?« fragte ich, als ich niederkniete, um unter den Tisch zu gucken.

»Wenn ich ehrlich sein soll, habe ich eine Kugel erwischt, glaube ich«, erwiderte er ruhig.

Ich sah kein Blut, also fragte ich, wo.

»Genau im Arsch, mein Freund«, sagte er, »genau im Arsch.«

Dann öffnete er die Augen, sah die Flasche und nahm sie mir weg. »Sie trinken so ein Gesöff?«

Das tat ich nicht oder hatte es jedenfalls nicht getan, aber er hatte keine Schwierigkeiten, den Flaschenhals in den Mund zu bekommen. Schwierigkeiten hatte ich, als ich ihm Hose und seine segeltuchgroße Boxer-Unterhose herunterzog, damit ich die Wunde sehen konnte. Das ummantelte Geschoß hatte ein säuberliches blaues Loch hinterlassen, das bezeichnet war von einem wäßrigen Blutgerinnsel, direkt unter der linken Gesäßbacke. Ich konnte nicht wissen, ob die Kugel einen Knochen oder eine Arterie durchschlagen hatte, aber Gesichtsfarbe und Puls von Trahearne waren in Ordnung, und ich konnte das Blei wie einen kleinen, blauen Klumpen direkt unter der Haut sitzen sehen, unterhalb des Fettgewebes, das an seiner rechten Hüfte herabhing.

»Wie sieht es aus?« fragte er zwischen den Schlucken.

»Wie Ihr Arsch, werter Herr.«

»Ich wußte schon immer, daß ich einen komischen Tod sterbe«, meinte er ernst.

»Nicht heute. Das ist nur eine kleine Fleischwunde.«

»Sie haben leicht reden, es ist nicht Ihr Fleisch.«

»In wenigen Tagen haben Sie nichts als eine schlechte Erinnerung und einen wehen Hintern«, sagte ich.

»Vielen Dank«, sagte er, »aber beides scheine ich schon zu haben.« Er legte eine Pause für einen Schluck Whiskey ein. »Woher wissen Sie meinen Namen, junger Mann?«

»Na, Mensch, Sie sind ein berühmter Mann, Mr. Trahearne.«

»Leider nicht so berühmt.«

»Ja nun, Ihre Ex-Frau hat sich Sorgen um Ihre Gesundheit gemacht«, meinte ich.

»Und Sie beauftragt, mich in den Hintern zu schießen, damit ich nicht mehr auf einem Barhocker sitzen kann.«

»Ich habe nicht auf Sie geschossen.«

»Mag sein, aber die Schuld wird man Ihnen trotzdem zuschreiben.« Dann saugte er am Bourbon, bis er sich um die leere Flasche zusammenrollte und mit seinem rauhen Schnarchen dem leisen Brummen Fireballs Gesellschaft leistete.

Kapitel 2

Als die amtliche Kolonne – zwei Krankenwagen und ein Streifenwagen mit Hilfssheriff – von Rosies Parkplatz in einer Staubwolke hinausrauschte, schalteten sie alle gleichzeitig die Sirenen ein und verschwanden heulend in der Ferne. Für Rosie und mich, auf den Eingangsstufen sitzend, hörte es sich an wie der Anfang vom Ende der Welt.

»Auf die Sirenen sin' die Kerle wirklich scharf«, meinte sie leise.

»Das ist so ungefähr der einzige Spaß, den sie im Leben haben«, sagte ich.

»Sprechen Sie aus Erfahrung?« fragte sie mit schmalen Augen.

»Ich bin schon mit ein paar Polizeiautos abtransportiert worden«, sagte ich, und sie nickte, als gelte das auch für sie.

Während sie und ich im Lokal aufgeräumt, die Verwundeten hinausgetragen und eine höchst unwahrscheinliche, aber zufällige Version der Schießerei erfunden hatten, waren Rosie und ich Freunde geworden. Jetzt verbanden uns auch noch unsere gemeinsamen Lügen vor den Beamten. Lester und Oney hätten umsonst gelogen, nur um widerborstig zu sein, aber ich verteilte an sie eine großzügige Portion Bargeld, um bei den Arztkosten behilflich zu sein. Lester steckte das Geld ein, dann erzählte er mir, daß er und Oney kraft einiger Ausflüge zur Trinkerheilanstalt unter der Fürsorgeaufsicht des Staates Kalifornien stünden. Der ältere Hilfssheriff, der uns vernahm, schien zu wissen, daß wir ihn belogen, aber das schien ihm gleichgültig zu sein. Er hatte mehr Interesse, Oney auf den Arm zu nehmen, weil dieser sich in den Fuß geschossen hatte. Als er ging, sagte er aber, ich solle am nächsten Morgen im Gerichtsgebäude vorbeikommen, um ein Protokoll zu unterschreiben, und er und ich wußten, was das bedeutete.

Als die Sirenen verklungen waren, sagte Rosie: »Meinen Sie, wir sollten uns ein Bier genehmigen?«

»Whiskey«, sagte ich und ging zu meinem Transporter, um die Reiseflasche aus dem Handschuhfach zu holen. Als ich zu den Stufen zurückkam, hatte Rosie zwei noch unangebrochene Flaschen Bier als Nachtrunk gefunden. Nachdem wir eine Weile stumm getrunken hatten, sagte ich: »Tut mir leid wegen des Ärgers.«

»War nicht Ihre Schuld«, erwiderte sie und schwenkte müde die Hand. »Das war dieser verdammte Taugenichts Lester. Als ihn der Privatdetektiv unten in Barstow erwischte, wurde Lester frech, und der Knabe fing an, Lester vor dem Haus seiner Mama windelweich zu prügeln, bis Lester ihn angefleht hat, für die Kinder was zahlen zu dürfen.«

»Dachte mir schon so etwas«, sagte ich.

»Wieso sind Sie eigentlich hinter dem Großen hergewesen?« fragte sie. Dann fügte sie schnell hinzu: »Sie brauchen's mir natürlich nicht zu sagen, wenn's mich nix angeht.«

»Ich sollte ihn finden, bevor er sich in die Klinik hineintrinkt«, sagte ich. »Oder ins Grab.«

»Das machen Sie als Beruf?« fragte sie. »Leute finden?«

»Manchmal«, sagte ich. »Sonst suche ich nur.«

»Bringt das was?«

»Halbwegs, aber nichts Regelmäßiges. Die Hälfte der Zeit stehe ich hinter der Bar.«

»Wie das?«

»Immer noch viel besser, als bei Monkey Wards herumzustehen, und auf sechzehnjährige Kaufhausdiebe aufzupassen.«

»Kann ich mir denken«, sagte sie, lachte und setzte die Whiskeyflasche an. »Wie lange fahren Sie schon hinter dem Großen her?«

»Fast drei Wochen.«

»Sie werden pro Tag bezahlt, was?«

»In der Regel.«

»Der Auftrag müßte Ihnen aber was einbringen«, meinte sie.

»Hoffentlich«, sagte ich. »Die sind vielleicht schlecht auf mich zu sprechen, weil der alte Mann angeschossen worden ist, und sagen sich, ich wäre überbezahlt.«

»Verklagen.«

»Haben Sie das bei reichen Leuten schon mal probiert?«

»Kleiner, ich kenn' gar keine reichen Leute«, sagte sie, dann starrte sie auf den Boden. »Wovor, glauben Sie, ist der Alte davongelaufen?«

»Vielleicht brauchte er seine Ruhe und den Schnaps oder eine Wander-Sauftour«, sagte ich. »Ich weiß es wirklich nicht.« Und das stimmte. Normalerweise habe ich, wenn ich jemanden ein paar Tage lang verfolge, eine Vorstellung davon, was in ihm vorgeht, aber ich hatte das nicht bei Trahearne. Im Verlauf meiner wenigen lichten Momente hatte ich das sonderbare Gefühl, daß der alte Mann vor mir davonlief, damit ich ihn jagte. »Vielleicht wollte er nur sehen, was hinter dem nächsten Berg ist«, fügte ich hinzu.

»Er muß es satt bekomm' haben, nachzusehen, weil er sich hier häuslich eingerichtet hat«, sagte Rosie leise.

»Na, wenn er nur halb so müde ist, wie ich, muß er verdammt kaputt sein«, meinte ich, »weil ich völlig hin bin. Ich könnte eine Woche lang schlafen.«

»Aber das werden Sie wohl nicht tun, oder?«

»Wohl nicht.«

»Was werden Sie tun?« fragte sie, für mein Gefühl zu beiläufig.

»Mich bei der Klinik herumtreiben, bis er herauskommt.«

»Wie lange kann das dauern?«

»Ungefähr eine Woche, je nachdem.«

Wir schwiegen wieder ein paar Minuten und sahen zu, wie der sanfte Frühlingssonnenschein auf den flachen Hügeln grünes Feuer entzündete, hörten auf das ferne Summen des Verkehrs.

»He«, sagte sie plötzlich, als sei ihr das gerade eingefallen. »Könnte sein, daß ich Ihnen 'nen kleinen Auftrag verschaffen kann, während Sie hier rumsitzen. Nichts tun ist auch nichts.«

»Ich bearbeite in der Regel nur eine Sache«, erklärte ich schnell. »Das ist mein Vorteil gegenüber den großen Agenturen.« Als sie nichts sagte, fragte ich: »Was haben Sie? Einen Stapel fauler Schecks?«

»Genug, um eine Wand damit zu tapezieren«, sagte sie, »aber das is nich das Problem.« Als ich sie nicht fragte, was das Problem denn sei, fuhr sie fort: »Es ist meine Kleine. Sie ist mir weggelaufen, und ich dachte, Sie könnten vielleicht ein paar Tage – was Sie halt an Zeit haben – herumschauen.«

»Na, ich weiß nicht…«

»Ich weiß, der Laden gibt äußerlich nicht viel her«, unterbrach sie mich, »aber alles ist bezahlt, und ab und zu kommt auch 'n Dollar rein.«

»Das ist es nicht«, sagte ich. »Ich brauche nur eine Pause.«

»Sie warten jetzt hier«, meinte sie, als hätte sie mich nicht gehört, und stürzte ins Haus zurück.

Während ich wartete, wurde aus dem, was anfangs ganz nach schönem Frühlingsdunst ausgesehen hatte, deutlich Smog über der Bay Area, und das rief mir ins Gedächtnis zurück, daß das nicht irgendeine ländliche Bierkneipe unten in Texas an einem Frühlingsnachmittag in den fünfziger Jahren war. Das Labyrinth von San Francisco lag jenseits der Bucht, eine Zuflucht für weggelaufene Leute, und obwohl auch die sechziger Jahre tot und begraben waren, flüchteten sich immer noch junge Mädchen dahin. Das hatte sich nicht geändert, wenn auch sonst alles. Ich wollte nicht hören, was Rosie mir zu sagen hatte – ich wollte nicht wieder das Foto eines verlorenen Kindes anstarren. Veränderung ist die Regel. Man kann nicht mehr nach Hause, selbst wenn man dort bleibt, und seitdem es überall gleich ist, kann man nirgendwo mehr hinflüchten. Aber das hindert manche nicht daran, es doch zu versuchen. Und Rosie hielt es auch nicht auf.

»Da«, sagte sie, als sie sich hinsetzte und mir ein Foto gab. »Schauen Sie.«

Ich blickte gerade lange genug auf das Bild, um zu sehen, daß es eine brieftaschengroße Schulaufnahme eines ziemlich hübschen Mädchens war. Dann drehte ich sie um und sah die Jahreszahlen: 1964/65.

»Sie war ein hübsches Mädchen«, sagte ich, als ich Rosie das Bild zurückzugeben versuchte.

»Und schlau«, erwiderte sie, die Hände zwischen den Knien.

Ich mußte mir das Bild noch einmal ansehen. Es hätte aus meiner Oberschulzeit in den fünfziger Jahren stammen können. Das Gesicht war nett, nicht mehr, obwohl sie unter einer kleinen Schicht Babyspeck ein gutes Knochengerüst zu besitzen schien. Der breite Mund wirkte beinahe mürrisch, und die wallende Haarmähne kam mir unecht vor. Die Nase war gerade, an der Spitze aber zu knollig, um hübsch zu sein. Nur die Augen waren auffallend, dunkel glitzernd vor Zorn und Groll, ein Hinterwäldler-Zorn, der zu einem mehr hageren Gesicht paßte. Sie trug eine altmodische Spitzenbluse mit hohem Kragen, durch den ein schwarzes Band geführt war, das eine Kamee an ihrer Kehle festhielt.

Ich kannte die Geschichte: ein beinahe hübsches Mädchen, aber ohne das Geld für die richtige Kleidung oder Zahnspangen oder Selbstvertrauen, die Sorte, die entweder in den Randzonen der reicheren, beliebteren Mädchen herumschleicht und für ihre Mühe als vorwitzig gilt, oder die allein blieb und die Oberschulkreise mied und für ihre Bemühungen als eingebildet angesehen wurde. Während ich das Bild anstarrte, freute ich mich zum wiederholten Mal darüber, daß ich diesem Unsinn zum größten Teil entgangen war. Ich hatte auf dem Land gelebt und gearbeitet und war, wenn auch nicht ganz nach Plan, drei Wochen vor dem Examen zum Militär gegangen. Das kam mir auf irgendeine Weise sauberer vor.

»Wann ist sie abgezogen?« fragte ich Rosie.

»Im kommenden Mai sind es zehn Jahre«, sagte sie ganz ruhig, so, als hätte sie gesagt: ›Am kommenden Sonntag ist es eine Woche.‹

»Und seitdem haben Sie nichts mehr von ihr gehört?«

»Kein einziges Wort.«

»Zehn Jahre sind zu lang«, sagte ich. »Schon ein Jahr ist in der Regel zu lang, aber zehn Jahre sind eine Ewigkeit.«

Doch Rosie tat erneut so, als hätte sie mich nicht gehört.

»Sie ist an einem Samstagnachmittag mit ihrem Freund nach San Francisco gefahren, und er sagte später, sie wäre an einer roten Ampel einfach ausgestiegen und weggegangen, ohne ein Wort zu sagen oder sich auch nur umzuschauen. Einfach weggegangen. Das hat er gesagt.«

»Irgendein Grund, das für gelogen zu halten?«

»Keiner«, sagte Rosie. »Den kenn' ich sein ganzes Leben, und seine Mama ist eine Freundin von mir. Sie hat mir fast zwanzig Jahre lang einmal in der Woche die Haare gemacht. Und Albert war furchtbar durcheinander. Er hat Betty Sue noch Jahre gesucht, als ich schon aufgegeben hatte. Seine Mama sagt, er fragt noch jedesmal nach ihr, wenn sie'n sieht.«

»Haben Sie das der Polizei mitgeteilt?« fragte ich.

»Na, versteht sich«, antwortete Rosie zornig. »Was wär' ich denn da sonst für eine Mutter? Meinen Sie, ich lass' ein siebzehnjähriges Mädel in der verdammten Großstadt voller Nigger und Rauschvögel und Schwulen rumlaufen? Natürlich hab' ich's der Polizei gesagt. Fünf-, sechsmal.« Dann fügte sie mit leiserer Stimme hinzu: »Nicht daß sie sich den Scheiß drum gekümmert hätten. Ich bin sogar selber rübergefahren. Vielleicht zwanzig- dreißigmal, bis ich mir die Schuh' abgelaufen hab' und die Bilder hin waren, die ich rumgezeigt hab'. Aber keiner hatte sie geseh'n. Keine Menschenseele.« Wieder machte sie eine Pause. »Die verdammte Stadt da drüben ist mir verhaßt, wissen Sie. Am liebsten wär' mir wieder ein Erdbeben, das sie einfach ins Meer kippt. Ich hass' sie. Wenn's in dieser schlechten, sündigen Welt ein Sodom und Gomorrha gibt, dann is es das«, sagte sie und zeigte mit einem Finger über die Bucht, als spräche sie einen Fluch aus. Als sie mich belustigt grinsen sah, verstummte sie und funkelte mich an ihrer scharfgeschnittenen Nase entlang an.

»Da drüben gefällt's Ihnen wohl, was? Sie finden das wohl alles richtig, den ganzen Scheiß da drüben?«

»Auf mich brauchen Sie nicht wütend zu werden«, erwiderte ich.

»Tut mir leid«, sagte sie schnell und blickte zur Seite.

»Schon gut.«

»Nein, gar nicht gut. Da will ich Sie um einen Gefallen bitten und brüll' hier herum. Tut mir leid.«

»Schon okay«, sagte ich. »Ich verstehe das.«

»Haben Sie selber Kinder?«

»Nein«, sagte ich. »Ich bin nie verheiratet gewesen.«

»Dann versteh'n Sie gar nichts. Überhaupt nichts.«

»Auch gut.«

»Und Sie brauchen auch gar nicht so zu tun«, sagte sie und gab mir mit den geröteten Fingerknöcheln eins auf das Knie.

»In Ordnung.«

»Und es tut mir leid, Herrgott noch mal.«

»Okay.«

»Ach Scheiß, gar nix ist okay«, klagte sie, dann stand sie auf und wischte sich die Handflächen an der staubigen Hose ab.

»Soll alles der Teufel holen«, murmelte sie, dann drehte sie sich um und versetzte Fireball einen gewaltigen Tritt in den Hintern, daß der schlafende Hund von den Stufen in die Staubschicht auf dem Beton flog. »Gottverdammter Nichtsnutz von Hund«, sagte sie. »Geh mir aus den Augen.«

Fireball mußte Rosies Ausbrüche gewohnt gewesen sein. Er schlich davon, ohne sich umzuschauen, nicht gerade hastig, aber auch ohne Zögern. An der Hausecke stolperte er über den schlafenden Kater, der im tiefen Gras unter dem Giebel zusammengerollt schlief, und es gab einen kurzdauernden, aber ausschlaggebenden

Zusammenstoß, dann ging jeder seiner Wege, der Kater unter das Haus und Fireball zurück zu seinem Platz in der Sonne, welche die Stufen wärmte.

Als er sich hinlegte, warf er Rosie einen trägen Blick zu, dann schloß er die Augen und seufzte wie ein alter Ehemann, der mit einer verrückten Frau geschlagen ist. Aber Rosie sah der Brise zu, die durch das Hügelgras fuhr.

»Noch'n Bier?« fragte ich.

»Gern sogar«, gab sie zurück, ohne sich umzudrehen. Ihre nasale Stimme klang traurig. »Sehr gern«, sagte sie.

Ich machte mich auf, ihr ein Bier zu holen, und wünschte mir, es wäre etwas Besseres.

»Das war wirklich ganz irr«, sagte sie bei meiner Rückkehr, »als ich Betty Sue da drüben suchte.« Rosie stand immer noch, die Handgelenke an den Hüften nach innen eingeknickt, und starrte nach Südwesten über die sanft gerundeten Hügel auf das kalte, neblige Wasser der Bucht. »Hatte nie eine Ahnung, daß da so viele Leute ihre Kinder suchen. Müssen hundert oder mehr gewesen sein, die da rumliefen und jedem dreckigen Hippie, der hinschauen wollte, die Bilder hinhielten. Furchtbar nette Leute sogar, manche richtig wohlhabend. Aber nicht einer davon hatte die leiseste Ahnung, wieso ihm sein Kind davongelaufen war, wissen Sie. Nicht einer. Und die Jugendlichen, die wir gefragt haben, warum, die haben es offenbar auch nicht gewußt. Zu quatschen hatten sie ja furchtbar viel, aber für mich klang das wie Fernsehen. Sie wußten nicht einmal, was sie dort machten. Der größte Schlamassel, den ich je geseh'n hab', wissen Sie.«

»Ich weiß«, sagte ich. Und ich wußte es auf meine Weise auch, obwohl ich keine Kinder hatte, die davonlaufen konnten. Ende der sechziger Jahre, als ich in Eisen aus Vietnam zurückkam, war ich die letzten zwei Jahre, um nicht ins Zuchthaus Leavenworth zu kommen, als Inlands-Spion für die Army unterwegs gewesen und bei den Treffen der Radikalen in Boulder, Colorado, herumgelaufen, und als ich fertig war, fuhr ich nach einer kurzen Zeit als Sportreporter nach San Francisco, um das Hasch und die schönen Zeiten auf eigene Rechnung zu genießen. Aber ich kam zu spät, war zu müde, um wieder zu gehen, zu faul zum Arbeiten, zu alt und bösartig für ein Blumenkind. Ich fand aber eine Art Beruf darin, Fortgelaufene zu finden. Ein paar Jahre lang war Haight-Ashbury in San Francisco eine Goldgrube, bis ich etwas fand, das ich nicht aushielt. Einen vierzehnjährigen Jungen, der in die Dielenbretter einer Wohngemeinschaft in der Castro Street hineinfaulte, siebenundvierzig Stichwunden in Gesicht, Händen und Brust. Das Fernsehteam war vor der Polizei an der Leiche, und Spaß machte das alles gar keinen. Da nicht mehr. Ich wußte Bescheid. Ich konnte Rosie in ihrem besten Strick-Hosenanzug und flachen Schuhen die Steigungen hinauf- und hinunterlaufen sehen, in jedes schmutzige Gesicht starrend, das daherkam, dann wieder auf das Foto in ihrer Hand blickend, nur um ganz sicher zu sein, daß sich nicht ihr kleines Töchterlein hinter strähnigen Haaren, Holzperlen, wunden Lippen und gebrochenen Augen verbarg.

»Es ist so lange her«, sagte ich zu Rosie, »so lange. Warum jetzt wieder mit dem Suchen anfangen?«

»Sie ist alles, was ich noch hab', junger Mann«, erwiderte sie leise. »Das einzige Kind, das ich nicht im Sarg geseh'n hab'. Lonnie ist in Vietnam in die Luft geflogen, gleich nachdem sie weglief, und Buddy, den hat vorigen Sommer ein Dünenbuggy unten am Pismo-Strand überfahren. Betty Sue ist alles, was ich noch hab', wissen Sie.«

»Wo ist ihr Papa?« fragte ich und bereute es sofort.

»Ihr Papa? Ihr großartiger, gutaussehender, talentierter Papa?« sagte sie und warf mir wieder einen scharfen, anklagenden Blick zu. »Das letzte, was ich gehört hab', war, daß er unten in Bakersfield Alu-Töpfe auf Raten an Witwenweiber verkauft.« Sie ließ das einen Augenblick verklingen, dann fügte sie hinzu: »Ich hab' den Taugenichts weggejagt, als Betty Sue in der Oberschule anfing.«

»Macht es Ihnen etwas aus, wenn ich frage, warum?«

»Er hielt sich für Johnny Cash«, sagte sie und verstummte, als erkläre das alles. »Drecksnarr.«

»Ich verstehe nicht recht.«

»Jedes zweite Jahr ließ er sich vollaufen, räumte das Bankkonto ab und fuhr nach Nashville, um rauszukriegen, ob er als Gesangsstar groß verdienen könnt'. Das einzige, was der Volltrottel je herausbekam, war, wie lang' Geld reicht, dann schleppte er sich heim und grinste wie ein Hund, der Eier auslutscht. Beim letztenmal, als er das machte, tauchte er auf und war geschieden und kam in den Knast, weil er keinen Unterhalt zahlte. Das ist das letzte, was ich von ihm geseh'n hab'.« Sie grinste. »Gut sah der Kerl wirklich aus, aber wie mein Papa zu mir schon gesagt hat, als ich den Menschen heiratete, der taugt soviel wie Titten an 'nem Eber.«

»Er hat von Betty Sue auch nie etwas gehört?«

»Nicht daß ich wüßte«, sagte Rosie. »Betty Sue hing immer an ihrem Papa, aber Jimmy Joe hing an sich selber und hatte für die jungen Männer zuviel übrig, also weiß ich nicht, ob sie ihm das je verziehen hat, aber ich glaube, er hätt' es mir gesagt, wenn er was gehört hätt' von ihr. Er weiß, daß ich sie such' und hat die Hosen voll vor Angst, ich nehm' ihm das Geld für den ganzen Unterhalt nachträglich ab, und da glaub' ich, er hätte was gesagt.« Dann verstummte sie und sah auf mich hinunter.

»Also, was meinen Sie?«

»Wollen Sie die Wahrheit hören?«

»Keinen Ton. Ich möcht', daß Sie ein paar Tag' nach meiner kleinen Tochter suchen«, sagte sie, dann gab sie mir ein Bündel Geldscheine, das sie die ganze Zeit in der Hand gehalten hatte.

»Nur bis der Große aus dem Krankenhaus kommt, länger nicht.«

»Ich vergeude meine Zeit und Sie Ihr Geld«, sagte ich und versuchte, ihr die feuchten Scheine zurückzugeben.

»Es ist mein Geld«, meinte sie schnippisch. »Ist es vielleicht nicht gut genug, daß man Ihre Zeit damit bezahlt?«

»Und wenn sie nicht gefunden werden will?«

»Hat der Große Sie gebeten, daß Sie ihn aufspüren?« fragte sie.

»Sie könnte tot sein, wissen Sie«, sagte ich, ohne darauf einzugehen. »Haben sie daran schon gedacht?«

»Es vergeht kein Tag, an dem ich nicht dran denk'«, erwiderte sie. »Aber ich bin ihre Mutter, und innerlich weiß ich, daß sie irgendwo am Leben ist.«

Da ich nie eine Methode gefunden hatte, mit mütterlicher Mystik fertigzuwerden, schüttelte ich den Kopf und ging zum El Camino hinüber, um meine Notiz- und Quittungsbücher zu holen, das Bündel Geld vorsichtig in der Hand haltend wie eine Zeitbombe. Dann ging ich zurück, stellte Fragen, machte Notizen und zählte das Geld – siebenundachtzig Dollar.

Rosie nannte mir den Namen des Freundes, der jetzt Anwalt drüben in Petaluma war, von Betty Sues Lieblingslehrer, der in Sonoma immer noch Schauspiel lehrte, und von ihrer besten Freundin, die einen Juden namens Greenburg oder Goldstein, Rosie wußte es nicht genau, aus Los Gatos geheiratet hatte, geschieden war und jetzt angeblich die Graduiertenschule in Stanford besuchte. Details, Details, Details. Dann fragte ich, was für ein Mädchen Betty Sue gewesen sei.

»Das werden Sie sehen, wenn Sie mit den Leuten reden«, gab sie dunkel zurück. »Ich lass' Sie das selber herausfinden.«

»Auch gut«, sagte ich. »Weshalb ist sie weggelaufen?«

Nach kurzer Überlegung sagte Rosie: »Ich hab' mir lange die Schuld selber gegeben, aber jetzt nicht mehr.«

»Woran?«

»Ich wohn' in einem Wohnwagen hier hinten«, sagte sie, »und einmal nach der Scheidung von Jimmy Joe erwischte mich Betty Sue mit einem Mann im Bett. Sie hat das sehr schwergenommen, aber ich glaub' jetzt nicht mehr, daß sie deswegen weggelaufen ist. Und manchmal hab' ich geglaubt, sie ist fortgegangen, weil sie sich für zu gut hielt, hinter einer Bierkneipe zu wohnen.«

»Gab es zwischen Ihnen Streit, bevor sie fortging?«

»Wir hatten keine Streitereien«, sagte Rosie stolz. »'s gab nix zu streiten. Betty Sue machte, was sie wollte, seit sie ein kleines Mädel war, und ich hab's zugelassen, weil sie so brav war.«

»Könnte sie schwanger gewesen sein?«

»Könnte sie, aber ich glaub', deshalb wär' sie nicht weggelaufen. Aber das weiß ich auch nicht genau.« Dann fügte sie beschämt hinzu: »Wir sind uns nicht nahegekommen. Nicht wie ich mit meiner Mama. Ich mußte den Laden führen, weil Jimmy Joe das die meiste Zeit nicht tun wollte, und wenn er's machte, spendierte er mehr Bier, als er verkauft hat. Irgendeiner mußte das Geld verdienen und sich um alles kümmern.« Sie legte wieder eine Pause ein. »Ich geb' mir wohl immer noch die Schuld, aber ich weiß nicht mehr wofür. Vielleicht nehm' ich es ihr auch immer noch übel. Sie wollte immer mehr haben, als wir hatten. Sie sagte nie was – sie war lieb –, aber ich konnte spüren, daß sie mehr wollte. Ich wußte einfach nie, wovon. Vielleicht können Sie es mir sagen, wenn Sie sie finden.«

»Falls ich sie finde«, sagte ich und gab ihr eine Quittung über siebenundachtzig Dollar.

»Ist es genug?« fragte Rosie. »Ich hab's nicht zählen könn'.«

»Mehr als genug.«

»Wenn es mehr macht, geben Sie mir eine Rechnung, verstanden?« sagte sie.

»Es ist jetzt schon zuviel«, erwiderte ich. »Ich rede mit diesem Albert Griffith drüben in Petaluma und mit diesem Mr. Gleeson hier, und vielleicht kann ich Peggy Bain erreichen, dann bringe ich das Wechselgeld. Aber ich sage Ihnen gleich, das Geld ist zum Fenster hinausgeworfen.«

»Auch gut«, sagte sie und blickte wieder auf die Quittung. »Wie ist der Name? Sughrue?«

»Stimmt.«

»Meine Mama hatte Verwandte in Oklahoma, bei Altus, glaub' ich, die auch Sughrue hießen«, meinte sie. »Haben Sie da Angehörige?«

»Ich habe Verwandte überall in Texas, Oklahoma und Arkansas«, gab ich zu.

»Mensch, dann sind wir praktisch verwandt«, sagte sie und hielt mir die Hand hin.

»Durchaus möglich«, sagte ich und drückte ihre feste, freundschaftliche Hand.

»Die Leute versteh'n das mit den Angehörigen nicht mehr«, erklärte sie.

»Die Welt ist zu groß dafür. Ich fahre wohl am besten in die Stadt, um nachzusehen, ob mein anderer Klient noch frisch und munter ist.«

»Wollen Sie ein Bier mit auf die Reise?«

»Gern«, sagte ich und ging aufs Klo, um Platz dafür zu schaffen. Als ich zurückkam, hing sie über der Theke, um mir das Bier zu geben, und sagte: »Sie sind selber einer, der gern trinkt.«

»Nicht so wie früher.«

»Wie das?«

»Bin eines Morgens in Elko, Nevada, aufgewacht und habe Aschenbecher ausgeleert und Böden geschrubbt.«

»Aber aufgehört nicht«, sagte sie.

»Langsamer getan, bevor ich aufhören mußte«, sagte ich. »Jetzt versuche ich zwei Gläser vor der Wirklichkeit und drei hinter einem Vollrausch zu bleiben.«

Sie lächelte mit überlegenem Wissen, als sei ihr klar, daß der Gedanke, mit dem Trinken aufhören zu müssen, mich so arg erschreckte, daß ich nicht einmal daran denken konnte.

»Würden Sie auf Mr. Trahearnes Cadillac aufpassen?« fragte ich.

»Holen Sie den Zündverteilerkopf«, sagte sie, »und ich lass' Fireball im Wagen schlafen, wenn ich nachts zumache.«

Nachdem ich den Kopf vom Zündverteiler genommen und die Motorhaube zugeklappt hatte, wies Rosie mit dem Kinn auf meine Kennzeichen aus Montana und fragte: »Wird's da oben nicht kalt?«

»Wenn es das wird, fahre ich einfach nach Süden.«

»Muß schön sein.«

»Was meinen Sie?«

»Fahren, wohin man will«, sagte sie leise. »Ich bin keine zehn Meilen über den Drecksort hier rausgekommen, seitdem ich vor elf Jahren bei der Beerdigung meiner Mama in Fresno war.«

»Frei und ungebunden ist auch nicht immer das, was man sich darunter vorstellt«, gestand ich.

»Daheim bleiben auch nicht«, sagte sie, dann lächelte sie, und die in ihr Gesicht eingegrabenen Falten wurden milder und glatt, so daß einige der Jahre harten Lebens wie glückliche Tränen fielen. »Passen Sie auf, ja?«

»Sie auch«, sagte ich. »Bis Ersten nächste Woche.«

Als ich in meinen El Camino stieg, kam ein Auto voll Bauarbeiter in schmutzigen Overalls und mit grellgelben Schutzhelmen schleudernd neben mir zum Stehen. Die Männer kletterten lachend heraus, schrien auf Rosie ein, stießen sich die Knie in die Hinterteile, waren glücklich in der wilden Freiheit des Biertrinkens nach Arbeitsschluß und stürzten sich wie ein Schwarm kleiner Hühnchen in Rosies offene Arme.

Ich wußte, daß die Männer wahrscheinlich schreckliche Kerle waren, die hübschen Mädchen nachpfiffen, ihre Ehefrauen wie Dienstboten behandelten und bei jeder sich bietenden Gelegenheit Nixon ihre Stimme gaben, aber was mich anging, waren sie einer Volvo-Ladung Liberaler, was harte Arbeit und eine frohe Zeit betraf, weit überlegen.

Kapitel 3

Als ich in seinem Krankenzimmer eintraf, hatte man Tráhearne in einen tiefen, brummelnden Schlaf gespritzt, aus dem ihn aufzuwekken ein Verbrechen gewesen wäre. Ich fand den Notarzt, der ihn behandelt hatte, und er meinte, Trahearne werde am Leben bleiben. Bei Oney und Lester war er seiner Sache aber nicht ganz so sicher. Nachdem ihre Wunden gesäubert und verbunden worden waren, hätten sie das Weite gesucht und wären auf ein, zwei Bier wieder unterwegs zu Rosie. Während der Doktor kopfschüttelnd den Korridor entlangging, benützte ich meine Münze endlich dazu, die gewesene Mrs. Trahearne auf ihre Kosten anzurufen. Wie üblich, schien sie zu zögern, bevor sie die Kosten übernahm.

»Na«, sagte ich flotter, als ich vorgehabt hatte – ich schob das auf den Whiskey –, »ich habe den alten Halunken endlich aufgespürt.«

»Endlich«, sagte sie kalt. »In San Francisco?«

»Nein, Ma'am«, sagte ich. »In einer prima kleinen Bierkneipe gleich bei Sonoma.«

»Ist das nicht drollig«, murmelte sie. »In welchem Zustand haben Sie ihn vorgefunden?«

»Betrunken«, sagte ich, ohne hinzuzusetzen, wen von uns ich meinte.

»Davon bin ich ausgegangen, Mr. Sughrue«, sagte sie scharf. »Wie ist seine körperliche Verfassung?«

»Gut.«

»Ja?«

»Ja, Ma'am«, fuhr ich ausweichend fort. »Es geht ihm gut, es geht ihm sehr gut. In drei oder vier Tagen müßte er aus der Klinik entlassen werden, und da wird er so gut wie neu sein.«

»Es mag anmaßend von mir sein, danach zu fragen«, sagte sie unbeirrt, »aber wenn er in so großartiger Verfassung ist, was tut er dann im Krankenhaus?«

»Das ist eine lange Geschichte«, erwiderte ich.

»Ist das nicht immer so?«

»Doch, Ma'am.«

»Sie sind unnötig schweigsam, Mr. Sughrue«, sagte sie. Ihre Stimme klang freundlich und kultiviert, aber befehlsgewohnt.

»Und?«

»Nun, er hatte einen kleinen Unfall.«

»Ja?«

»Er ist von einem Barhocker gefallen und hat sich das Rückgrat verrenkt«, sagte ich schnell.

»Wie wunderschön«, meinte sie. »Vielleicht liefert ihm das eine sehr notwendige Lektion«, dann lachte sie tief und elegant, was wie das satte Schnurren eines Nerzmantels klang, der nachlässig eine Marmortreppe hinuntergezogen wird. »Aber nichts allzu Ernstes, hoffe ich?«

»Eine kleine Verrenkung«, sagte ich.

»Freut mich zu hören. Ich erwarte, daß Sie bei ihm bleiben, bis er entlassen wird, und ihm dann bei seiner Auferstehungs-Sauftour Gesellschaft leisten.«

»Ma'am?«

»Geschundenes Fleisch besteht darauf, sich im Fleisch zu suhlen«, sagte sie. »Vor allem Trahearne.«

»Ma'am?«

»Er wird auf einer Trunkenheitsorgie bestehen, sobald er entlassen wird«, fuhr sie fort. »Sie wissen schon, Wein, Weib und Gesang – teurer Whiskey, kostspielige Nutten und schließlich das alte, triste Reuelied. Ich erwarte, daß Sie sich während der paar Tage um ihn kümmern.«

»Ich werde mein Bestes geben«, sagte ich.

»Davon bin ich überzeugt. Und wenn er soweit ist, daß er nach Hause kommen und seine Wunden lecken möchte, erwarte ich von Ihnen, dafür zu sorgen, daß er das auch tut.«

»Ja, Ma'am«, sagte ich und hoffte, daß von Trahearne nur bildlich erwartet wurde, seine Wunden zu lecken.

»Wenn Sie ihm vielleicht mitteilen, daß seine geliebte Melinda wieder einmal in den Schoß der Familie zurückgekehrt ist und die ganze Nacht mit Töpfen wirft oder was sie da macht, dann möchte er seine Orgie vielleicht abkürzen.«

»Ja, Ma'am«, sagte ich, obwohl ich keine Ahnung hatte, von wem oder was sie sprach. Ich hatte keine Ahnung, was Trahearne von meiner Anwesenheit nach seinem Unfall halten würde.

»Außerdem erwarte ich nach Ihrer Rückkehr einen vollständigen Bericht«, sagte sie. »Vielen Dank und gute Nacht.«

»Bericht worüber?« fragte ich, aber sie hatte schon aufgelegt. »Nur ein Verrückter arbeitet für Verrückte«, erklärte ich der toten Leitung, und eine gehetzte Krankenschwester, die vorbeieilte, stimmte mit hastigem Nicken zu.

Da es nicht mein Geld war, und weil ich wußte, wo ich vermutlich die nächste Nacht verbringen würde, stieg ich im besten Motel von Sonoma ab, bestellte ein Riesensteak und einiges von dem teuren Whiskey, den Mrs. Trahearne erwähnt hatte. Dann fuhr ich hinaus zu Rosie, betrank mich mit Lester und Oney und schlief auf dem Billardtisch.

»Wo sind Sie gewesen, zum Henker?« knurrte Trahearne, als ich zwei Tage später morgens sein Zimmer betrat.

»Gast der Behörde«, sagte ich.

»Hm?«

»Knast.«

»Warum?«

»Nachdem der Sheriff gestern mein Protokoll aufgenommen hatte, nahm er mich als wichtigen Tatzeugen fest. Nur um zu sehen, ob ich nach einer Nacht in der Zelle vielleicht eine andere Version der Schießerei anzubieten hätte«, sagte ich.

»Können Sie das?«

»Nein. Aber wenn ich mich beklagt oder einen Anwalt genommen hätte, wäre ihnen irgendein Mist eingefallen, den sie mir zur Last legen könnten.«

»Dreckskerle.«

»Macht nichts, ich bin schon öfter im Knast gewesen.«

Knast ist Knast, und wenn man herauskommt, gibt es nie viel zu bereden.

»Also, wenn Sie schon da sind«, sagte er, »können Sie Verschiedenes für mich erledigen.« Ich griff in meine Hüfttasche und zog eine halbe Flasche Wodka heraus. »O Gott«, flüsterte er, als er sie mir abnahm. »Sie sind ein Heiliger, mein Freund, absolut ein Heiliger.« Aber bevor er sie aufschrauben konnte, kam eine hochgewachsene, hübsch rundliche Krankenschwester hereingeeilt.

»Das geht aber wirklich nicht«, sagte sie, als sie die Flasche aus seinen großen, zitternden Händen riß. »Sie bekommen sie bei Ihrer Entlassung wieder.«

»Also hören Sie , Mr. Trahearne«, sagte ich schnell. »Ich habe Ihnen gleich gesagt, daß man im Krankenhaus nichts trinken darf.« Und zur Schwester: »Das tut mir wirklich leid, ich habe ihm gleich gesagt, ich sollte das nicht tun, aber Sie wissen ja, wie das ist, schließlich bin ich nur ein bezahlter Gehilfe.«

Trahearnes Gesicht wurde rot und schweißglänzend, und sein Brustkorb hob sich halb aus dem Bett. Er sah aus wie ein Mordlustiger.

»Nur, daß das nicht wieder vorkommt«, sagte die Schwester.

»Nein, Ma'am, bestimmt nicht«, sagte ich und berührte sie leicht am Arm. »Und wenn er Ihnen Schwierigkeiten macht, brauchen Sie mich nur anzurufen. Ich wohne im ›Sonoma Lodge‹.«

Sie lächelte, nickte, dankte mir noch einmal und trug ihre hübsch geformten Hüften mit flotten Schritten zur Tür hinaus.

»Jederzeit«, sagte ich zu ihrem Rücken.

»Junger Mann, mir macht es nichts aus, wenn Sie sich etwas anlachen wollen, aber nicht mit meiner Zeit und auf meine Kosten«, murrte Trahearne.

Ich zog die nächste halbe Flasche aus der Windjacke und gab sie ihm.

»Sie sind kein Heiliger, junger Mann, Sie sind auf Notfälle eingerichtet«, flüsterte er und trank hastig. »Mein Gott, sogar eisgekühlt«, sagte er und trank wieder. »Sie könnten das ganze Geld wert sein, das Sie mich kosten.«

»Ich hatte den Eindruck, daß ich für Ihre Ex-Frau arbeite.«

»Geht alles aus einer Tasche, mein Junge«, sagte er, den klaren Schnaps anstarrend.

»Eine am Tag?«

»Zwei.«

»Ja, Sir.«

»Wie einer von den anderen sehen Sie gewiß nicht aus«, sagte er, während er mich prüfend betrachtete.

»Andere?«

»Sie sahen alle wie erfolglose Zuhälter aus«, sagte er, »pastellfarbene Freizeitanzüge und Zirkonringe am kleinen Finger. Sie sehen aus wie ein Satteltramp.«

»Ich sehe, Sie haben schon mit anderen meiner Kollegen zu tun gehabt«, meinte ich.

»Sie sind der erste, der mich je gefunden hat, bevor ich gefunden werden wollte«, sagte er. »Wie haben Sie das gemacht?«

»Berufsgeheimnis.«

»Die verdammte Postkarte, was?«

»Sie haben keine Ahnung, wie viele Hunde sich in Bars herumtreiben«, sagte ich, und er grinste.

»Darf ich Ihnen eine persönliche Frage stellen?«

»Was macht ein braver Junge wie ich in so einem Geschäft?«

»So ungefähr«, sagte er.

»Ich bin ein neugieriger Hund«, eröffnete ich ihm.

»Ich auch«, sagte er und grinste wieder. »Vielleicht kommen wir miteinander aus.«

»Ich soll Sie im Auge behalten, Mr. Trahearne, nicht Ihr treuer Indianerbegleiter sein«, sagte ich.

»Bockmist.«

»Was macht Ihr Hintern?«

»Wird besser«, sagte er. »Hab' schon Schlimmeres überstanden. Damals war ich natürlich jünger. Aber bei der Marineinfanterie gab es keine Wodka-Hauszustellung.«

»Gern zu Diensten.«

»Das Mühsame ist die Langeweile«, sagte er. »Ich brauche ein paar Dinge.«

»Zu Befehl.«

»Möchte lieber, daß es Gefälligkeiten sind.«

»Wie auch immer«, sagte ich.

»Besorgen Sie mir was zum Lesen«, sagte er. »Kiloweise Taschenbücher und Illustrierte – die verschlinge ich wie ein Kind Kartoffelchips –, ganz egal was. Außerdem wäre es wunderbar, wenn Sie dafür sorgen könnten, daß mir das Abendessen gebracht wird, meinetwegen von McDonald's, solange es keine Krankenhauskost ist.«

»Okay«, nickte ich. »Und die Tänzerinnen mit Militärkapelle?«

»Ich mag unterhaltsame Leute«, sagte er. »Wenn ich hier zu lange festsitze, können Sie mir vielleicht eine besorgen, die's mit dem Mund macht. Aber keine Kapellen. Vielleicht ein Streichquartett.«

»Werd' ich mal prüfen«, sagte ich, »aber versprechen kann ich nichts. Da bin ich unerfahren.«

»Wenn das mit der Fußscharrerei und der Landpomeranze gegenüber der gnädigen Frau nicht mehr hinhaut, hab' ich ein paar interessante Telefonnummern in San Francisco für Sie.«

»Okay«, sagte ich. »Ich möchte Sie auch um einen Gefallen bitten.« Er hörte auf zu grinsen. »Mit ihren Aufträgen kommt das nicht ins Gehege.«

»Was für einen Gefallen?« fragte er ruhig.

»Rosie scheint da eine weggelaufene Tochter zu haben, und ich habe ihr versprochen, ich sehe mich mal um, solange Sie im Krankenhaus liegen, falls Ihnen das recht ist.«

Nach kurzem Überlegen erklärte er: »Mir ist es recht. Ich hab' was übrig für junge Leute, die vorankommen wollen.«

»Ich weiß nicht, ob ich noch als junger Mann zähle«, sagte ich, »und das Vorankommen ist mir einen Scheiß wert. Ich mag die alte Dame und habe versprochen, ihr den Gefallen zu tun. Wenn es Ihnen nichts ausmacht.«

»Mir macht es nichts aus.«

»Vermutlich Geld- und Zeitverschwendung«, meinte ich.

»Wieviel Geld?«

»Siebenundachtzig Dollar«, erwiderte ich, und er grinste wieder.

»Mensch, wieviel Zeit kann man für siebenundachtzig Dollar vergeuden?«

»Was ich an Zeit aufwende, wird vergeudet sein«, sagte ich.

»Warum?«

»Die Tochter ist vor zehn Jahren weggelaufen, und das ist zu –«

»Bei Gott, ich scheine mich dunkel zu erinnern, daß Rosie mir das in meinem Suff erzählt hat«, sagte Trahearne schnell und schüttelte den Kopf. »Ich fürchte, das ist meine Schuld.«

»Wie das?«

»Ich fürchte, ich habe ihr gesagt, ein Privatdetektiv würde auf meiner eiskalten Fährte entlanggeschnüffelt kommen«, sagte er und trank, »und empfahl ihr, ihn zu befragen. Dachte, das lenkt den Kerl noch ein paar Tage ab, den Catherine mir nachschickt.« Er lachte. »Wieso soll es mir also was ausmachen? Wie packen Sie das bei Vermißten an?«

»Kommt darauf an, wer vermißt ist und wie lange«, sagte ich, »aber meistens stochere ich nur rum.«

»Klingt nicht wie eine tolle Methode.«

»Wer Methodik will, beauftragt eine von den großen Agenturen«, sagte ich. »Da sind die groß. Ehrliche Leute verstehen das Verschwinden nicht, und Gauner können es nicht, weil sie zu anderen Gaunern müssen.«

»Und wo passen Sie hinein?«

»Ich bin billiger«, sagte ich, »und meine Auftraggeber glauben in der Regel noch an den kleinen, unabhängigen Detektiv. Meist Romantiker.«

»Sie müssen dauernd beschäftigt sein«, sagte Trahearne mit einem kleinen Lachen.

»Und jedes Jahr muß ich öfter an der Theke bedienen.«

»Bei Gott, mein Junge, ich wußte gleich, daß mir an Ihnen was gefällt«, sagte er.

»Barmänner mag jeder«, sagte ich. »Ihre Ex-Frau hat mir übriges aufgetragen, Ihnen mitzuteilen, daß Melinda zu Hause ist und mit Anfällen um sich schmeißt oder was.«

»Mit Töpfen?«

»Was?«

»Meine Frau«, erklärte er. »Sie ist Töpferin und Keramikerin.«

»Oh.«

»An Ihrem Gesicht sehe ich, daß Sie sich über meine Lage nicht im klaren sind«, sagte er grimmig. Da das stimmte, sagte ich nichts. »Wir leben alle zusammen – oder fast zusammen –, meine Mutter, meine Ex-Frau, meine jetzige Frau und ich, auf einer kleinen Ranch bei Cauldron Springs.« Trahearne starrte die beige gestrichene Wand an, als sei sie ein Fenster, das auf die Berge hinausging, als könne er sich vor einem Ansichtskarten-Hintergrund stehen sehen. »Eine einzige glückliche Familie, klein, aber fein«, sagte er leise.

Ich wußte, daß ich mir irgendwann die Geschichte seines Lebens würde anhören müssen, wollte das aber lieber verschieben und entschuldigte mich. Als ich ging, schlang sich seine große Hand um die kleine Flasche, als sei sie seine letzte Rettung.

Kein Trottel ist so dumm wie einer, der sich für charmant hält. Auf dem Weg hinaus ging ich am Stationszimmer vorbei, um der hochgewachsenen Schwester noch einmal guten Tag zu sagen. Ich fragte sie, ob man Trahearne das Essen bringen lassen könne; sie schien zwar nicht erfreut zu sein, versprach aber, sich beim Arzt zu erkundigen.

»Und was machen Sie heute abend mit dem Essen?« fragte ich.

»Das koche ich«, sagte sie und hielt einen Finger mit einem Ehering hoch.

»Ich nicht«, sagte eine kecke Stimme hinter mir. Bevor ich das aufhob, drehte ich mich um, weil ich sehen wollte, wer es hatte fallen lassen. Sie war kleiner als die andere, aber runder, mit keckem, schnippischem Stupsnasengesicht, das umrahmt war von blonden Haaren, und mit einem festen, kräftigen Körper. Sie hatte O-Beine, aber was soll's, die habe ich auch.

»Ist das eine Verabredung?« fragte ich sie.

»Nur, wenn Sie das wollen«, erwiderte sie schnell, während ihre blauen Augen funkelnd lächelten.

»Acht Uhr«, sagte ich, »›Sonoma Lodge‹, in der Bar?«

Ich bin kein Ungeheuer, aber ich habe einen Bierwanst und eine zerschlagene Nase, und fremde Frauen picken mich zu einer Verabredung nie unbesehen aus dem Haufen, aber geschenkter Gaul und so weiter. Außerdem hatte sie einen kleinen beweglichen Mund und die offene Art einer Schlafzimmer-Lady.

»Wunderbar«, sagte sie und hielt mir eine breite, sachliche Hand hin. »Bea Rolands«, fügte sie hinzu. »Sind Sie auch Schriftsteller? Wie Mr. Trahearne?«

»Nicht ganz wie Trahearne«, gab ich zu und hielt die Hand fest, während manches klarer wurde. Der einzige Schriftsteller in der Gegend war außer Gefecht, und ich hatte an langweiligen Nachmittagen in Army-Turnhallen genug Bücher gelesen, um das vortäuschen oder vielleicht sogar Trahearnes Pause ausnützen zu können.

»Ich recherchiere manchmal für ihn und kümmere mich um seine Sachen«, sagte ich mit lüsternem Blick.

»Ist er nicht ein wunderbarer Autor?« sprudelte sie hervor. »Ich liebe seine Bücher richtig. Ich hab' sie alle, wissen Sie. Fest gebunden. Sogar seine Lyrik. Und ich habe alle Filme drei- oder viermal gesehen und bin auch vernarrt in sie. Glauben Sie, es macht ihm etwas aus, wenn ich ihn bitte, sie mir zu signieren?«

»Na, ich weiß nicht«, sagte ich. »Er ist richtiggehend scheu, wissen Sie, und so etwas macht ihn verlegen, aber warum bringen Sie die Bände heute abend nicht mit, und ich frage ihn morgen.«

»Oh, vielen Dank«, sagte sie überschwenglich, auf den Fersen wippend. Ihre kleinen, festen Brüste hüpften sehr anregend in dem dünnen BH unter ihrer Tracht.

»Wir sehen uns um acht«, sagte ich und ließ endlich ihre Hand los. »Und vielen Dank, daß Sie mich vor einem einsamen Abendessen gerettet haben.«

»Ach, ganz meinerseits«, erwiderte sie kichernd.

Als ich das Krankenhaus verließ, sagte ich mir, daß Trahearne in Ordnung war. Wenigstens nicht langweilig. Bei ihm tat sich etwas: Blut, Pistolenschüsse, eine Nacht im Knast und jetzt ein begeisterter Fan mit aufregenden O-Beinen. Ich ertappte mich bei der Hoffnung, er möge wieder davonlaufen. Bald. Und oft. Alle fünf oder sechs Monate. Vielleicht konnte er einfach vorbeikommen und mich abholen, dann würden wir nicht die ganze Zeit vergeuden müssen, während ich mich abrackerte, ihn zu finden.

Kapitel 4

Im Supermarkt bat ich die Kassiererin um eine Rechnung für die sieben Kilo Zeitschriften und Taschenbücher, dann zeigte ich kurz eine – unter ausgesprochen verdächtigen Umständen – erworbene Hilfssheriff-Dienstmarke aus Boulder-County, Colorado. Ich erklärte ihr, ich ginge das Zeug nach versteckter pornographischer Bedeutung durch. Sie zuckte mit keiner geschwärzten Wimper. Und das gehört zu den Dingen, die ich an Kalifornien immer geschätzt habe: Alle sind so verrückt, daß man geradezu unheimlich sein muß, um überhaupt aufzufallen.

Als ich die Ladung in Trahearnes Zimmer schaffte, schlief er wie ein Grizzlybär im Winter und schnarchte, daß die Fensterscheiben klirrten. Ich wunderte mich, wie er bei dem Riesenlärm schlafen konnte, wie seine Frauen, gewesene und jetzige, Schlaf fanden. Ich versteckte seine Nachmittagsration Wodka zwischen ›Die Türme von Gallisfried‹ und einem dünnen Western, dann schlich

ich auf Zehenspitzen hinaus, bemüht, das Ungeheuer nicht zu wekken.

In der nächsten Telefonzelle fand ich die Rufnummer des Oberschullehrers für Bühnenkunst. Als ich Mr. Gleeson anrief und ihm erklärte, weshalb ich ihn sprechen wollte, wirkte er eher vage belustigt als überrascht. Er brauchte aber nicht in seiner Erinnerung zu kramen, um den Namen wiederzuerkennen, was ein gutes Zeichen war. Wenn ich gleich käme, wäre er bereit, sich mit mir zu unterhalten, aber nur kurz, weil er am Nachmittag Schüler erwarte. Dann beschrieb er mir den Weg so verwirrend, daß ich eine halbe Stunde brauchte, um die zehn Meilen bis zu seinem Haus am Fuß der Oakville Grade zurückzulegen.

Charles Gleeson wohnte in einem kleinen Haus in einem Wäldchen immergrüner Eichen. Es war ein kleines Gebäude, das einmal ein Sommerhäuschen gewesen zu sein schien, mit Daubendach und ungestrichenen Wänden, die geschmackvoll zu Silbergrau verwittert waren. Irgendeine üppige Ranke umkleidete seine Veranda und kletterte wie irr über das Dach, als fürchte sie, in den großen, blühenden Büschen zu ertrinken, die im Garten wucherten. Er kam zur Fliegengittertür, bevor ich klopfen konnte. Er war ein kleiner Mann in krampfhaft steifer Haltung, mit einem übergroßen Kopf und einer so theatralisch tiefen und sonoren Stimme, daß er wie eine schlechte Imitation von Richard Burton bei einer angedudelten Shakespeare-Lesung wirkte. Leider war sein edler Kopf so kahl wie ein Babypopo, abgesehen von einer modisch langen Franse dünner, grauer Haare, die seinen Hinterkopf von Ohr zu Ohr umgab. Er mußte für einen Dollar Rasierwasser auf sein Gesicht geschüttet haben und trug eine weiße Leinenhose, ein gestricktes Polohemd und ungefähr zwei Kilogramm Silber und Türkise.

»Sie müssen der Herr sein, der wegen Betty Sue Flowers angerufen hat«, sagte er, als er die Tür öffnete.

Eine surrende Fliege, wie ein winziger Habicht kreisend, stürzte sich vor mir hinein und fegte in die Küche. Gleeson hieb mit einer blassen, wirkungslosen Hand danach und murmelte eine kleine Verwünschung.

»Entschuldigen Sie die Verspätung«, sagte ich.

»Waren die Hinweise richtig? Ich muß mich entschuldigen, aber meine Vorstellung von räumlichen Beziehungen ist streng begrenzt. Außer auf der Bühne, versteht sich. Mein Gott, ich kann ein Riesending wie ›Trauer muß Elektra tragen‹ im Kopf einrichten, offenbar aber keinem erklären, wie mein kleines Häuschen im Wald zu finden ist«, plauderte er, während er das schwere Armband an seinem Handgelenk drehte. Dann gaben wir uns die Hand, er tätschelte freundlich meinen Unterarm und zog mich in sein Wohnzimmer von dänisch-moderner und Neo-Navajo-Einrichtung. »Draußen ist es herrlich«, meinte er und berührte die Kürbisblüten-Halskette, »warum setzen wir uns nicht auf die Sonnenterrasse? Das Haus ist ein Katastrophengebiet, fürchte ich – ich bin Junggeselle, wissen Sie, und Hausarbeit scheint mir nicht zu liegen.« Er wies mit einer Handbewegung ziellos auf irgendein unsichtbares Durcheinander. Wir hätten von den gewachsten Dielenbrettern in Eiche essen oder auf dem Treibholz-Kaffeetisch eine Blinddarmoperation ausführen können, aber mich störte es nicht, nach draußen zu gehen. Seine Sorte Haus zwang mich immer, meine Stiefel nach Kuhdung zu untersuchen. Leider waren sie diesmal arglos sauber.

Die Sonnenterrasse, aus denselben silbrigen Brettern wie das Haus, von derselben Großranke bedroht, war in Schmiedeeisen und heiterer Leinwand in Orangerot ausgeführt. Jedenfalls waren wir im Freien. Mit einem tiefen, bebenden Seufzen sank Gleeson in einen Regiestuhl und bot mir vornehm den Stuhl gegenüber an.

»Für mich ist es ein bißchen früh, aber möchten Sie ein *Cerveza*?« sagte er, lässig die Eiswürfel in dem mundgeblasenen mexikanischen Glas wirbelnd, das er von dem adretten kleinen, zu seinem Stuhl passenden Tisch genommen hatte. »Ein Bier?« fügte er hinzu, nur für den Fall, daß ich nicht verstanden hatte.

»Klar«, knurrte ich, »für mich ist es nie zu früh.« Dann lachte ich in mich hinein wie Aldo Ray. Wenn ich seine *l'homme du monde*-Rolle ertragen mußte, hatte er meinen weltüberdrüssigen, alkoholischen Privatdetektiv zu erdulden.

»Gewiß«, murmelte er, griff in einen kleinen Kühlschrank auf der anderen Stuhlseite und holte eine Dose ›Tecate‹ heraus, eine ideale Prise Steinsalz und einen Schnitz Limone schon auf dem Dosendekkel. Er hatte sich vorbereitet, der Halunke. »Mögen Sie mexikanisches Bier?«

»Ich mag Bier«, sagte ich.

»Verstehe«, sagte er und versuchte mit hochmütig emporgezogenen Brauen ein überlegendes Lächeln zu tarnen. »Mexikanisches Bier ist ganz hervorragend. Vielleicht das beste auf der Welt. Ich schätze es selbst sehr. Den Sommer verbringe ich nämlich in Mexiko, San Miguel de Allende, jedes Jahr. Führt mich weg aus der prosaischen Welt der Oberschule«, sagte er, während er mir das Bier gab.

»Muß Spaß machen«, meinte ich und stellte mir vor, daß er im Sommer ein Toupet für dreihundert Dollar trug, das aussah wie eine tote Beutelratte, und sämtliche Leute auf vierzig Meilen im Umkreis langweilte.

»Ein herrliches Land«, sagte er seufzend, dann hob er den Kopf. »Eine Spur Salz auf die Zunge, dann das Bier trinken und in die Limone beißen.«

»Klar«, sagte ich, dann schluckte ich das Salz, kippte das ganze Bier hinunter, aß den Limonenschnitz samt Schale und warf die leere Büchse ins Gras. Gleeson sah aus, als wolle er ehrlich zu weinen anfangen, und als ich rülpste, zuckte er zusammen. »Ham' Sie vielleicht noch so'n mexikanisches Bier?« sagte ich heiter. »War gar nicht schlecht.«

»Versteht sich«, sagte er, der perfekte Gastgeber, dann teilte er mir eine zweite Dose zu, als sei das Bier rationiert. Bevor ich auch die vernichten mußte, wurde ich vom Gong gerettet. Oder vom Zirpen. Sein Telefon zirpte wie ein Vögelchen. »Ach verdammt«, sagte er. »Bitte, entschuldigen Sie mich.«

Als er hineingegangen war, stand ich auf, um das schwere Bier zur Ruhe zu bringen. Aus alter Neugier sah ich mir Gleesons Glas an. Moosbeerensaft und ein Hektoliter Wodka. Er war entweder ein heimlicher Säufer, ein krankhafter Lügner, oder durch meinen Besuch nervöser geworden, als er mir anvertrauen wollte.

Ich schlich mich ans Küchenfenster, konnte aber nichts hören als das ferne Pulsieren seiner Stimme und das irre Summen einer verzweifelten Fliege. Ich öffnete die Hintertür, um den armen, verhungerten Teufel herauszulassen, dann setzte ich mich, um einem Kolibri zuzusehen, wie er Zuckerwasser aus Gleesons Vogelhaus saugte. Ich konnte nicht glauben, daß der kleine Halunke deshalb bis von Südamerika heraufgekommen war. Oder daß ich den weiten Weg zurückgelegt hatte, um über ein Mädchen zu sprechen, das vor zehn Jahren davongelaufen war.

Gleeson kam zurück und murmelte Liebenswürdiges über die kleinen Schwächen seiner ganz einfachen wunderbaren Schüler.

»Also«, sagte er, als er sich zurücklehnte und die Knie mit den Händen umfaßte, so daß die Silberringe leise klirrten. »Was kann ich für Sie tun?«

»Betty Sue Flowers.«

»Gewiß.« Ein kurzes Stirnrunzeln legte seine Stirn bis zur duftenden, glänzenden Weite seiner Kopfhaut empor in Falten.

»Betty Sue Flowers«, sagte er seufzend, dann schüttelte er den Kopf und lächelte schief. »Ich habe seit Jahren nicht an sie gedacht.«

»Was fällt Ihnen dabei ein?«

»So ein primitiver Name für ein so wunderschönes, begabtes Kind«, sagte er. »Als sich zeigte, daß sie mehr war, als nur eine gute Amateur-Schauspielerin, riet ich ihr sofort, den Namen zu wechseln und wie alles kindliche Zeug abzulegen.«

»Mir gefällt der Name irgendwie«, sagte ich. Ich mochte Frauen, die ihren Namen wechseln, nicht. So wenig wie Männer, die vor Sonnenuntergang Schmuck tragen.

»Gewiß«, sagte er. »Was wollten Sie eigentlich genau wissen? Ich habe seit dem Freitag, bevor sie weglief, nichts mehr von ihr gesehen oder gehört. Wann war das? Vor sechs, sieben Jahren?«

»Vor zehn.«

»Wie die Zeit verfliegt«, flüsterte er mit verträumtem Beiklang, den Gemeinplatz von sich gebend wie einer, der wußte, was er bedeutete.

»Gewiß«, sagte ich.

Er hob den Kopf und verengte die Augen, als sehe er mich zum erstenmal.

»Es ist nicht höflich, mich zu verspotten«, meinte er höflich. Er schien sich aber halb darüber zu freuen, daß ich mir die Mühe gemacht hatte.

»Bedaure«, sagte ich. »Eine schlechte Angewohnheit von mir. Worüber hat sie damals gesprochen?«

»Ich fürchte, ich habe nicht die geringste Ahnung«, sagte er, dann hob er den einen Finger. »Warten Sie, ich glaube mich erinnern zu können, daß sie in meinem Büro vorbeikam, um mir zu sagen, sie hätte für den nächsten Abend Karten fürs ACT. Ich fürchte, ich weiß nicht mehr, was gegeben wurde. Es ist ziemlich lange her, Sie verstehen?«

»Zu lange«, räumte ich zum zehntenmal ein.

»Macht es Ihnen etwas aus, wenn ich mich nach Ihren Motiven in dieser Angelegenheit erkundige?«

»Ihre Mutter hat mich gebeten, nach ihr zu suchen.«

»Machen Sie das als Beruf, oder gehören Sie zur Familie?«

»Beides«, sagte ich. »Ich bin ein Vetter ihrer Mutter und zugelassener Privatdetektiv.«

»Wären Sie beleidigt, wenn ich Sie bäte, mir einen Ausweis zu zeigen?«

»Nee«, sagte ich und zog meine Lizenzkopie heraus.

»Ihrer Aussprache nach hätte ich angenommen, daß Sie vom Teil der Familie in Texas oder Oklahoma stammen«, sagte er, als er sie zurückgab.

»Texas«, sagte ich. »Aber heute dürfen wir fast überall wohnen, wo wir wollen.«

»Verstehe«, sagte er. »Hat es irgendwelche neuen Informationen über Betty Sue gegeben, die ihre Mutter veranlaßten, Sie zu beauftragen?«

»Nee«, erwiderte ich. »Ich war zufällig zur Hand. In einer anderen Sache hier unten. Und beide Söhne von Mrs. Flowers sind jetzt tot, so daß sie ihr Töchterchen einfach wiedersehen wollte.«

»Ich kann mir nicht vorstellen, daß sie noch ein Töchterchen ist«, sagte er, über seinen eigenen Witz lächelnd. »Aber an Ihrer Stelle würde ich mich mit ihrem Vater in Verbindung setzen. Aus Gründen, die ich nicht ganz begreife – vielleicht, weil er ihr seine Zuneigung vorenthielt –, war Betty Sue auf ungesunde Weise auf ihn fixiert. Ich möchte annehmen, daß sie mit ihm Verbindung aufgenommen hat. Ja, ich würde nach dem Vater forschen«, sagte er, lehnte sich zurück, schlürfte sein Getränk und seufzte schwer wie ein Detektiv, der in einem Existentialistenfilm gerade einen großen, traurig korrupten Fall gelöst hat.

Mein Temperament und mein Mundwerk hatten mich schon immer in Schwierigkeiten gebracht. Und mich gelegentlich daran gehindert, das zu erfahren, was ich wissen wollte. Ich hätte Gleeson am liebsten erklärt, er solle sich seinen dummen Rat irgendwo hinstecken. Statt zu meckern hielt ich aber den Mund und mein Temperament im Zaum.

»Ich hatte nie Gelegenheit, Betty Sue kennenzulernen, als sie aufwuchs«, sagte ich, die Richtung wechselnd. »Was für ein Mädchen war sie?«

»Einmalig«, antwortete er schnell, aber leise, dann verstummte er plötzlich, als hätte er etwas eingestanden. Jetzt hatte ich ihn.

»Warum?«

»Warum?« flüsterte er. »Als ich sie das erstemal sah, spielte sie in einer Volksschulaufführung von ›Aschenputtel‹. Einfach schrecklich die Produktion, selbst für eine Grundschule, und Betty Sue war als böse Stiefmutter fehlbesetzt, aber ich will Ihnen sagen, mein

Freund, wenn dieses kleine Kind, ein bloßes Kind, auf der Bühne stand, wirkten alle anderen Kinder wie Wesen einer minderen Rasse. Sie hatte die natürlichste Bühnenausstrahlung, die mir je begegnet ist. Im normalen Leben war sie nichts Besonderes, ein normal aussehendes Kind, mehr nicht, aber auf der Bühne beherrschte sie alles. Was für eine Präsenz! Und auch ein natürliches Gefühl für das Typische!« Er lachte leise. »Ihre Stiefmutter war eine Königin, die den Untertanen Geschenke machte. Und schon damals hatte sie eine erschreckende sexuelle Ausstrahlung. Man konnte die Lüstlinge mittleren Alters im Publikum buchstäblich danach winseln hören, von der Leine gelassen zu werden.

Nach der Aufführung ging ich hinter die Bühne, um mit ihr zu reden«, fuhr er fort, »und sah sie mit solch grauenhaft sehnsüchtigen Augen auf die Kleine blicken, die das Aschenputtel gespielt hatte, daß ich ihr an Ort und Stelle einen Vortrag darüber hielt, wie gut sie gewesen sei. Ich fürchte, ich verlor vorübergehend die Beherrschung. Als ich fertig war, sah sie zu mir auf und sagte: ›Es ist nur ein hübscheres Kleid als das meine, das ist alles. Ich möchte nie Aschenputtel sein. Ich würde mir das nicht bieten lassen.‹ Sie war neun, mein Freund, neun Jahre alt.

Danach nahm ich sie natürlich in die Hand, und sooft es ging, richtete ich meine Oberschul- und Amateur-Aufführungen so ein, daß sie eine Rolle bekam. Ich versuchte auch, ihre gräßliche Mutter zu veranlassen, daß ich sie in einem Schauspielseminar in der Stadt einschreiben durfte – bot sogar an, alle Kosten aus eigener Tasche zu bezahlen. Natürlich lehnte sie es ab. ›Is lauter Blödsinn‹, drückte sie sich, glaube ich, aus.« Er machte wieder eine Pause und verflocht die Hände ineinander. »Ihre verflixte Mutter kam mir dauernd in die Quere. Ich nehme an, daß man sie in ihrer Jugend für hübsch gehalten hatte – auch wenn ich mir das jetzt nicht mehr vorstellen kann –, und sie war auf Betty Sue eifersüchtig. Wer auch nicht, wenn er in dem schrecklichen Wohnwagen hinter der tristen Kneipe haust? Als Betty Sue fünfzehn war, ließ ich einmal einen Freund – einen Berufsfotografen – eine Mappe Aufnahmen von ihr machen. Sie waren herrlich. Als ich Betty Sue später fragte, was sie damit gemacht hätte, sagte sie, die Mappe sei verlorengegangen, aber ich bleibe bei der Überzeugung, daß ihre Mutter sie vernichtet hat. Todtraurig«, sagte er, nippte an seinem Glas und sprach hastig weiter. »Mit fünfzehn spielte sie die Antigone, im Stück von Anouilh, mit sechzehn die Mutter Courage. Ich hätte das nicht für möglich gehalten.«

»Für die Oberschule ganz schön gewichtig«, meinte ich.

»Laientheater«, sagte er. »Wir hatten damals eine großartige Truppe. Selbst die Zeitungen in San Francisco besprachen unsere Aufführungen günstig. Sie war so großartig.« Er hörte sich an wie ein Mann, der an Heldentaten in einem antiken Krieg zurückdenkt. »Mit ein bißchen Glück hätte sie es am Broadway oder in Hollywood schaffen können. Mit ein bißchen Glück«, wiederholte er, wie einer, der keines gehabt hat. »Das Glück ist fast genauso wichtig wie die Begabung, wissen Sie.« Dann blickte er in sein leeres Glas.

Ich riß ihn aus seiner Versunkenheit.

»Wie alt war sie, als Sie sie verführt haben?«

Gleeson lachte leichthin, ohne Zögern, und seine überkronten Zähne glänzten in der Sonne. Der Kolibri überflog die Sonnenterrasse wie ein sanft-blauer Wischer und hielt kurz an, um Gleesons Duft zu prüfen. Aber Gleeson war keine Blume, also schnellte der Vogel davon. Gleeson klirrte mit seinen Eiswürfeln und stand auf.

»Ich glaube, ich trinke jetzt doch etwas«, sagte er freundlich. »Möchten Sie noch ein ›Tecate‹?«

»Ich möchte lieber eine Antwort auf meine Frage.«

»Mein guter Mann«, sagte er, während er etwas zusammengoß, »Sie sind das Opfer von schmutzigen Gerüchten und bösartigem Klatsch geworden.«

»Ich habe Ihren Namen von Mrs. Flowers«, sagte ich, »das ist alles. Außer, daß ich jetzt verstehe, warum sie ihn mit zusammengebissenen Zähnen ausgesprochen hat. Sonst weiß ich über Sie nichts, was nicht Sie mir erzählt haben.«

»Oder was Sie vermuten?«

»Erraten.«

»Sie spielen den Bauerntölpel gut, mein Freund«, sagte er, während er mir noch ein Bier gab. »Aber Sie haben sich verraten, als Sie nicht fragten, was ACT heißt, und auf der Polizeischule oder aus einem Brieflehrgang für Privatdetektive lernt man nichts über Brecht und Anouilh.«

»Den Detektiv soll eigentlich ich geben.«

»Ich nehme an, daß Sie auch diese Rolle sehr gut spielen«, sagte er, »und ich hege den Argwohn, daß es nicht in meinem allerbesten Interesse liegt, dieses Gespräch fortzusetzen.«

»Ich lebe nicht hier«, erwiderte ich. »Es könnte mir nichts gleichgültiger sein als die Frage, wie viele Jungfernhäutchen halbwüchsiger Mädchen Sie in Ihrem Trophäenzimmer hängen haben. Lieber

Sie hier bei Kerzenlicht und gutem Wein, als irgendein pickliger Zuhältertyp mit einem Sechserpack Bier auf dem Rücksitz eines Autos.«

»So leicht kann man mir nicht schmeicheln«, sagte er, aber ich konnte in den Tiefen seiner Augen schlüpfrige kleine Lichter brennen sehen. »Allerdings genehmige ich mir von Zeit zu Zeit etwas«, fügte er mit einem feuchten Lächeln hinzu. »Die meisten schlichten Gemüter im Ort halten mich für einen Schwulen, und das lasse ich zu. Eine hübsche kleine Tarnung, nicht?« Ich nickte. »Aber Betty Sue und ich hatten eine solche Beziehung nie. Nicht, daß ich nicht höchste Lust gehabt hätte, wohlgemerkt – sie besaß eine krasse sexuelle Ausstrahlung –, und nicht, daß sie nicht bereitwillig gewesen wäre. Gewiß, wenn ich geahnt hätte... geahnt hätte, wie alles kommen würde, gewußt hätte, daß sie keine Theaterlaufbahn einschlagen würde, ich hätte sofort zugegriffen. Aber ich fürchtete, eine sexuelle Beziehung würde unserer beruflichen von Nachteil sein.«

»Beruflich?«

»Richtig«, sagte er. »Ich mag jetzt nur ein Oberschul-Schauspiellehrer sein, aber ich habe Off-Broadway und im Fernsehen gearbeitet, sogar am College Unterricht gegeben und kenne mich in der Branche aus. Betty Sue hätte es schaffen können. Und ich gestehe ein, daß ich vorhatte, sie in diesem Fall zu nutzen.« Er seufzte wieder. »Sporttrainer steigen oft mit ihren Starspielern die Leiter hinauf, und ich sah keinen Grund, weshalb ich nicht dieselbe Chance haben sollte. Also verzichtete ich. Betty Sue hätte, wie das bei so jungen Mädchen oft vorkommt, des älteren Mannes in ihrem Leben überdrüssig werden und die sexuelle mit der beruflichen Beziehung durcheinanderbringen können. Deshalb ließ ich die Finger von ihr, mein Freund«, sagte er mit genau der richtigen Mischung von Reue und Stolz.

»Tut mir leid«, erklärte ich, bemüht, sein Gesicht hinter der reumütigen Maske zu sehen. »Sie müssen immer noch Freunde beim Theater haben«, fuhr ich fort, »und ich nehme an, Sie haben im Laufe der Jahre nach Betty Sue gefragt.«

»So oft, daß ich ein wenig zum Gespött geworden bin«, gab er wehmütig zurück. »Aber niemand hat je etwas von ihr gesehen oder gehört. Das ist eine Sackgasse, fürchte ich.«

»Könnte sie schwanger gewesen sein?«

»Das könnte sie, ja«, sagte er. »Ich ging davon aus, daß sie Jungfrau nicht weit über ihren vierzehnten Geburtstag hinaus geblieben ist. Aber wissen konnte ich das natürlich nicht.«

»Wissen Sie«, sagte ich, von der früheren Lüge, das Getränk betreffend, immer noch beunruhigt, »manchmal gestehen Leute eine Kleinigkeit – wie ihre selbstsüchtigen Absichten in bezug auf ihre Laufbahn –, um etwas Größeres zu verbergen.«

»Was könnte ich denn zu verbergen haben?« entgegnete er sanft.

»Das weiß ich nicht«, sagte ich, dann beugte ich mich vor, bis sich unsere Hände beinahe berührten. »Ich bin ein bißchen gebildet«, meinte ich, »aber nicht sonderlich raffiniert –«

»Im Innersten immer noch ein Junge vom Land?« unterbrach er mich.

»Richtig. Und Sie sind, wie gesagt, ein Profi. Sie wissen alles über Schauspielerei und Lügen, Masken tragen, und wenn ich dahinterkomme, daß Sie mich angelogen haben, alter Freund, dann erscheine ich ganz bestimmt bei Ihnen wieder, um das mit Ihnen zu bereden.« Ich zerdrückte die Bierdose mit der Faust. Eine altmodische Stahlblechdose.

Gleeson lachte nervös.

»Sie sind ein großer Schwindler«, sagte er so fröhlich, wie er konnte. »Mit dem Trick könnten Sie kein Kind hereinlegen.«

»Im Gegensatz zu dem Ihren, alter Freund, ist meiner kein Trick«, sagte ich. Dann packte ich sein Handgelenk und preßte das schwere Silberarmband in sein weiches Fleisch. »Geistiger Diskurs ist fein, Mann, aber in meinem Geschäft geht es um Gewalt und Schmerz.«

»Mein Gott«, quietschte er und wand sich, »Sie brechen mir den Arm.«

»Das ist erst der Anfang, Mann«, sagte ich. »Merken Sie sich, daß ich das gerne mache und daß ich Sie überhaupt nicht leiden kann.«

»Bitte«, wimmerte er, mit Schweißtröpfchen auf dem Kopf.

»Heraus mit dem Rest!« flüsterte ich.

»Es gibt nichts, ich schwöre... bitte... Sie brechen...«

»Hören Sie, alter Freund«, sagte ich liebenswürdig, »die US-Army hat mich unter großen Kosten in Verhörtechnik ausgebildet, mir den Kopf mit lauter psychologischem Scheiß vollgestopft, aber als ich nach Nam kam, war Schluß mit der Psychologie, wir klemmten die kleinen Tölpel an eine Telefonkurbel – Krokodilklemmen an Vorhaut und Brustwarzen –, und die kleinen Saukerle waren hundertmal zäher als Sie, aber wenn wir das Telefon klingeln ließen, haben die geantwortet.«

»Also gut«, ächzte er, »also gut.« Ich ließ sein Handgelenk los. »Können Sie das nicht abmachen?« stieß er hervor, während er sich mit seinem verbogenen Armband abmühte.

»Sicher«, sagte ich und bog das Silber gerade. Sein Gesicht war faltig, seine Lider zuckten. Er rieb sich das Handgelenk, während ich ihm etwas zu trinken machte. »Sie hatten mir etwas zu sagen.«

»Ja, klar. Einmal, vor einiger Zeit«, plapperte er, »dachte ich, sie in einem Pornofilm in der Stadt drüben gesehen zu haben. Das Mädchen war dick und gräßlich, eine fette Sau, aber sie könnte es gewesen sein, es sah danach aus, die Kopie war schlecht, ganz körnig, und die Ausleuchtung noch schlechter, aber es sah nach ihr aus, bis auf die Narbe, diese häßliche Narbe mitten auf ihrem Bauch.« Als er mit dem Reden aufhörte, bewegte sich sein kaputter Mund weiter, wie ein kleines Tier im Todeskampf.

»Warum das verschweigen?« fragte ich ehrlich erstaunt.

»Ich ... ich schämte mich für das Interesse an ... an dergleichen«, sagte er, dann stürzte er sich auf sein Glas. »Und es war so schmutzig, dieses grauenhafte fette Mädchen und die alten Männer ...«

»Wissen Sie den Titel noch?«

»›Tierische ...‹ und noch etwas. ›Lust‹ oder ›Leidenschaft‹, so ungefähr. Ich weiß es nicht mehr, es war so grauenhaft«, stöhnte er, dann begann er zu weinen.

»Und so erregend«, sagte ich, und er nickte. »Das ist alles, was Sie mir zu sagen hatten?« fragte ich, und er nickte wieder.

Es klang nicht richtig, aber ich wußte nicht, was falsch klang. Ich wußte nur, daß ich ihn nicht weiter unter Druck setzen konnte. Ich hatte den Mumm nicht dafür. Beim einzigen Verhör in Vietnam, das ich miterlebt hatte, war mir übel geworden, aber ich wußte nicht mehr, ob mein Erbrechen auf die Qual des kleinen Vietcong, das Vergnügen des vietnamesischen Ranger-Hauptmanns oder meine Erschöpfung zurückzuführen war. Ich war dreiundzwanzig Tage im Urwald gewesen und konnte mit offenen Augen im Stehen schlafen, was gut war, weil ich es mit geschlossenen am Boden nicht konnte. Einige Tage später beging ich den Fehler, der mich aus Vietnam und zwei Jahre später aus der Army fortführte. Das schien in der Regel alles lange her zu sein, aber es erschien zu nahe, wenn ich Gleeson im hellen Sonnenlicht weinen hörte.

»He«, sagte ich, »ich wollte Ihnen nicht weh tun.«

»Ach, ich verstehe«, schluchzte er, »der furchtbare Krieg hat so viele von euch Jungs kaputtgemacht.«

»Ich bin vor neun Jahren aus Nam gekommen«, sagte ich, »und Junge bin ich auch keiner, also suchen Sie nicht nach Ausreden für mich.«

»Gewiß«, erwiderte er so aufrichtig, wie er konnte, »gewiß.« Dann nahm er die Hand vom Gesicht und wischte an den Tränen herum.

»Würden Sie mir einen kleinen Gefallen tun?« fragte er.

»Nämlich?«

»Rufen Sie mich an, wenn Sie sie finden? Bitte: Ich zahle alles, was Sie verlangen. Bitte!«

»Daran hätten Sie vor zehn Jahren denken sollen.«

»Ha«, sagte er und rieb sich die Augen. »Vor zehn Jahren war ich noch in den Dreißigern, statt fast fünfzig, und ich hatte keine Ahnung, daß ich noch zehn Jahre hier sein würde, keine Ahnung, daß der Gipfel meiner Laufbahn eine kleine Schauspielerin aus der Oberschule sein würde. Nicht die geringste Ahnung. Ich wußte damals nicht, was sie mir bedeutete. Jetzt weiß ich es. Ich möchte sie einfach wiedersehen, noch einmal mit ihr reden. Bitte.«

»Ich werde sie nicht finden«, sagte ich.

»Aber wenn doch...«

»Sage ich es Ihnen kostenlos«, erwiderte ich. »Das mit Ihrem Handgelenk tut mir leid, und vielen Dank für das Bier.«

»Gern geschehen«, erwiderte er, ein schwaches Lächeln um die Lippen, dann sank sein Kopf wieder auf die Hände herab.

Ich ließ ihn auf der Terrasse sitzen. Als ich zur Haustür hinausging, nahm ein junges Mädchen mit Oberteil und abgeschnittenen Jeans dies als Stichwort, um ihr Zehngang-Fahrrad den Gartenweg hinaufzuschieben. Ich hätte ihr am liebsten gesagt, Gleeson sei nicht zu Hause, aber ihr Gruß und Lächeln waren scheu und höflich vor Staunen, ihre schlanken und gebräunten Oberschenkel trugen einen Schweißflaum.

»Hallo«, sagte sie. »Ist das nicht ein herrlicher Tag?«

»Erquicket mich mit Blumen«, sagte ich, »und labet mich mit Äpfeln; denn ich bin krank vor Liebe.«

»Was ist das?« fragte sie süß verwirrt.

»Poesie, glaube ich.«

Statt sie in die Arme zu nehmen, um sie zu beschützen, statt sie mit einer Strafpredigt heimzuschicken, ging ich an ihr vorbei zu meinem El Camino. Die Jugend überdauert alles, Könige und Poesie und Liebe. Alles, bis auf die Zeit.

Kapitel

5

Da es Samstag nachmittag zu werden begann, und ich mir nicht wie die christliche Mildtätigkeit zu Fuß vorkam, hoffte ich, Albert Griffith würde sich nicht melden. Das Glück hatte ich nicht. Nachdem ich erklärt hatte, was ich wollte, war er bereit, sich um fünf Uhr in seiner Kanzlei mit mir zu treffen. Er schien sogar begierig darauf zu sein. Ich fuhr nach Petaluma, fand eine anonyme Motel-Bar und den Trauermarsch eines Giants-Baseballspieles im Fernsehen, mit dem ich bis fünf Uhr die verdorbene Zeit totschlagen konnte.

Nach ein paar tödlich langweiligen Spielzeiten und langsam getrunkenen Bieren mit sorgfältigen Pausen kam der Barmann vorbei, und ich bestellte etwas zu trinken.

»Erquicket mich mit CC-Pfuhl, Freund, denn von alldem bin scheißgelangweilt ich.«

»He, Freund, immer langsam, ja«, sagte er und ging davon.

»Das ist Canadian Club mit Wasser, du Scheißkerl«, schrie ich ihm nach. »Aber den trinke ich woanders.«

»Meinetwegen gern, Freund«, sagte er.

Als Trinkgeld ließ ich ihm den Rest vom abgestandenen Bier. Wenn selbst die Barmänner ihre Romantik verlieren, wird es Zeit für eine bessere Welt. Oder wenigstens eine andere Bar. Ich fand die Lokalzeitung und die nächste Bar.

Albert Griffith hatte dafür so viele romantische Vorstellungen, daß Doris Day davon schlecht geworden wäre. Er hatte ein Büro in einem renovierten viktorianischen Haus in einer stillen Nebenstraße nicht weit von der Innenstadt und trug die passende Kleidung: einen dunkelblauen, maßgeschneiderten Nadelstreifenanzug mit Weste und seidener Krawatte. Als er mich in sein Büro führte, bot er mir einen vergoldeten Brokatsessel und schottischen Malzwhisky an. Ich nahm beides. In meinem Beruf muß man sich auf alle Leute einstellen. Ein paar Minuten lang. Mit Rechtsanwälten ist das so eine Sache, aber Albert Griffith tat so, als sei er mein Freund. Für den Augenblick.

Er lehnte sich an seinen riesengroßen Schreibtisch, die Arme vor der Brust verschränkt, während er vor mir aufragte und ein freundliches Lächeln unter spöttischen Augen zeigte. Nachdem ich einen Schluck von seinem großartigen Whisky getrunken hatte, warf er sich in seine Rolle.

»Also Mr. Sughrue,« sagte er, »wir wollen gleich von Anfang an etwas klarstellen: Ich weiß nicht, wie Sie Mrs. Flowers dazu überredet haben, Sie zu dieser Jagd nach Hirngespinsten zu beauftragen, und ich weiß nicht, wieviel Geld Sie der armen Frau haben abluchsen können, aber sie ist eine persönliche Freundin meiner Mutter, und ich habe die Absicht, Ihrem üblen kleinen Manöver ein Ende zu bereiten.«

»Sie wollen, daß ich Sie beteilige, wie?« sagte ich. »Okay. Es ist genug für alle da.«

»Was?« Während er mit seiner Verwirrung rang, stand ich auf, ging hinter seinen Schreibtisch, nahm eine Zigarre aus der Kiste, zündete sie an, setzte mich auf seinen ledernen Drehsessel und legte die Stiefel auf die Schreibtischplatte.

»Was, zum Teufel, machen Sie da?« fragte er.

»Es mir bequem, Partner«, sagte ich und blies ihm Rauch ins Gesicht.

»Stehen Sie da auf!« stieß er hervor. Er hätte nicht wütender sein können, wenn ich mich auf das Gesicht seiner Frau gesetzt hätte.

»Hör mal, mein Junge«, sagte ich und nahm mir eine Handvoll Zigarren für meine Brusttasche, »du hast es hier ja ganz toll, aber du bist auch nur ein zweitklassiger Gauner, ein Versager, ein Witz bei Gericht, also spiel hier nicht den großen Anwalt.«

»Wenn Sie meine Kanzlei nicht auf der Stelle verlassen, rufe ich die Polizei«, sagte er mit beinahe schluchzender Stimme.

»Wenn Sie sich entschuldigt haben, können wir vielleicht neu anfangen«, meinte ich.

Im Augenblick wußte er jedoch nichts zu sagen. Ich sah, wie sein Gesicht etwa viermal die Farbe wechselte, und betrachtete die schlechte Zahnklempnerei an seinen unteren Backenzähnen. An der Zeitungsbar hatte ich einen AP-Korrespondenten gefunden, der mir für den Preis einer Runde Albert Griffith' Lebensgeschichte erzählt hatte.

»Wenn das Ihrer Einstellung zuträglich ist, rufen Sie Rosie an«, sagte ich. »Sie hat siebenundachtzig Dollar, zwei Flaschen Bier und ein Lächeln investiert, und ich nehme vielleicht noch das eine oder andere Bier und zahle vielleicht nur hundert Dollar drauf, aber sie hat alles bezahlt, was zu bezahlen ist. Rufen Sie sie an, während ich noch einen Schluck von dem überbezahlten Whisky trinke.« Während ich nachschenkte, rief er Rosie an und sprach kurze Zeit leise mit ihr. Dann legte er auf, lockerte die Krawatte und goß sich eine beachtliche Menge ins Glas. Ich hatte noch kein richtiges Bild von Betty Sue, aber allein die Erwähnung ihres Namens schien erwachsene Männer zum Alkohol zu treiben.

»Setzen wir uns auf die Sitzbank«, sagte Albert, und wir ließen uns auf den gegenüberliegenden Enden einer enormen Lederbank nieder. »Bitte, nehmen Sie meine Entschuldigung an«, sagte er. »Sie sind sicher lange genug im Beruf, um zu wissen, daß die meisten Einzel-Detektive Halunken sind. Sogar die Sicherheitsleute bei großen Gesellschaften sind unter dem Glanzlack bestürzend häßlich.«

»Danke.«

»Wofür?«

»Daß Sie mir kein Glanzlack-Äußeres bestätigen.«

»Gern geschehen«, sagte er, blickte auf meine verwaschene Levis, das abgetragene Arbeitshemd, und lachte. Für meinen Geschmack ein bißchen zu lange. »Rosie hat mir alles erklärt, Mr. Sughrue, und es tut mir leid, daß ich so voreilig gewesen bin.«

»Schon gut«, sagte ich, »das bin ich gewöhnt.«

»Jedenfalls tut es mir leid«, wiederholte er. Ich wünschte mir, daß er damit aufhörte. »Rosie sagte sogar, Sie hätten ihr erklärt, das sei vermutlich Geld- und Zeitverschwendung«, meinte er mit einem traurigen Lächeln. »Lassen Sie sich von mir sagen, daß das eindeutig ein hoffnungsloser Fall ist.«

»Wieso das?«

»Ich war Student in Berkeley, als Betty Sue weglief«, sagte er, »und habe sie während meiner ganzen Freizeit zwei Jahre lang in der Stadt gesucht. Das merkte man an meinen Noten. Ich wäre beinahe nicht zugelassen worden. Ich habe nie irgendeine Spur gefunden. Keine einzige. Ich habe von einem Freund in Washington sogar ihre Beitragszahlungen zur Sozialversicherung überprüfen lassen, aber seit dem Sommer vor ihrem Verschwinden, als sie halbtags arbeitete, ist kein Cent bezahlt worden. Ich kann nur annehmen, daß sie nicht gefunden werden will oder tot ist«, sagte er und griff nach seinem Glas. Die Hand zitterte so stark, daß der Glasrand an seinen Zähnen klirrte. »Aber wenn sie tot ist, dann ist sie nicht in San Francisco oder Umgebung gestorben. Jedenfalls nicht in den ersten fünf Jahren nach ihrem Verschwinden.«

»Woher wissen Sie das?«

»So lange habe ich unbekannte weibliche Tote in den Leichenschauhäusern überprüft«, sagte er leise, als mache ihn die Erinnerung sehr müde.

»Sie haben sich viel Mühe gegeben.«

»Ich habe sie sehr geliebt, und Betty Sue war eine ganz besondere Frau.«

»Das habe ich gehört«, sagte ich und bedauerte das sofort.

»Von wem?«

»Von jedermann.«

»Von welchem Jedermann?«

»Von ihrem Schauspiellehrer, etwa.«

»Gleeson«, sagte er mit verächtlichem Schnauben. »Der schwule Kerl. Er wußte gar nichts von Betty Sue, hatte kein Gefühl für sie. Er ermutigte sie zur Schauspielerei, damit sie ihn für einen großen Mann hielt, das war alles. Sie war gut, hatte aber nicht einmal Spaß daran. Sie sagte mir immer: ›Die schauen mich nur an, Albert, die sehen mich nicht.‹ «

»Ich dachte, das hat Marilyn Monroe gesagt.«

»Hm? Oh, vielleicht hat sie das. Ich bin sicher, das ist bei Schauspielerinnen häufig. Betty Sue war sehr sensibel, was ihr Aussehen anging. Manchmal, wenn wir eine... Auseinandersetzung hatten, weinte sie und sagte: ›Wenn ich häßlich oder verkrüppelt wäre, hättest du mich nicht lieb.‹ «

»Hatte sie recht?« fragte ich unwillkürlich.

»Verdammt, Mann«, sagte er, »ich habe sie zehn Jahre nicht mehr gesehen und bin... immer noch halb in sie verliebt.«

»Was sagt Ihre Frau dazu?«

»Wir sprechen nicht darüber«, antwortete er seufzend.

»Könnte Betty Sue die Schauspielerei ernst genug genommen haben, um nach Hollywood oder New York geflüchtet zu sein?«

»Machen das Mädchen noch?«

»Die Menschen machen alles noch, was sie früher gemacht haben«, sagte ich. »Also?«

»Ach, ich glaube nicht«, meinte er. Als ich sein Angebot, mir nachzuschenken, ablehnte, ging er an die Bar und füllte sein Glas. »Das glaube ich durchaus nicht«, sagte er von dort. »Sie hatte Freude an der Arbeit – Proben und so –, aber der Auftritt war für sie nicht alles.« Er setzte sich wieder. »Bei ihr nützte sich die Begeisterung rasch ab. Einen Monat das Theater, Schauspiel nur als Vorbereitung für Schreiben und Regie führen, im nächsten wollte sie Missionsärztin werden, dann wieder Malerin oder irgend etwas Künstlerisches. Und das Schlimmste war, daß sie fast alles konnte, worauf sie sich versteifte.« Er leerte sein Glas zur Hälfte. »Und trotz all der Dinge, die sie konnte, war sie der einsamste Mensch, den ich kannte, wissen Sie. Das war das Herzzerreißende daran, diese Einsamkeit. Ich konnte ihr überhaupt nicht helfen. Manchmal schienen meine Bemühungen alles nur noch schlimmer zu machen. Ich konnte nicht verhindern, daß sie einsam war.«

»Nicht einmal im Bett?«

»Sie sind ein neugieriger Halunke, was?« sagte er leise.

»Berufskrankheit.«

»Nun, die Wahrheit ist die, daß ich sie nie angerührt habe«, beteuerte er mit angemessener Traurigkeit. »Vielleicht würde ich sie sonst nicht mehr auf dem Rücken herumschleppen.«

»Hat jemand anderer sie angerührt?«

»Ich vermutete immer, daß sie keine Jungfrau war«, meinte er mit schwachem Lächeln. »Aber sie wollte nicht darüber reden.«

»Haben Sie mit ihr deshalb gestritten?«

»Ich schon, aber sie nicht. Sie saß einfach da, zog sich in ihr Schneckenhaus zurück und weinte. Oder ließ sich von mir heimbringen.«

»Hatten Sie an dem Tag, als sie davonging, Streit?«

»Nein«, murmelte er und schüttelte den Kopf. »Es war ein ganz normaler Tag. Wir blieben drüben in einem Stau stecken, sie machte einfach die Wagentür auf, stieg aus und ging davon. Ohne umzuschauen. Wortlos.«

»Sie sind ihr nicht nachgelaufen?«

»Wie konnte ich denn?« rief er. »Ich wußte doch nicht, daß sie weglief, und konnte mein Auto doch nicht einfach auf der Straße stehen lassen, Mann.«

»Ich dachte, Sie hätten Karten für ein Stück gehabt.«

»Weiß ich doch nicht mehr«, sagte er. »Das ist zehn Jahre her, zehn gottverdammte Jahre.«

»Stimmt.«

»Noch was zu trinken«, sagte oder fragte er. Als er aufstand, gab ich ihm mein Glas, aber er lief damit im Zimmer herum.

»Können Sie mir sonst etwas über sie sagen?« fragte ich.

Er blieb stehen und starrte mich an wie einen Irren, dann ging er wieder auf und ab. Er schwenkte die Arme und schrie beinahe: »Über sie sagen? Mein Gott, Mann, ich könnte den ganzen Tag von ihr reden, und Sie würden sie trotzdem nicht sehen. Was sagen? Daß ich sie geliebt habe, seit sie ein Kind war, daß ich nicht aufhören konnte, einfach, weil sie weglief? Ich habe es versucht, glauben Sie mir.« Er verstummte kurz. »Das klingt jetzt alles so albern, nicht?«

»Was?«

»Daß das Verschwinden eines gottverfluchten Oberschul-Zahns, den ich nie angerührt hatte, das tiefgreifendste Trauma für mich war. Und davon verstehe ich etwas, weil ich einen Säufer zum Vater hatte. Was wollen Sie überhaupt wissen?«

»Alles. Egal was.«

»Daß ich eine ungefährlich langweilige Frau geheiratet und zwei ungefährlich langweilige Kinder gezeugt habe, die anzusehen ich so wenig ertragen kann, wie sie zu verlassen, und zu lieben auch nicht, weil sie auch alle fortlaufen könnten«, sagte er. »Sonst noch etwas?«

»Eine Frage noch, die ich ungern stelle«, erwiderte ich, »aber für eine Antwort wäre ich ehrlich dankbar.«

»Nämlich?« fragte er, dann sah er die beiden Gläser in seiner Hand. Er gab mir das meine trotzdem nicht. »Und warum fragen Sie ungern?«

»Ich habe ein Gerücht gehört, Betty Sue hätte in San Francisco ein paar Bumsfilme gedreht.«

»Das ist so absurd, daß ich darauf gar nicht eingehe«, sagte er und gab mir endlich meinen Whisky.

»Davon wissen Sie nichts, wie?« fragte ich, während ich aufstand und Eiswürfel in das warme Getränk warf.

»Machen Sie sich nicht lächerlich«, sagte er.

»Na gut. Erinnern Sie sich an eine Peggy Bain?«

»Natürlich. Sie war Betty Sues beste Freundin. Die einzige, nehme ich an.«

»Sie wissen nicht zufällig, wo sie wohnt?«

»Vielleicht doch«, sagte er. »Ich habe vor ein paar Jahren eine Scheidung für sie gemacht, und sie schickt mir ab und zu eine Weihnachtskarte.« Er blätterte in seiner Adressenkartei, dann schrieb er mit einem kleinen goldenen Füller eine Adresse mit Rufnummer auf eine Karte. »Vor zwei Jahren hat sie dort in Palo Alto gewohnt. Bitte, grüßen Sie sie von mir, wenn Sie sie sehen.«

»Danke«, meinte ich. »Das mache ich. Und jetzt muß ich gehen.« Ich stellte das halbvolle Glas auf den Tisch. »Ich habe eine Verabredung.«

»Ich auch«, sagte er mürrisch und schaute auf die Uhr. »Mit meiner Frau.« Wir tauschten einen Händedruck, als wir zur Tür gingen, dann fragte er: »Würden Sie mir einen Gefallen tun?«

»Nämlich?«

»Wenn Sie durch irgendeinen irren Zufall Betty Sue finden sollten, würden Sie mich benachrichtigen?«

»Nicht für Geld und Liebe«, sagte ich.

»Weshalb nicht?« fragte er verwirrt, den Tränen nahe.

»Ich will Ihnen eine Geschichte erzählen«, sagte ich. »Als ich zwölf war, arbeitete mein Papa auf einer Ranch in Wyoming, und ich verbrachte den Sommer dort mit ihm – meine Eltern lebten nicht zusammen –, und mein Papa war verrückt, er ließ sich einfallen, er sei indianischer Abstammung. Reiner Quatsch. Na, er trug Zöpfe und wohnte in einem Wigwam und behauptete, er sei ein Kawahadi-Komantsche, und ich auch, weil ich sein Sohn sei. Und er trieb mich da zur Suche nach einer Vision. Drei Tage und Nächte unter einem leeren Himmel, keine Bewegung, nichts zu essen und nicht schlafen. Und wissen Sie, was? Es klappte.«

»Ich weiß nicht recht, ob ich verstehe, was Sie meinen«, meinte er ernsthaft.

»Tja, es ist so«, sagte ich. »Ich hatte eine Vision, und ich habe sie seitdem dauernd.«

»Und?«

»Wissen Sie, als Sie mir von den unbekannten weiblichen Toten erzählt haben, hatte ich wieder eine«, sagte ich.

»Wovon?«

»Ich sah Ihr Gesicht ganz verzerrt vor Enttäuschung, jedesmal, wenn Sie sie unter dem Gummilaken nicht gefunden haben«, sagte ich, und er begriff sofort. »Ich weiß, Sie sind ein netter Mensch und so, und Sie wollen das auch gar nicht, aber so war es, und wenn ich sie jemals finden sollte, erfahren Sie das von mir nie.«

»Warum tun Sie mir das an?« schrie er auf, aber ich machte ihm die Tür vor der Nase zu. Dafür hatte ich noch keine Vision.

Im El Camino blieb ich eine Weile sitzen und dachte an meinen verrückten Papa und die Tage und Nächte mit gekreuzten Beinen auf einem Kreidefelsen über dem Sybille Creek, regungslos wie ein sprachloses Tier oder ein Steinblock auf einem namenlosen Grab. Natürlich hatte ich Visionen. Zuerst vom Verhungern oder solcher Langeweile, daß ich allein daran sterben mochte, dann vielleicht vom schlichten Erfrieren unter den Sternen, oder ewig ein Krüppel zu sein, in der Stellung mit gekreuzten Beinen verharren zu müssen wie ein Farbfleck auf einer Ranke. Aber später kamen sie dann: ein fliegender Stein, ein Stern, der wie ein Oxford-Professor redete, Virginia Mayo zu meinen Füßen. Ich war wohl kein sehr guter

Komantsche; ich hatte zu viele Filme gesehen, und außerdem hatte mein verrückter Papa das alles erfunden. Aber Visionen hatte ich, bei Gott. Und keine der Drogen oder Kombinationen davon, die ich als Erwachsener zu mir nahm, hatte je etwas Ähnliches hervorgerufen. Ich war aber auch nie wieder zum Sybille Creek und zu diesen Kreidefelsen zurückgefahren. Und würde es nie tun.

Kapitel 6

Als ich nach Sonoma zurückfuhr, fragte ich mich, was Gleeson und der arme Albert getan hatten, um meine Bösartigkeit herauszulokken. Ich hatte Gleeson unbarmherzig tyrannisiert und Albert wie eine verschorfte Wunde aufgekratzt und sie vor leeren Gläsern alleingelassen. Vielleicht hatte ich von Natur aus einen bösartigen Zug in mir. Das hatte die letzte von mir geliebte Frau behauptet, als sie es ablehnte, mich zu heiraten. Sie hätte zwei Kinder aufzuziehen und wolle nicht, daß sie die Bösartigkeit von mir erlernten. Das und anderes hatte sie mir gesagt. Wenn mich das nicht so bösartig gemacht hätte, wäre ich zu dem Versuch bereit gewesen, gegenüber Gleeson und dem armen Albert Schuldbewußtsein zu empfinden. Aber ich hatte auch die Frau überwunden, von der diese Vorwürfe stammten.

Wenn nicht Vergebung, so hatte ich doch wenigstens wieder Arbeit gefunden. Und Trahearne dazu, obwohl ich wußte, daß ich keine Aussicht hatte, Betty Sue Flowers zu finden. Nicht in hunderttausend Jahren. Ich trank mein Bier und lenkte den El Camino die Straße hinunter. Das ist meine Rolle. Und das schon seit Jahren.

Trahearnes Rolle sah dagegen vor, daß er wie ein falscher Fuffziger oder ein beharrlicher Reisevertreter immer wieder auftauchte. Als ich mein Motelzimmer betrat, war seine massige Gestalt auf dem zweiten Bett gestrandet. Eine Zweiliterflasche Wodka, Tonic und Eis standen auf dem Nachttisch zwischen den Betten, auf meinem Kissen lag ein Zettel: ›Halten Sie mich auf, bevor ich wieder töte.‹ In einer Ecke des Zimmers lag ein wirrer Haufen ungelesener Zeitschriften und Taschenbücher.

Ich rüttelte ihn an der Schulter und fragte ihn, was, zum Teufel, er in meinem Zimmer zu suchen habe, aber er lächelte zwischen den Schnarchlauten nur wie ein obszöner Cherub. Ich machte mich sauber, zog meine frischen Levis an und ließ ihn ohne einen ulkigen

Zettel weiterschlafen. Mein Tag war für ulkige Zettel gar nicht geeignet.

Bea war in Sacramento aufgewachsen, hatte nie etwas von Betty Sue Flowers gehört und kam erst soviel später am Abend hinter meine Schliche, daß es keine Rolle mehr spielte. Wir zogen durch die Stadt, soweit vorhanden, und reicherten das Nachtleben mit Gelächter, Lügen, ein bißchen von ihrem selbstgezogenen Hanf und meinem Whiskey an. Dann wankten wir zur größten aller Lügen ins Motel zurück. Wir trugen auch einen Stapel von Trahearnes Büchern mit hinauf, aber der große Mann konnte sie im Schlaf nicht signieren.

»Wir könnten bis morgen früh warten«, schlug ich vor, zu meinem Bett strebend.

»Oh, das könnte ich nicht machen«, kicherte Bea. »Ich muß morgen vor eins nach Sacramento fahren, und außerdem könnte ich's nicht tun, wenn er daneben schläft.«

»Soll ich ihn aufwecken?«

»Nein, Dummerchen«, sagte sie. »Das fürchte ich ja gerade.«

»Nur keine Sorge, Liebes«, flüsterte ich in ein plötzlich zugängliches Ohr. »Der alte Knabe schläft wie ein Murmeltier. Und noch etwas...«

»Was denn?«

»Tja, ich weiß nicht, ob ich's dir sagen soll.«

»Los!«

»Na, der Alte bringt ihn nicht mehr hoch«, erklärte ich ernsthaft. »Whiskey und Kriegsverletzungen, verstehst du. Aber er schläft furchtbar gern daneben, während es gemacht wird.«

»Du machst Witze.«

»Gar nicht«, sagte ich. »Er behauptet, die Kraft der sexuellen Emanationen verschaffe ihm herrliche Träume. Er sagt, das sei so ungefähr noch die einzige Freude in seinem Leben.«

»Nein«, sagte sie kopfschüttelnd, aber immer noch an mir lehnend.

»Doch«, sagte ich in das weiche, kleine Ohr. »Man weiß nie, vielleicht hat er heute nacht einen großen Traum und schreibt morgen ein Gedicht darüber. Ich bring' ihn dazu, daß er es dir widmet.« Dann mußte ich einen Hustenanfall vortäuschen, um Trahearnes schlecht unterdrückte Kicherlaute zu übertönen.

»Glaubst du, das tut er?« fragte sie scheu.

»Ich glaube, dafür kann ich sorgen.«

Sie trat zurück und lächelte.
»Machst du so etwas oft für ihn?«
»Nicht annähernd oft genug.«
»Okay«, murmelte sie und kam wieder in meine Arme, »aber du mußt das Licht ausmachen.«
»Dann sehe ich deine Sommersprossen nicht«, sagte ich.
»Die kannst du schmecken, Dummerchen.«

Als wir am nächsten Morgen zu dritt in unseren Betten frühstückten – Treibhaus-Erdbeeren und frische Schlagsahne, Truthahn-Crêpes und drei Flaschen kalifornischen Sekt –, seufzte Trahearne tief, signierte Beas letztes Buch und sagte zu ihr: »Meine Liebe, ich bin sicher, daß mein treuer indianischer Begleiter gestern nacht schrecklich indiskret war, indem er Ihnen höchst private Dinge erzählt hat, so private, daß man bei Tag nicht darüber sprechen kann. Wenn Sie diese keiner Menschenseele verrieten, so würde ich das als persönlichen Gefallen betrachten. Wenn sich das herumspräche, könnte es peinlich werden, Sie verstehen.«
»Ach, ich würde lieber sterben, bevor ich ein Wort sage, Mr. Trahearne«, girrte Bea und stopfte eine Beere in ihren wunderschönen Mund.
»Bitte, nennen Sie mich Abraham«, sagte Trahearne förmlich. »Ich betrachte mich als in Ihrer Schuld stehend.«
»Nennt mich Isaac«, murmelte ich mit einem Mundvoll Truthahn.
»Und wie nennen wir mich?« fragte Bea lieblich.
»Die Rose von Sharon, das Maiglöckchen, nicht schwarz, aber nichtsdestoweniger lieblich anzuschauen«, sagte Trahearne feierlich.
»Wie wär's mit der Hure von Babylon?« schlug ich vor.
»Sei nicht gemein«, sagte Bea süß, warf einen Blick auf ihre Uhr und rammte mir den spitzen Ellenbogen in die Rippen. »Wer ich auch sein mag«, sagte sie, »wenn ich nicht bis ein Uhr im Haus meiner Mutter in Sacramento bin, ist mein Name nichts wert.« Dann rutschte sie, als wäre das der natürlichste Vorgang der Welt, pudelnackt unter der Decke heraus, griff nach ihrer säuberlich zusammengefalteten Kleidung und schlenderte langsam und ohne Verlegenheit ins Badezimmer, während die Morgensonne auf ihren ungebräunten, hüpfenden Brüsten und ihren wiegenden Hüften schimmerte.
»Einfach wunderschön«, murmelte Trahearne, als sie die Tür hin-

ter sich schloß. »Und Ihre Masche, Sughrue. Ich dachte, ich hätte schon alles gehört – aber sexuelle Emanationen und erotische Träume für den armen, impotenten Alten! Woher haben Sie das bloß?«

»Drogen«, sagte ich. »Sie glauben doch nicht, daß sie das geschluckt hat, oder?«

»Frauen lieben solche Lügen«, sagte er, »sie lieben die Rolle der Helferin. Von daher rührt ihre Macht über uns, mein Junge, ihr Sieg in der Niederlage, ihre Überlegenheit in der Unterwerfung.«

»Soll ich das notieren?«

»Sie hören wohl nie auf, den weltverdrossenen Detektiv zu spielen, was?« sagte er. »Wie gefällt Ihnen meine Rolle als tragisch-weiser, alter Mann?«

»Beste Schmiere, alter Mann.«

»Neid ist ein so gemeines, kleinliches Gefühl, mein junger Freund«, sagte er. »Haben Sie mir angehört, daß ich Sie um das phantasievolle Tun Ihrer befreundeten Dame gestern nacht beneidet hätte?«

»Ich habe Sie schwer atmen hören, zählt das?«

Trahearne lachte, und ich goß den Sekt ein. Als Bea aus dem Bad kam, sagte Trahearne: »Lassen Sie mich Ihnen für dieses wunderbare Schauspiel danken, meine Liebe. Es hat mich, wie man so schön sagt, im innersten Herzen erfreut –«

»Ist das so etwas wie das Aufwärmen von Klischees?« unterbrach ich ihn.

»– und meinen Glauben an das Menschliche wiederhergestellt. Sie sind zu einem alten, kranken Mann einfach zu gut.«

»Mehr als gern geschehen«, antwortete sie und beugte sich vor, um ihn auf die dicke Wange zu küssen. Seine mächtige Hand glitt an ihrem Schenkel hinauf, um zärtlich ihr Gesäß zu streicheln. »Außerdem sind Sie ein schrecklicher, alter Betrüger«, fügte sie hinzu, und ihre feste Schwesternhand zuckte unter die Bettdecke, um ihn gehörig ins Ding zu kneifen. »Hab' ich dich«, kicherte sie. Trahearne wurde buchstäblich rot, dann blubberte er, um seine Würde wiederzufinden. Sie kam an mein Bett und präsentierte mir einen Kuß, der mich zur Sehnsucht nach Heim und Herd zwingen sollte, dann sagte sie: »Und du, du bist der gräßlichste Lügner der ganzen Welt – sexuelle Emanationen, daß ich nicht lache! –, aber süß bist du trotzdem. Kannst mich jederzeit anrufen.« Dann rauschte sie hinaus, ihre Bücher unter dem Arm, helles Lachen verstreuend wie

Münzen, während ein schwacher Hauch von fraulicher Üppigkeit in der Luft zurückblieb.

»Bei Gott, eine außerordentliche junge Dame«, sagte Trahearne mit Geräusper.

»Ihr alten Leute laßt Euch zu leicht beeindrucken.«

»A-ha! Höre ich hinter dem Zubiß des müden Zynismus die Melodie der wahren Liebe?«

»Wahre Liebe, hä«, sagte ich spöttisch. »Das ist die sexuelle Revolution, die freie Ehe, die Beziehung des getrennt Zusammenwachsens. Sie trifft bei ihrer Mutter den Doktor, ihren Freund. Er hat vergangene Nacht seine zweite Ex-Frau gebumst, ihre Schwester, den Freund ihrer Schwester und einen bisexuellen Terrier.«

»Wenn das stimmt, ist es traurig.«

»Es trifft ziemlich genau zu«, meinte ich.

»Dann ist es traurig«, sagte er. »Ich erinnere mich an die wahre Liebe.«

»Sie meinen die Zeit, als man sich verloben mußte, bevor man seinen Kumpeln den Hintern seiner Freundin zeigen durfte?«

»Zynismus steht Ihnen nicht«, meinte er vergnügt.

»Tut mir leid. Das ist wohl der Sekt.«

»Seltsam«, sagte er. »Ich werde immer romantisch davon.«

»Kein Scheiß.«

»Wo in aller Welt hat Catherine Sie nur gefunden?« fragte er. »Bestimmt nicht im Branchen-Telefonbuch oder etwas ähnlich Prosaischem.«

»Ich stehe im Buch«, sagte ich, »aber erfahren hat sie von mir in einer Bar.«

»Versteht sich«, sagte er und zog eine Braue hoch, die wie eine Wollraupe aussah. »Wo?«

»Im ›Sportsman‹ in Cauldron Springs«, sagte ich. »Der Mann, dem das Lokal gehört, ist ein alter Kamerad von mir.«

»Bob Dawson?«

»Richtig. Sie kam hinein, um zu fragen, ob jemand Sie gesehen hätte, und er erzählte ihr, er hätte einen Freund, der Verlorengegangenes wie geschiedene Ehemänner findet, und eines führte zum andern.«

»Kann ich mir denken«, sagte er seltsam verbittert, aber dann begriff ich.

»Sie ist Ihre *Ex*-Frau, nicht?« sagte ich. »Was stört Sie denn dann?«

»Was mich angeht, nichts, aber meiner Mutter ist das peinlich.«
»Ihrer Mutter?«
»Catherine lebt mit meiner Mutter zusammen. In deren Haus«, sagte er, »und es regt sie auf, wenn Catherine sich durch den ganzen Bundesstaat hurt.«
»Sie leben bei Ihrer Mutter?«
»Mein Haus steht einen Steinwurf von ihrem entfernt.«
»Das klingt nicht gerade glücklich«, meinte ich.
»Manchmal bin ich das auch nicht.«
»Ziehen Sie aus.«
»So einfach ist das nicht«, sagte er. »Sie ist eine alte Frau, kann vor Rheuma kaum laufen, und ich habe ihr versprochen, daß ich auf der Ranch bleibe, bis sie stirbt. Das bin ich ihr gewiß schuldig, verstehen Sie, mindestens das. Und außerdem ist es überall gleich.«
»Die Leute sind verschieden«, sagte ich, aber er beachtete mich nicht, während er anhaltend aus der Sektflasche trank, bis er halb erstickte, um mich dann mit schwimmenden, nassen Augen anzusehen.
»Wenn ich gewußt hätte, wieviel Spaß wir miteinander haben, Sughrue«, sagte er, »hätte ich Sie schon eher aufholen lassen.«
»Ziemlich teurer Spaß.«
»Jeder Cent wert«, sagte er, als er die leere Flasche auf den Teppich warf. »Ich hätte das alles schon allein dafür ausgegeben, die junge Dame durch das Zimmer gehen zu sehen. Ich habe schon viele nackte Frauen gesehen, mein Junge, aber ich gewöhne mich einfach nicht daran.« Er schüttelte den Kopf und grinste. »Machen Sie die andere Flasche auf«, sagte er, »und trinken wir auf nackte Damen.«
Als ich es tat, prallte der Korken von der Decke und huschte wie ein kleines, tollwütiges Tier über den Teppich. Dann füllte ich unsere Gläser, und Trahearne hielt das seine in einen sanften Sonnenstrahl, der durch die Eukalyptusbäume gedrungen war, um die Bläschen wie schwebende Juwelen aufsteigen zu sehen.
»Das ist komisch«, sagte er.
»Was?«
Dann erzählte er mir von nackten Frauen und Sonnenlicht. Und daß er ein Schweinehund sei.
Seine Mutter sei eine ledige Lehrerin in Cauldron Springs gewesen, befruchtet von einem Rancher aus der Gegend, der eine Ehefrau hatte, worauf das Schulamt sie verjagte. Sie sei nach Seattle gezogen, um das Kind auf die Welt zu bringen, und dann dort geblieben, um

sich und ihn mit Handarbeit über Wasser zu halten. Bis er in die Schule gekommen sei, hätte seine Mutter Geschichten in den billigen Magazinen und Artikel in Zeitschriften und Sonntagsbeilagen veröffentlicht, so daß sie in eine Wohngegend beim Capitol Hill hätte ziehen können. Nach der Schule sei er, Trahearne, durch die Gassen heimgegangen, um mit den Leuten zu reden, über die seine Mutter schrieb, die arbeitslosen Seeleute, Holzarbeiter, die alten Männer, die gewalttätige Zeiten und ferne, romantische Gegenden kannten.

Manchmal habe er auf diesen Wegen eine Frau nackt vor ihrem Fenster im ersten Stock stehen sehen, aber nur wenn es regnete, so, als hätten die grauen Regenstreifen an ihrem dunklen Fenster sie unsichtbar gemacht. Ab und zu hätte sie ihre dunklen Brustwarzen berührt, bei anderen Gelegenheiten ihre großen blassen Brüste in den weißen Händen gehalten, immer hinausstarrend auf den kalten Regen. Nie bei Sonne, nur im Regen. Nachts hätte er von Sonnenschein in der Gasse geträumt und sei im leise trommelnden Regen wach geworden.

Selbst nach der Oberschule, in den ersten Collegejahren, hätte er die Frau noch gesehen, solange er zu Hause wohnte. Und sogar später, als er aufs Uni-Gelände gezogen sei, wäre er ab und zu an Regentagen zurückgekommen, aber als er sein Examen gemacht habe und in Seattle keine Arbeit habe finden können, als er nach Idaho gegangen sei, um im Wald Ketten um die Bäume zu schnüren, habe er aufgehört, die Gasse hinter ihrem Haus aufzusuchen, wartend und Wache haltend.

Natürlich hätte es damals Mädchen gegeben, aber in billigen Touristenhütten oder auf Decken im Sternenlicht unter den Fichten sei es nie dasselbe gewesen, bis auf einmal, bei einem molligen Indianermädchen. Einmal, ein Mädchen, beinahe.

Dann der Krieg. Trahearne meldete sich im Januar 1942 zur Marineinfanterie und nahm nach der Offiziersausbildung seinen Urlaub in San Francisco, statt seine Mutter in Seattle zu besuchen. Mitten auf der Golden Gate-Brücke sei er einer jungen Witwe noch unter Zwanzig begegnet, deren Mann Leutnant zur See auf der ›Arizona‹ in Pearl Harbor gewesen sei. Zuerst, bei ihrem bleichen Gesicht und den Tränen, habe er geglaubt, sie wolle springen, aber er hätte sie angesprochen und erfahren, daß das nicht stimme. Sie wollte nur ihren Ehering ins Wasser werfen, hätte sie erklärt. Eines führte zum andern, sagte er wehmütig, und sie hätten sich ineinander verliebt, aber das Ganze sei von Anfang an vom Todesgeruch umgeben gewesen, und bei jedem Zusammensein hätten sie sich aufgeführt, als sei es das letztemal.

Am letzten Urlaubstag seien sie auf die Brücke hinausgegangen, und an einem windigen Frühlingsnachmittag, in der Sonne, hätte er seiner neuen Liebe von der nackten Frau und dem Regen erzählt. Bevor er aber hätte ausreden können, hätte sie ihre Bluse aufgeknöpft und, ohne die Leute ringsum zu beachten, ihre kleinen Brüste vor der Nachmittagssonne entblößt und sein Gesicht auf sie herabgezogen, um ihn zum Sterben zu schicken.

»Es war natürlich das Erregendste, was mir je zugestoßen ist«, sagte er zu mir. »Vielleicht immer noch, ich weiß es nicht.« Dann machte er eine Pause und fügte mit seiner tiefen Stimme hinzu: »Ich bin nie so tief berührt gewesen. Was für eine großartige Geste.«

»Was ist aus ihr geworden?«

»Immer Fragen, wie?« sagte er und sah mich scharf an. »Was ist aus allen Leuten damals geworden? Es war Krieg. Aber davon werden Sie wohl noch nicht viel wissen.«

»Ich erinnere mich, daß mein Papa fortging und zurückkam und endgültig ging«, sagte ich.

»Gefallen?«

»Nein. Nach Nordafrika, Italien und Südfrankreich sei Süd-Texas nichts Besonderes mehr, sagte er. Er ging nach Westen, und meine Mutter und ich blieben zu Hause. Sie sagte, der Krieg hätte ihm nur eine Ausrede verschafft, so nutzlos und faul zu sein, wie er es immer sein wollte.«

»Die Frauen sind so, mein Junge«, philosophierte er. »Sie verstehen den Wandertrieb nicht. Gib ihnen eine warme Höhle und ständigen Nachschub an Antilopenkutteln, und für sie ist der Fall erledigt.«

»Mag sein, mag nicht sein«, sagte ich. »Aber was ist aus der Frau geworden?«

»Aus welcher Frau?« fragte er, offenbar verwirrt und böse.

»Aus der mit den Titten.«

»Mensch, Junge, das weiß ich nicht«, murrte er. »Sie heiratete einen, der nicht kriegstauglich war oder mehr Landurlaub hatte als ich. Was spielt das für eine Rolle? Was zählt, ist die Geschichte.«

»Nicht, bis ich weiß, wie sie ausgeht«, sagte ich.

»Geschichten sind wie Schnappschüsse, mein Sohn, Momentaufnahmen mit klaren, reinen Linien. Aber das war das Leben, und das Leben beginnt und endet mit blutigem Gewühl, von der Wiege bis zum Grab, ein einziges Kuddelmuddel, eine Büchse mit Regenwürmern, die man in der Sonne verfaulen läßt.«

»Richtig.«

»Und weil wir schon von Kuddelmuddel sprechen«, sagte er lächelnd, »was werden Sie jetzt tun?«

»Sie nach Hause bringen, denke ich.«

»Und Rosies verschwundene Tochter?«

»Das ist Zeitverschwendung«, sagte ich. »Wenn ich ein Jahr lang sonst nichts zu tun hätte, könnte ich sie vielleicht finden oder in Erfahrung bringen, was aus ihr geworden ist. Aber nicht in ein paar Tagen. Ich werde Rosie einfach sagen, daß Sie früher als erwartet aus dem Krankenhaus gekommen sind.« Aber das war es nicht, was ich sagen wollte.

»Hören Sie, ich habe zu Hause verdammt nichts zu tun«, sagte er, als ich den Rest Sekt in unsere Gläser goß, »und ich bin der Ansicht, daß ich mir ein paar Tage Unterhaltung verdient habe – na, ich hab' wieder einen Schuß abbekommen und bin am Leben geblieben –, warum geben Sie da nicht noch ein paar Tage zu?«

»Tja, sicher, wenn es Ihnen nichts ausmacht...«

»Ausmachen, mein Junge? Quatsch, ich bestehe darauf«, sagte er großartig.

»Fein.«

»Aber eine kleine Gefälligkeit muß ich verlangen«, sagte er, während er sich an der Bettkante vorsichtig aufsetzte.

»Ja?«

»Nehmen Sie mich mit«, sagte er schüchtern und murmelnd, während er mit den Füßen auf dem Teppich scharrte.

»Was?«

»Lassen Sie mich mitkommen«, sagte er. Ich lachte, und er riß den Kopf hoch. »Ich komme Ihnen nicht in die Quere, bestimmt nicht.«

»Wenn Sie versprechen, relativ nüchtern zu bleiben, können Sie gern mitfahren«, sagte ich.

»Wie nüchtern?«

»Mindestens so nüchtern wie ich.«

»Kein Problem«, krähte er. »Es macht Ihnen wirklich nichts aus?«

»Es ist Ihr Hintern, alter Freund«, sagte ich.

»Erinnern Sie mich bitte nicht«, murmelte er und grinste, als er steif aufstand. »Ein herrlicher Tag. Fahren wir vorbei, holen wir meine Karre, lassen wir das Verdeck unten, damit wir frische Luft und Sonne bekommen und die vier Winde den Krankenhausgestank und den, äh, unbeschreiblichen Duft der Wollust aus unseren Nasen vertreiben. Bei Gott, ich bezahle sogar das Benzin und den Whiskey.«

»Und was schreibe ich für Spesen auf?« fragte ich, als er zum Badezimmer humpelte, aber er winkte ab, als wolle er sagen: Der Teufel hol' die Spesen.

Während ich den Verteilerkopf draufdrückte und unser Gepäck in sein Kabrio schaffte, versuchte Trahearne, Fireball, der verkatert und mürrisch war, vom Rücksitz zu locken, aber die Bulldogge gedachte die Stellung offenbar bis zu ihrem Tode zu halten. Oder wenigstens so lange, bis Trahearne in eine verrostete Hudson-Radkappe Bier gießen konnte. Mit der Schnauze tief im Morgenbier ignorierte uns Fireball, als wir einstiegen und das Verdeck herunterließen, aber als wir davonfuhren, warf er einen Blick auf die geschlossenen Türen von Rosies Kneipe und folgte uns die Straße hinunter in einem entschlossenen, trabenden Gewatschel, als wüßte er, daß wir die einzigen kalten Sonntagmorgen-Katerbiere in ganz Nord-Kalifornien hätten, als wolle er den Caddy bei einem Hinterreifen packen und sie herausschütteln. Ich bremste, um ihn im Auge zu behalten.

»Der dumme Hund muß ja mal aufgeben«, sagte Trahearne, nachdem wir fast eine halbe Meile weit gefahren waren.

Vielleicht ist das die Definition von dummen Hunden: Sie geben nie auf. Nach weiteren zweihundert Metern hielt ich, um auf den Hund zu warten. Er kam verärgert und durstig heran. Trahearne machte die Tür auf, ließ ihn herein und gab ihm Bier. Fireball rümpfte die Nase und kletterte auf den Rücksitz, wo er würdevoll sitzenblieb, wie ein gespreizter Millionär darauf wartend, daß das Personal weiterfuhr. Ich tat es. Seine Hängebacken bibberten im Fahrtwind, und er schien die Sonne und die sonntägliche Fahrt zu genießen.

»Jetzt fehlt ihm nur noch eine Zigarre«, murrte Trahearne.

Ich gab ihm die Zigarren, die ich dem armen Albert abgenommen hatte, aber die behielt er für sich. »Was für ein Jux!« schrie er, als er eine anzündete und sich zurücklehnte, um die Fahrt zu genießen. »Was für ein Scheiß-Jux!«

Vor San Rafael mußte ich bremsen. Trahearne zuckte zusammen, dann griff er in das Handschuhfach, holte den Wild Turkey heraus, trank und gab die Flasche an mich weiter. »Sie sollen nur nicht Alter zu mir sagen«, meinte er. »Mehr verlange ich nicht.«

»Dann nennen Sie mich keinen heruntergekommenen Bullen.«

»Der Tag ist zu schön für Gewöhnlichkeit«, meinte er. »Und wenn sie das Schmerzmittel rüberreichen, statt es festzuhalten, will ich mal sehen, wie es auf die Schmerzen wirkt.« Er trank ausgiebig.

»Nein, danke«, sagte ich, als er sie mir wieder hinhielt. »Macht es Ihnen etwas aus, wenn ich Ihnen eine persönliche Frage stelle?«

»Wir gehören doch zusammen, oder?«

»Was haben Sie auf der Wanderschaft gemacht?« fragte ich. »Ihre entlaufene Frau gesucht?«

»Sie war nicht davongelaufen«, sagte er. »Wie die meisten Künstler braucht Melinda ab und zu einen Szenenwechsel – neue Eindrücke und so –, eine Gelegenheit, allein zu sein, anonym, die Welt unbehindert zu sehen. Mein Gott, ich verstehe das. Wenn nicht ich, wer denn dann? Ich brauche das genauso. Zum Glück gibt es in dieser Ehe Raum genug für solche Freiheiten, in dieser Ehe sind meine Frau und ich im Gegensatz zur ersten nicht völlig voneinander abhängig.« Dann schwieg er kurz. »Diese verdammte Catherine. Ich habe mich von ihr scheiden lassen, aber ich scheine sie nicht loswerden zu können. Ich glaube, sie hatte die Wahnsinnsidee, Melinda wäre wirklich weggelaufen, was sie gewiß maßlos gefreut hätte, und daß ich sie, Mordgedanken wälzend, suchte. Oder etwas ähnlich Melodramatisches. Sie glaubte, sie könnte mich retten, indem sie mir Sie hinterherschickte. Oder so ungefähr. Ich weiß nicht. Verdammt, ich war mit der Frau über zwanzig Jahre verheiratet – belastet – und habe noch immer keine Ahnung, was in ihr vorgeht. Es würde mich nicht wundern, dahinterzukommen, sie hätte Sie beauftragt, dafür zu sorgen, daß man mich in den Hintern schießt.«

»Hab' ich aber ganz raffiniert gemacht, was?«

»Machen Sie keine Witze über Catherine«, sagte er grinsend, »die organisiert alles ganz prima. Das hat sie mit meinem Leben jahrelang gemacht.« Er erzählte mir mehr, als ich hatte hören wollen, aber ich wußte nicht, was. »Sie sind nicht verheiratet, wie?«

»Nie gewesen.«

»Dachte ich mir«, sagte er. »Sie sind nicht vielschichtig genug, das zu überleben.«

»Das sage ich auch immer.«

Nach einer langen Pause sagte er: »Stört es Sie, wenn ich Sie etwas frage?«

»Nee.«

»Wohin fahren wir eigentlich, zum Henker?« sagte er und lachte wild.

Als er aufhörte, erzählte ich ihm, was ich über Betty Sue Flowers erfahren hatte, was ich tun und wo ich nachschauen wollte, bis wir die Golden Gate-Brücke erreichten. Während ich laut redete, trank Trahearne, und während wir über die Brücke fuhren, hörte er auf zuzuhören und dachte wohl an die junge Witwe. Er starrte die Flasche an, die er wie eine Handgranate festhielt. Die gute Stimmung war schon verflogen.

Auf dem Rücksitz kauerte die Bulldogge wie ein heidnisches Idol, eine Zauberkröte mit einem faustgroßen Rubin im Kopf, der durch seine stoisch blickenden Augen herausleuchtete.

Kapitel 7

Betrunkene und Narren hätten einen Schutzengel, heißt es – Trahearne und ich waren da wirklich qualifiziert –, und wer immer die Leute sein mögen, die das sagen, sie haben zu oft recht, als daß man beruhigt sein könnte.

In der Innenstadt hielten wir an einer kleinen Bar, und ich rief alle Rauschgifthändler, Polizeibeamten und alten Freundinnen an, die ich kannte. Man gab mir ein paar Namen und Rufnummern, alle völlig ergebnislos. Woher sollte ich wissen, daß jeder Porno-König und -Zar in der Stadt die Sonntagnachmittage bei religiösen Exerzitien, Bewußtseinserhebungs-Sitzungen oder in *Est*-Lehrgängen verbrachte? Aus Langeweile und in der Hoffnung, nüchtern zu bleiben, suchte ich die Bars und Kinos rund um den Broadway auf und fand einen gelangweilten Collegestudenten als Kartenabreißer. Er kannte einen Soziologie-Professor, der mehr von Porno-Filmen verstand als der Verein für Sitte und Anstand oder die Mafia.

Der Professor war, wie jeder brave Bürger, am Sonntag nachmittag zu Hause und sah sich einen alten Porno-Stummfilm über einen jungen Mann an, der von zwei jungen Mädchen am Strand so übertölpelt wird, daß er durch ein Astloch im Bretterzaun eine Ziege bumst. Einige Monate später nehmen ihm die Mädchen sein Taschengeld ab, als eine unter ihren altmodischen Badeanzug ein Kissen schiebt und ihn beschuldigt, der Vater zu sein.

»Hol' mich der Teufel«, flüsterte Trahearne, auf dem harten Alu-Klappstuhl hin- und herrutschend. »Das ist ja fast komisch.«

»Fast?« sagte Professor Richter und blickte an seiner scharfkantigen Nase hinab. »Fast?« wiederholte er mit dem Besitzerstolz eines Menschen, der den Film geschrieben, inszeniert und die Hauptrolle gespielt hat. Er glich dem jungen Helden sogar. »Das ist zum Schreien!« kreischte er. »Und das ist natürlich der große Haken bei der modernen Pornographie: Sie ist zu ernst. Kleine Ausnahmen bestätigen die Regel. Wenn der moderne pornographische Film versucht, humorvoll zu sein, tut er das auf der untersten Ebene, und wenn das gelingt, und sei es noch so dürftig, wie etwa bei ›Deep Throat‹, wird das im ganzen Land ein Bestseller«, erklärte er ernsthaft. »Das ist wie bei allen Künsten: Mit dem Fortschritt der Technologie läßt der Humor nach. Grenzen und Umrisse der Kunst verschwinden, dann wird die Kunstform gezwungen, sich als Satire zu ernst zu nehmen, die bildenden Künste werden literarisch, und das, meine Freunde, ist das erste Anzeichen für Kulturverfall.« Dann klatschte er leicht in die schmalen, staubigen Hände, zog die Mundwinkel hoch und fügte hinzu: »Finden Sie nicht?« Er besaß die glitzernden Augen und das gequälte Lächeln des Fanatikers, ein langes, von Gefühlen unbewegtes Gesicht, so daß Trahearne und ich hastig nickten. »Was kann ich für die Herrschaften tun?« fragte er, als erkennbar wurde, daß wir nicht gekommen waren, uns nach dem Stand der Kunstform zu erkundigen.

Ich zeigte ihm meinen Ausweis und erläuterte mein Begehr. Bevor ich ausreden konnte, eilte er zu einer Kartei, blätterte darin und kam mit zwei Handvoll Karteikarten wieder.

»Tierische Leidenschaft«, sagte er, die rechte Hand ausstreckend. »Tierische Lust«, fügte er mit der Linken hinzu. »Wählen Sie, meine Herren. Beide Male kein sehr einfallsreicher Titel, aber verdammt beliebt.« Er kicherte in sich hinein.

»Ganz kleines Budget«, sagte ich, »und als Finale allgemeines Anfassen.«

»Ist das nicht üblich?« fragte er mit seinem brüchigen Lachen. »Könnten Sie mir ein ungefähres Datum nennen?«

»Ende der sechziger Jahre, vielleicht.«

»Weibliche Hauptrolle blond oder brünett?«

»Blond.«

»Gut«, sagte er, legte die Karten wieder hinein und blätterte wieder. »Vielleicht ist es das«, sagte er bei einer Eintragung, während seine blutleeren Lippen eine lange Nummer lautlos hersagten. Er stürmte zu einem Stapel Filmkassetten und riß eine aus der Mitte so schnell heraus, daß die anderen mit einem dumpfen Schlag herunterfielen. »Wenn ich mich recht entsinne, ist das einfach Schund«, sagte er, »ohne einen einzigen positiven Zug. Möchten Sie ihn sehen?«

»Macht es Ihnen etwas aus?« fragte ich Trahearne.

»Weshalb sollte es?« erwiderte er ganz verwirrt.

»Ihre romantischen Illusionen«, meinte ich und lachte.

»Ach so«, sagte er, »ja, die.« Seine Verwirrung schien sich aufzuklären. Aber nur für ihn, nicht für mich. »Kamera ab«, fügte er knapp hinzu und Richter fädelte den Film ein.

Er war wirklich schlicht, vielleicht sogar armselig. Es war auch in der Tat Betty Sue Flowers. Gleichgültig, wie oft ich wegschaute, wenn ich wieder hinsah, war sie da. Sie hatte enorm zugenommen, und wenn sie nicht fähig gewesen wäre, den Körper mit einiger Anmut zu bewegen, hätte sie grotesk und komisch gewirkt als dickliche junge Hausfrau, bekleidet nur mit Spitzenschürze. Das wallende blonde Haar war zu zwei ungeflochtenen Pferdeschwänzen zusammengefaßt, die ihr dickes Gesicht einrahmten.

Wenigstens war die Handlung dünn. Zuerst Kleinzeug mit zwei verwirrten Kleinpudeln, dann größere Aktion mit dem Personal aus der Nachbarschaft: ein Postbote, ein Milchmann, zwei Zählerableser und ein Bote mit Puder-Make-up auf den Runzeln. Am Schluß sahen die fünf häßlichen Männer elender aus als die Pudel, und ihre Gesichter verzerrten sich vor Qual, als sie alle gleichzeitig zu kommen versuchten, während Betty Sue sie gleichzeitig bearbeitete. Alle waren voll angeturnt, und das Aufnahmeteam stolperte immer wieder vor die Kamera oder in die Scheinwerfer oder ließ das Bild unvermittelt unscharf werden. Man konnte den Seufzer der Erleichterung beinahe hören, als das Filmmaterial ausging.

Betty Sue besaß aber trotz ihres Fetts und der Augen, die so leer waren wie zwei feuchte Kieselsteine, irgend etwas, das nichts mit ihrem Aussehen zu schaffen hatte. Sie schien frei in die Erniedrigung zu gehen, ohne Freude, aber mit einer festen Entschlossenheit, es gut zu machen. Ich war von ihr erregt, was mir den Whiskey im Magen gerinnen ließ. Ich mühte mich um rechtschaffenen Zorn, brachte es aber nur zu stiller Traurigkeit und einer flüchtigen sexuellen Erregung. Ich sah ein, weshalb Gleeson über den Film nicht hatte reden wollen; mir ging es genauso. Ebensowenig wollte ich auf eine große, häßliche Narbe mitten auf ihrem dicken Bauch blicken.

»Das war aber gar nicht komisch«, knurrte Trahearne, als der Streifen aus dem Apparat glitt und wie eine kaputte Jalousie klatschte.

»Ich kann nichts dafür«, sagte Richter, als er umzuspulen begann.

»Ich glaube, ich humple auf einen Zug frische Luft und an die vier Liter Whiskey hinaus«, sagte Trahearne, als er sich hochstemmte.

Als er gegangen war, fragte ich Richter, ob er irgendeinen der Schauspieler beim Namen kenne.

»Sie spaßen gewiß«, sagte er. »In diesem Geschäft hat nur die *Crème de la crème* Namen, und da meist falsche. Ich habe aber den Burschen erkannt, der den Milchmann spielte – in einem anderen Zusammenhang, versteht sich.«

»In welchem?«

»Er betrieb mal einen Porno-Buchladen in der Innenstadt«, sagte er, »und ich glaube, er hieß Randall Soundso... Randall Jackson.«

»Ist er noch in der Stadt?«

»Nein, nach diesem Film hat er sich abgesetzt, übrigens sein einziger. Ich glaube mich zu erinnern, daß mir jemand erzählt hat, er sei eine Art Taschenbuch-Vertriebsknabe. In Denver, glaube ich.«

Ich fragte ihn, ob er sonst jemanden kenne oder über den Film noch irgend etwas wisse, aber er hatte das Mädchen kein zweites Mal gesehen, was bedeutete, daß sie ausgestiegen war. Ich bedankte mich und stand auf.

»Stört es Sie, wenn ich eine Frage stelle?« sagte ich.

»Natürlich nicht«, erwiderte er freundlich.

»Was machen Sie eigentlich mit den vielen Filmen?«

»Katalog, Klassifizierung, Index mit Querverweisen. Vorbereitung für eine wissenschaftliche Arbeit über den Niedergang des amerikanischen Porno-Films.«

»Ist das alles nicht recht teuer?«

»Ich habe ein Forschungsstipendium«, sagte Richter munter.

Ich fragte nicht, von wem. Ich wollte es nicht wissen. Als ich ging, bestückte er summend seinen Projektor.

Draußen saßen Trahearne und Fireball auf dem Rücksitz, tranken und beobachteten den Sonntagsverkehr in der Folsom Street – zwei Taxis, einen lallenden LSD-Knaben und einen orientalischen Wermutbruder. Ich stieg ins Auto und wünschte mir, an Drogen mehr Abwechslung dabeizuhaben. Oder weniger Pech.

»War es das Mädchen, das Sie suchen?« fragte Trahearne.

»Nein«, log ich. »Sie sah ihr ähnlich, aber das ist eine Wilhelmina Fairschild.«

»Könnte ein Bühnenname sein«, meinte er.

»Nein«, sagte ich. »Richter kennt die Dame persönlich. Sie arbeitet in einem Massagesalon in Richmond. Wenn sie also seit ihrem Weggang nicht einen deutschen Akzent erworben hat, war das nicht Rosies Tochter.« Ich wußte selbst nicht genau, warum ich Trahearne anlog. Vielleicht, weil ich mich für Rosie schämte. Oder für mich selbst. Er sollte jedenfalls nicht wissen, daß das auf der Leinwand Betty Sue gewesen war.

»Um Rosies willen bin ich froh«, sagte Trahearne. »Ich bin zufällig zu ihr hineingegangen und hab' zwei Tage lang getrunken, weil mir das Lokal und der Hund gefielen. Ich habe nicht viel mit ihr geredet, aber es gefiel mir, wie sie das Bier einschenkte und den Laden führte, deshalb bin ich froh, daß ihre Tochter nicht dieses Ende gefunden hat. Oder ein noch schlimmeres.«

»Ich auch«, sagte ich.

»Was nun?«

»Palo Alto.«

»Warum?«

»Um mit Betty Sues bester Freundin in der Oberschule zu reden«, sagte ich.

»Vielleicht ist sie nicht da«, meinte er. »Vielleicht sollten Sie vorher anrufen. Vielleicht sollten wir uns heute in der Stadt herumtreiben. Ein paar Gläser trinken, wissen Sie, uns entspannen und ein bißchen erholen.«

»Die Bösen finden keine Ruh'«, sagte ich, dann zog ich den Cadillac zwischen ein Taxi und einen Sattelschlepper, wobei ich von Trahearnes Reifen Gummi für zwei Dollar wegbrannte. »Hübscher Tag und nette Fahrt«, fügte ich hinzu, als der Fernfahrer aufgehört hatte, auf die Hupe zu drücken.

»Falls wir sie überleben«, sagte er.

»Wollen Sie den Scheißschlitten lenken?« fragte ich zornig, wütend wegen meiner Lüge und des Films.

»Sie fahren damit, wohin Sie wollen«, sagte Trahearne, die Hände hebend. »Aber werden Sie nicht bös' auf mich. Ich hab' die Welt nicht gemacht.«

»Manchmal weiß ich nicht, ob ich verrückt bin oder die Welt eine Jauchegrube ist«, sagte ich.

»Beides stimmt, aber Ihr Hauptproblem ist, daß Sie Moralist

sind«, erklärte er. »Aber machen Sie sich keine Gedanken.«

»Warum nicht?«

»Das vergeht mit dem Alter«, sagte er. »Aber weil wir schon von verrückt reden – was macht der Kerl mit den ganzen Filmen?«

»Sie glauben es mir nicht, wenn ich es Ihnen sage.«

Zum Teil hatte ich recht. Es war wirklich eine schöne Fahrt. Abgesehen von einem Zusammenstoß, den Fireball mit einem großen grauen Pudel auf einem Rastplatz hatte, weil der seinen Hintern beschnüffeln wollte, und abgesehen von der reichen Dame im Mercedes, die zum Pudel gehörte und Trahearne eine Ohrfeige gab, als er vorschlug, sie möge mit ihrem lausigen, gottverdammten Köter etwas Unmögliches und Unanständiges machen, war es eine schöne Fahrt. Aber Trahearne hatte recht gehabt, was einen vorherigen Anruf bei Peggy Bain betraf.

Das Mädchen in der Wohnung, deren Adresse Albert mir gegeben hatte, wußte nicht, wo Peggy Bain wohnte, aber sie kannte jemanden, der es vielleicht wissen mochte. Wir verbrachten den Nachmittag damit, zwischen Wohnungen und Bars herumzukurven und mit einer langen Reihe von Leuten zu reden, die wußten, wo sie vielleicht sein könnte. Als wir es an der letztmöglichen Stelle versuchten, bei einem Gartenfest oben in La Honda, sank die Sonne schon hinter die Küstenberge, und Trahearne begann zu jammern wie ein betrunkenes Kind. Er hatte sein Versprechen vergessen, mindestens so nüchtern zu bleiben wie ich. Trahearne und Fireball waren blau wie Haubitzen. Der Hund besaß wenigstens den Anstand, auf dem Rücksitz das Bewußtsein zu verlieren. Als wir uns in die Kolonne neben dem Skyline Drive einreihten und das Auto parkten, schnupperte Trahearne, murmelte etwas von ›Party‹ und hörte auf zu winseln.

»Vielleicht sollten Sie im Wagen bleiben«, schlug ich vor.

»Unsinn«, sagte er, während er eine neue Flasche ›Wild Turkey‹ unter dem Sitz hervorzog, »wenn mein Auftritt als berühmter Schriftsteller nicht wirkt, mein Junge, zeige ich meine Einladung vor«, fügte er hinzu und schwenkte die Flasche. »Ich bin bei Parties immer willkommen«, sagte er, als er hinauswankte.

Der alte Halunke hatte natürlich recht. Der bärtige junge Mann, der auf das Klingeln die Tür öffnete, hatte Trahearne vor einigen Jahren bei einer Lyrik-Lesung in Seattle kennengelernt, hieß uns in seinem Haus willkommen und stellte Trahearne seinen Gästen vor, als sei der von Anfang an der Ehrengast gewesen. Binnen Minuten hatte er für Gläser und Eis und Peggy Bain auf der anderen Tischseite gesorgt. Trahearne verscheuchte den Gastgeber und seine Bewunderer, setzte sich zu Peggy Bain und ließ einen schweren Arm auf ihre Schulter fallen, während er sie ›Schätzchen‹ nannte. Sie war eine joviale Dame mit einem Gesicht, das rund wie ein Vollmond über ihrem dicken Woll-Poncho stand. Als Trahearne ihr erklärte, was wir wollten, warf sie zuerst ihm und dann mir einen Blick zu und brach in so heftiges, angeturntes Gelächter aus, daß sie die randlose Brille abnehmen und zwischen das schmutzige Geschirr auf den Tisch legen mußte.

»Das muß ein Witz sein«, sagte sie immer wieder und unterbrach sich nur, um zu kichern. Dann rieb sie sich die Tränen aus den Augen und sagte: »Mann, ich hab' sie seit der Schule nicht mehr gesehen.« Sie schüttelte eine Haschpfeife aus dem Ärmel, zündete sie an und hielt sie Trahearne hin. Er sog gierig daran, dann hielt er den Atem an und murmelte wie ein Halbwüchsiger: »Ein Knüller!« Als sie mir die Pfeife anbot, schüttelte ich den Kopf, bemüht, noch ein paar Minuten länger normal zu bleiben.

»Vor ein paar Jahren traf ich ihren Vater unten in Bakersfield, und er sagte, Betty Sue hätte in einer Kommune in Oregon gelebt, sei aber wieder weggegangen.«

»Erinnern Sie sich noch an den Namen?« fragte ich.

»Wer merkt sich die Namen, Mann?« gab sie zurück. »Sonnenblume oder Sonnenschein, Sternenglanz, Träumerei oder Sonnenlust oder sonst irgendein Hippie-Scheiß. Ich weiß nur, daß das irgendwo bei Grants Pass war.«

»Wann haben Sie mit ihrem Vater gesprochen?« fragte ich.

Bevor sie antwortete, nahm sie Trahearnes Arm von ihrer Schulter und ließ ihn fallen.

»Entschuldigen Sie«, murmelte er unaufrichtig und guckte dabei zu einem weiblichen Wesen an der Tür hinüber, bevor er aufstand und hinhinkte.

»Was hat er denn?« fragte sie.

»Künstlergemüt«, sagte ich. »Er meint, berühmte Schriftsteller müßten besonders oft.«

»Das meine ich doch nicht«, sagte sie. »Was hat er mit dem Bein?«

»Alte Kriegsverletzung.«

»Welcher Krieg?«

»Suchen Sie sich einen aus, die sind alle gleich.« Die richtigen radikalen Antworten hatte mir ein Oberleutnant mit Bürstenhaarschnitt nach einem Leitfaden für radikale Antworten beigebracht.

»Aber klar, Mann«, sagte sie wie aufs Stichwort.

»Zurück zu Betty Sue«, sagte ich. »Wann haben Sie mit ihrem Vater gesprochen?«

»Das muß mindestens sechs Jahre her sein«, meinte sie. »Ich weiß das, weil ich damals noch mit dem Provinz-Arschloch aus Santa Rosa verheiratet war. Wir fuhren zu einer Landarbeiter-Versammlung nach Bakersfield, und ich sah den Namen von Betty Sues Papa in der Zeitung. Er trat irgendwo auf, wir waren high und fuhren hin. Der alte Flowers sang mit der Kapelle, schenkte an der Bar aus und dealte Koks wie ein Irrer. Nichts tut einem so wohl wie das. Zuerst dachten wir, er wollte nur die Hippies beeindrucken und mache Sprüche, aber in seinem Büro verkaufte er uns fünf Gramm. Guter Stoff und ziemlich billig.«

»Und Sie sprachen über Betty Sue«, drängte ich.

»Stimmt. Ich fragte ihn, ob er von ihr was gehört hätte, und er sagte, ein, vielleicht zwei Jahre zuvor hätte sie einmal Geld gewollt, um von der Kommune wegzukommen.«

»Den Namen wissen Sie aber nicht mehr?«

»Irgendwas mit Sonne«, sagte sie, dann sah sie mich an. »Suchen Sie nach ihr, weil sie in Schwierigkeiten ist?«

»Nein, das nicht«, sagte ich, dann wurde mir klar, daß ich, seit ich den Film gesehen hatte, nicht mehr wußte, warum ich nach Betty Sue suchte. »Ich lernte zufällig ihre Mutter kennen, und sie wollte, daß ich mich ein paar Tage umsehe.«

»Tut mir leid, aber ich kann Ihnen nicht helfen.«

»Schon gut«, sagte ich, »sie ist ohnehin bereits zu lange fort.«

»Gerade lange genug«, flüsterte Peggy und starrte auf den Boden, plötzlich ganz ohne Hasch-Gelächter.

Hinter ihr überließ die Sonne ihre letzten dunkelroten Streifen einem weichen, dunstigen Grau. Vor dem dunkelnden Himmel reckte sich schräg eine einzige Steineiche empor. Hinter mir begann das Fest wie Donner zu grollen. Peggy zündete die Hasch-Pfeife wieder an, und diesmal nahm ich sie an. Wir teilten sie uns, während die Abendwinde vom kalten Meer heraufstiegen und die Leute ins Haus trieben. Die Fensterscheiben an der Rückseite spiegelten die letzten Spuren des Sonnenuntergangs wider, und dahinter ging das Fest wie auf einer doppelt belichteten Aufnahme stumm weiter: auf- und zuklappende Münder, Wunden ohne Laut, Gesten ohne Sinn. Neben einem Eingang an der gegenüberliegenden Wand starrte Trahearne traurig auf den Sonnenuntergang.

»Was kann ich Ihnen sonst sagen, Mann?« fragte Peggy, als die Pfeife ausgegangen war.

»Ich weiß es nicht«, entgegnete ich, ging um den Tisch herum und setzte mich zu ihr, wenn auch nicht zu nah, die Hände hinter dem Kopf verschränkt, »ich weiß es nicht. Vielleicht könnten Sie mir einfach von ihr erzählen. Alles über sie.«

»Das ist zuviel«, meinte sie.

»Gerade genug.«

»Zum Beispiel?«

»Ach, ich weiß nicht«, sagte ich. »Erzählen Sie mir, wie sie in der sechsten Klasse ausgesehen hat, mit Pferdeschwanz und Ellenbogen und Knien, oder erzählen Sie mir –«

»Hol mich der Teufel«, unterbrach sie mich. »Hol mich doch der Teufel.«

»Wieso?«

»Sie sind ihr nie begegnet, wie?«

»Richtig. Warum?«

»An der Art, wie Sie reden, merkt man, daß Sie in sie verknallt sind.«

»Das ist eine Berufsgefahr«, sagte ich, bemüht, mich herauszuwinden. »Ich verknalle mich in jeden, den ich suche. Sie hören auf, Bilder und Wörter zu sein und werden Menschen, das ist alles.« Ich trank einen Schluck, um die trockene Schärfe des Haschischs zu lindern. »Manchmal sind die Leute, die ich zu suchen glaube, nicht die Leute, die ich finde«, plapperte ich weiter. »Oder so ähnlich.«

»Hören Sie auf mit dem Scheiß«, sagte sie. »Sie sind verknallt in sie. Ich hab' noch keinen Mann gekannt, der's nicht gewesen wär'. Verdammt noch mal, sie konnte viele Sachen gut, aber nichts so gut wie das.«

»Was?«

»Daß Männer sich in sie verknallten – das konnte sie am besten. Sie kamen meilenweit von überall, nur um der Königin zu Füßen zu sitzen, nur um den Saum zu berühren – ach, Mist, das ist ungerecht.«

»Was?«

»Sie fand einfach nie einen, der es mit ihr aufnehmen konnte«, sagte Peggy, dann ergriff sie mit ihren kurzen Fingern ein Weinglas. »Sie war die schönste Frau der Welt und nur ein Mädchen – genau wie ich, Mann, ein kleines Schulmädchen aus Sonoma, aber sie war so schön, eine schöne, einsame Dame, einsam, weil keiner gut genug war für sie.«

»Verknallt?«

»Keine Spur, Mann, oder warum mochte sie mich? Hören Sie, ich habe meine Schuljahre damit verbracht, hübsche Mädchen zu beobachten, wie sie meine Freundinnen werden wollten, damit sie neben mir gut aussahen, aber Betty Sue war das egal, sie war meine Freundin und sah besser aus als alle, war klüger und netter – alles.«

»Sie haben sich Gedanken über sie gemacht?«

»Kein Tag vergeht, Mann, an dem ich's nicht tue.«

»Verstehe.«

»Einen Scheiß verstehen Sie«, sagte sie leise. »Ich habe sie geliebt, wissen Sie, wirklich geliebt. Ich wußte nicht, worum's eigentlich geht, bis ich zwei Alptraum-Ehen hinter mir hatte, aber seitdem weiß ich es, und ich habe sie geliebt. Als sie weglief, weinte ich mir die Augen aus, Mann, bis ich nicht mehr konnte. Vorher hielt ich das für ein Klischee, aber als sie ging, weinte ich, bis ich nichts mehr sehen konnte.«

»Es tut mir leid«, sagte ich.

»Ich habe sie auch gehaßt«, gestand sie, »aber das war mein Fehler. Ich wußte jahrelang nicht, was ich tat. Und wenn sie heute abend hier wäre, könnten Sie und ich mit heraushängenden Zungen rumstehen, Mensch.« Dann versuchte sie zu lachen, während sie mir eins auf den Arm gab. »Anstellen, um zu der Dame zu kommen.«

»Ich habe mich in meinem ganzen Leben um nichts angestellt«, sagte ich leichthin.

»Das ist eine Frau, für die Sie, bloß für die Chance, sich anstellen zu dürfen, einen Mord begehen würden«, sagte sie mit traurigem Lächeln. »Oder so ähnlich. Das hat keinen Sinn ergeben, was?«

»Ich weiß, was Sie meinen«, sagte ich. »Danke für die Mühe.«

»Keine Mühe, Mann«, sagte sie. »Ich bin jetzt dauernd so. Und wenn ich mit dem Jurastudium fertig bin, muß mir die Welt dafür bezahlen.«

Da es das erste erfreuliche Wort von ihr war, wünschte ich ihr alles Gute und dankte ihr noch einmal, dann ging ich zur anderen Seite des Gartens, um ein Gebüsch zum Bewässern zu finden.

Betty Sue Flowers. Ich hatte mit drei Leuten gesprochen, aber nichts erfahren, was zu wissen sich lohnte, mit der Ausnahme, daß alle, die sie gekannt hatten, immer noch an ihr hingen. Vielleicht galt das für mich auch. Vielleicht hatte ich in der Sache gar keine Wahl mehr. Aber ich mußte mich entschließen. Ihr Papa lebte unten in Bakersfield, Randall Jackson mochte noch in Denver sein, der Rest der Kommune befand sich im südlichen Oregon – lange Fahren in drei verschiedene Richtungen, und keine führte nach Montana. Rosies siebenundachtzig Dollar wurden ganz schön hergenommen, und ich erreichte nichts damit, aber wie das laufen würde, hatte ich ja gewußt. Ich schüttelte das also ab und ging zur Party zurück.

Als ich durch die Küche kam, lehnte Trahearne an der Wand neben einer Dame mit Silberketten und bot ihr das Geschoß an, das man ihm herausoperiert hatte.

»Warum lecken Sie ihr nicht den Arm«, sagte ich, aber sie beachteten mich beide nicht. Sie kicherte und nahm den Glücksbringer an, und Trahearne hob ihre Hand an seine Lippen. Als ich vorbeigehen wollte, packte er mit einer fleischigen Hand mein Genick und zog mich an sich.

»Und was hatte die kleine Lesbe zu sagen?« fragte er.

»Nichts, was ich nicht schon wußte«, sagte ich. »Hauen wir bloß ab hier.«

»Es wird erst interessant.« Er feixte die Dame in Ketten lüstern an, ließ Whiskey in mein Glas schwappen und tätschelte meine Schulter. »Bleiben Sie dran«, sagte er, raffte die Dame unter seidigem Klirren an sich und führte sie in die funkelnde Nacht hinaus.

»Amüsieren Sie sich«, sagte ich. »Amüsieren Sie sich gut.«

»Sie müssen lernen, sich gehen zu lassen«, riet er mir über die Schulter, »lernen, sich zu amüsieren.«

Ach ja, das Amüsieren. Die Feste, die ewig dauern, die Whiskeyflasche, die nie leer wird, die Erholungs-Drogen. Fremdartige Frauen in Leinen und Satin, in Silber und gehämmertem Gold. Ah ja, das schöne Leben, unbelastet von Familien oder regelmäßiger Arbeit oder der Schurkin Verantwortung. Freiheit ist einfach ein anderer Ausdruck für ›nichts zu verlieren‹, und das Nachtleben ist für mich das richtige Leben. Spaß macht das fünfte Glas in einer neuen Stadt oder das Wegspülen eines Katers mit einer heißen Dusche und eiskaltem Bier in einem Motelzimmer oder der salzige, wandermüde Geschmack der Brust einer trampenden Hippie-Braut in ihrem Schlafsack. Nur zu. Die schönen Zeiten sind harte Zeiten, aber die einzigen, die ich kenne.

Am nächsten Morgen erwachte ich auf dem Rücksitz von Trahearnes Kabrio, das Gesicht voll Sonne, durchtränkt von Tau, Hundespeichel und Selbstvorwürfen. Als ich mich aufsetzte und umschaute, sah das nach Kalifornien aus, dann sagte mir ein vorbeiradelnder Zeitungsjunge, es sei Cupertino, aber das sagte mir gar nichts. Zwei Häuser weiter stand ein Mann mit Lockenkopf in seiner Einfahrt und saugte am Rest einer halben Flasche, während er einem Sperrfeuer von Küchenutensilien auszuweichen versuchte, die, von unsichtbarer Hand geworfen, aus dem Haus flogen und ins Morgenlicht hinausglitzerten. Er duckte sich vor einem großen Löffel und einem schweren Schöpfer, kichernd und tanzend, aber ein Kartoffelstampfer erwischte ihn an der Unterlippe, daß hell das Blut aufspritzte. Als er zu weinen anfing, stürzte eine blonde Frau im Hausmantel heraus und führte ihn hinein.

Ich schüttelte den Kopf, teilte das letzte kalte Bier mit Fireball und führte ihn hinaus, damit er den nächsten Rasen bewässerte. Als er fertig war, drückte ich unablässig auf Trahearnes Hupe, bis er aus dem Haus gegenüber herausstolperte, in der einen Hand sein Hemd, in der anderen die Schuhe, mit eingezogenem Schwanz.

»Verdammte Irre«, klagte er, als ich losfuhr. »Woher sollte ich wissen, daß sie den ganzen Dreckschmuck im Bett tragen will. Mensch, Mann, das war wie Bumsen in einem Autowrack.«

»Besser als im Wagen schlafen«, murmelte ich.

»War nicht meine Schuld«, brummte er, während er die Schuhe anzog. »Sie wollten nicht mit ins Haus.«

»Sie hätten wenigstens das Verdeck hochklappen können.«

»Habe ich«, sagte er. »Zweimal. Aber Sie bestanden darauf, es unten zu lassen und hielten der Welt einen vierzigminütigen Vortrag über das Schlafen unter den Sternen, um sich zu reinigen, also ließ ich Sie in Ruhe.«

»Gute Idee«, sagte ich.

»Sie sind ein mürrischer Säufer, Sughrue.«

»Nüchtern auch.«

»Was ist aus der Frau geworden?« fragte er.

»Aus welcher Frau?«

»Die bei Ihnen war.«

»Was auch gewesen ist, ich bin sicher, es hat mir Spaß gemacht«, sagte ich. »Wie sah sie aus?«

»Weich und mit viel Pelz«, sagte er. »Sie liegt nicht tot im Kofferraum, oder etwas ähnlich Furchtbares, wie?«

»Keine Ahnung«, sagte ich, »und ich sehe auch nicht nach, bevor ich was getrunken habe.«

»Wir wollen gar nicht so tun, als gäbe es Frühstück«, sagte er grinsend. »Suchen wir einfach die nächste Bar.«

»Dann geht es nach Bakersfield«, sagte ich.

»Ach du meine Güte.« Er stöhnte.

Kapitel 8

Zwischen Trunkenheit und Kater brauchten Trahearne und ich zwei Tage nach Bakersfield, aber als wir vom Motel zum Lokal von Betty Sues Vater fuhren, waren wir beide nüchtern und ganz gut beisammen, was vorteilhaft war, weil sein Lokal wie die Sorte Tanzhalle nebst Bar aussah, in der einer seinen Verstand bei sich haben mußte, wenn er hineinging. Da es noch früh am Tag war, schlossen wir uns dem Ansturm zur Mittagszeit an – zwei Elektroschweißer und ein Reisevertreter, der Bier und Slim Jims trank. Der Tages-Barmann erklärte mir, Mr. Flowers erscheine in der Regel gegen halb zwei Uhr, und tatsächlich trampelten Punkt zwei Uhr seine Straußenleder-Stiefel durch die Tür. Straußenhaut gibt ein vorzügliches Stiefelleder – wenn man Leder mag, das so aussieht, als sei das Tier an tödlicher Akne eingegangen –, und sie paßten gut zu Flowers' weinrotem, gestricktem Freizeitanzug im Western-Schnitt, so wie sein Anzug zu der Frau bei ihm paßte.

Flowers war ganz erfreutes Händeschütteln und Lächeln, bis ich ihm meine Lizenz zeigte und erklärte, was ich wollte. Dann zog er die Brauen zusammen und führte seine Sekretärin in das Schränkchen, das er sein Büro nannte. Als ich ihm nicht auf den Fersen folgte, trat er wieder heraus und winkte mich hastig hinein. Er sagte, er hätte mir etwas zu sagen. In einiger Ausführlichkeit.

»Undankbares kleines Luder«, sagte er und schlug mit der Hand auf seinen gebrechlichen Schreibtisch. »Hätte nie gedacht, daß ein Kind von mir ein Hippie wird, wissen Sie, keinen Augenblick lang. Ich hab' einen Jungen drüben in Vietnam verloren, und den anderen hätt' ich vielleicht auch hergeben müssen, aber sein Knie war kaputt, und dann dreh' ich mich um und hab' einen gottverdammten Hippie als Tochter. Vier, fünf Jahre lang hör' ich kein Wort von ihr, dann ruft sie nachts plötzlich an, auf meine Kosten, versteht sich, und weckt mich. Und wissen Sie, was sie will? Geld, bei Gott, sie will Geld, damit sie die beschissene Dreckskommune verlassen kann, wo sie wie ein Tier gehaust hat.« Er schüttelte den Kopf. »Und wissen Sie, was ich ihr gesagt hab'? Ich hab' ihr gesagt, daß ich ihr keinen roten Heller schicke, um sie da rauszuholen, und aus, verstehen Sie.«

»Sie meinen, die schmutzigen Hippies haben sich auch noch Drogen in die Nasen gesaugt«, sagte ich.

»Sie haben ein ziemlich großes Maul«, erwiderte er mit ausdruckslosem Blick. Dann lächelte er, aber nur mit dem Mund. »Na, schon gut, Sie müssen einen Kopf auf den Schultern haben, wenn Sie daherkommen und mir das sagen.«

»Peggy Bain hat es mir gesagt«, erklärte ich, weil ich nicht wollte, daß er mich für zu klug hielt.

Flowers seufzte schwer; seine Sekretärin klopfte ihm auf die Schulter.

»Denk an dein Herz, Schatz«, murmelte sie. Sie hatte sich auch aufgeputzt, aber ihre Vorstellung von einem Sexkätzchen sah aus wie etwas, das von der Katze ins Haus geschleppt wurde.

»Die meisten Drogen machen einen dumm«, predigte er, »aber Kokain ist was für kluge Leute. Man muß klug sein, um's zu genießen, und reich, um es sich leisten zu können.«

»Ein Mann in meinem Beruf muß seinen Verstand beisammen haben, und deshalb verstehe ich nicht viel von Drogen«, sagte ich.

»Das sehe ich«, meinte er verächtlich. »Wieviel bezahlt Rosie Ihnen für diese sinnlose Suche?«

»Nicht annähernd genug«, gab ich zurück, um ihn zu beleidigen.

»Sie war immer geizig«, meinte er, ohne meinen Tonfall zu beachten. »Verdammtes Weibsstück.«

»Nun, ihr Lokal geht nicht so gut wie Ihres. Sie müssen im Alu-Topf-Geschäft floriert haben.«

»Möchten Sie das freche Maul auf der anderen Seite vom Kopf haben?« sagte er leise. »Oder vielleicht eine demolierte Kniescheibe?«

»Da würden Sie Hilfe brauchen«, sagte ich dummerweise.

»Ich brauch' nur mit den Fingern zu schnippen«, sagte er und hob die Hand. »Verstehen Sie?«

»Sie haben die richtigen Verbindungen, was?«

»Kann man sagen.«

»Wie kommt ein braver Mann wie Sie zu solchen Verbindungen?« fragte ich freundlich.

»Geld verdienen«, sagte er.

»Okay. Tut mir leid.«

»Lassen Sie sich beim Weggehen die Tür nicht auf den Hintern fallen«, empfahl er mir.

»Beste Grüße an die Familie«, sagte ich und ging. Es mochte sein, daß er bluffte, aber das wollte ich nicht auf die Probe stellen. Ich entfernte mich rasch, was Trahearne gefiel.

»Mir wird's da unheimlich«, äußerte er, als wir gingen.

»Mir auch«, nickte ich, und auf dem Weg zum Auto erzählte ich ihm, warum.

Da ich Zeit brauchte, um über Betty Sue Flowers nachzudenken, und da Trahearne ein paar Tage üppiger Erholung verlangte, fuhren wir durch bis San Francisco, und er nahm für uns eine Suite im ›St. Francis‹.

Zeit zum Nachdenken und zur Erholung. Zigaretten und Whiskey und wilde, wilde Frauen. Ein geldgieriger Typ brabbelte mir die ganze Zeit etwas von ihrem Psychiater ins Ohr, also täuschte ich einen Orgasmus vor und versteckte mich in der Dusche, bis sie das Weite suchte. Irgendwann im Trunkenheitsnebel lief Trahearne in der Halle von der Balkonbar und fiel, sehr zur Bestürzung der Direktion, kopfüber in einen Gummibaum. Auf irgendeine Weise lenkte ich seinen Cadillac ans Heck eines Cable Cars. Verletzt wurde niemand, aber ich mußte mir einen Sturm von Beschimpfungen anhören, daß ich versucht hätte, eine Denkwürdigkeit zu zerstören. Der Trambahnführer und seine Fahrgäste taten so, als hätte ich eine Nonne überfahren. Aber das Schlimmste, was passierte, war, daß Fireball anfing, ein Halsband mit unechten Steinen zu tragen und japanisches Bier zu trinken.

Eines Nachmittags ging das schließlich zu Ende. Fireball trank Wasser aus der Kloschlüssel, eine nackte Blondine, die rote Stiefeletten trug, schlief in einer außerordentlich enthüllenden Stellung auf dem Sofa, und in der Suite roch es wie in einer Kaschemme.

»So kann ein Erwachsener nicht leben«, erklärte mir Trahearne, als er mich weckte. »Fahren wir heim.«

»Zu Hause ist man, wo man seinen Kater pflegt«, sagte ich.

»Mehr Bewegung, Herr, und weniger Provinzler-Geschwafel«, murrte er, während er seinen Kopf ganz vorsichtig hielt.

Wenn Trahearne entschied, daß er heimwollte, gedachte er auf nichts zu warten. Nicht einmal die blonde Dame zu wecken. Er meckerte über die Zeit, die ich zum Packen brauchte, dann nörgelte er auf dem ganzen Weg nach Sonoma, als ich einen Umweg über Rosie machte, um ihren Hund abzuliefern, mir eine Schleppstange zu borgen und meinen El Camino zu holen. Aber hinter der Theke stand eine fremde Frau. Sie sagte, Rosie schlafe in ihrem Wohnwagen, und ich solle sie nicht stören, doch ich mußte es tun.

Rosie kam an die Tür, nachdem Fireball und ich einige Minuten auf den Stufen gestanden hatten. Sie war hastig in einen ausgewaschenen roten Chenille-Hausmantel geschlüpft. Die Haare waren zerzaust von Schlaf und Schweiß. Fireball zwängte sich an mir vorbei und trabte in den Wohnwagen, wo hinten Männerschnarchen hörbar war.

»Was hat er denn da um den Hals?« fragte sie und wirkte nicht gerade glücklich darüber, mich zu sehen. »Sie hätten anrufen sollen, daß ich mich herrichten kann.«

»Tut mir leid«, sagte ich, »aber bis vor ein paar Minuten wußte ich selbst nicht, daß wir kommen.«

»Auf Tour gewesen, was?«

»Und so viel Spaß gehabt, wie es einer gerade noch aushalten kann.«

»Meine Kleine gefunden?« fragte sie.

Ich schüttelte den Kopf und starrte auf den Boden. Rosie versuchte, ihre langen, krummen, gelblichen Zehennägel zu verstecken, zuerst mit dem einen Fuß, dann mit dem anderen. Ich blickte wieder auf.

»Irgendwelche Spuren?« fragte sie.

»Ein Gerücht, daß sie vor sechs oder sieben Jahren in Oregon gelebt hat.«

»Wo ham Sie denn das gehört?« Rosie wirkte verwirrt.

»Von ihrem Papa.«

»Sie haben mit dem nutzlosen Kerl geredet?«

»So lange ich es aushielt.«

»Was macht er?«

»Hat seine eigene Kapelle und ein Lokal, in dem er damit auftritt.«

»Das muß einer für ihn führen.«

»Er hat sich eine Sekretärin zugelegt«, sagte ich.

»Nee, die nicht«, sagte Rosie. »Jimmy Joe hat furchtbar Angst vor jeder Frau mit Hirn. Betty Sue hätt' er vielleicht geliebt, wenn sie nicht so schlau gewesen wär'.«

»Mag sein«, sagte ich. »Hören Sie, da ich schon nichts Eindeutiges gefunden habe, warum nehmen Sie Ihr Geld nicht zurück?« Ich versuchte, ihr einen Packen zusammengefalteter Scheine zu geben.

»Weg damit«, sagte sie.

»Nehmen Sie's.«
»Sie haben's sich verdient.«
»Okay«, sagte ich, »ich mache auf der Durchfahrt in Oregon einen Abstecher und frage ein bißchen herum.« Was genau das war, was ich eben nicht tun wollte. Ich wollte nicht mehr suchen, nichts mehr von Betty Sue Flowers finden. »Wenn ich was finde, rufe ich Sie an.«
»Da wär' ich dankbar«, sagte sie, »aber Sie haben schon mehr geleistet, als ich bezahlt hab'.« Im Gang hinter dem Wohnraum hörte man Federn knarren und gedämpfte Flüche. Fireball hatte sich zu dem Herrn ins Bett gelegt, und das war diesem nicht angenehm. Rosie wirkte verlegen und drehte sich nach hinten, um den Mann zu beschwichtigen. Dabei sah ich einen lebensgroßen Poster von Johnny Cash hinter ihr an der Wand. Sie blickte mich wieder an. »Sie haben mehr getan, als ich bezahlt hab', nicht?«
»Ich habe gleich gesagt, das Geld ist hinausgeworfen.«
»Das ist meine Sache, und ich dank' Ihnen dafür, daß Sie's versucht haben. Sie rufen mich auf meine Kosten an, ja, egal, was Sie da finden, und wenn Sie je wieder herkommen, haben Sie eine Kneipe zum Trinken, wo Ihr Geld nichts wert ist.«
»Klingt wie das Paradies«, sagte ich, und Rosie lächelte.
»Bringen Sie den Wagen von dem Großen heim?« Sie wies mit dem Kinn über meine Schulter. Ich hatte Trahearnes Caddy mit der Schleppstange schon an meinen El Camino angehängt.
»Den Großen auch.«
»Was'n los? Kann er nicht fahren?«
»Der kann noch nicht mal gehen«, sagte ich.
»Muß schön sein«, murmelte Rosie.
»Wie?«
»So viel Geld haben, daß ein' einer rumschleppt.«
»Ich weiß nicht«, meinte ich, dann tauchte, als wir uns voneinander verabschiedeten, ein kahlköpfiger Mann mit behaarter Brust und Bierbauch auf, der kaltes Bier, Rühreier und wahre Liebe verlangte. Rosie lud mich zum Essen ein, während ihre Augen mich anflehten, zu gehen, was ich auch tat. Ich mußte ohnehin Trahearne heimfahren.

Trahearne hatte seinen literarischen Ruf mit sechs hochgelobten Gedichtbänden erworben, von denen zwei für nationale Preise nominiert worden waren, sein Vermögen aber mit drei Romanen gemacht; der erste war 1950, der zweite 1959 und der dritte 1971 erschienen. Ich hatte alle drei gelesen und konnte sie nicht auseinanderhalten, obwohl sie in verschiedenen Ländern mit verschiedenen Figuren spielten.

Alle drei Romane waren Bestseller, alle erfolgreich verfilmt worden, und hatten, vielleicht auch wegen seiner Reputation als Dichter, gute Kritiken bekommen, aber soviel ich erkennen konnte, waren die Bücher Trivialliteratur, vollgestopft mit literarischen Anspielungen und Symbolen. Vornehmer Dreck, wie ein unbeeindruckter Kritiker geschrieben hatte. Die männlichen Figuren, selbst die Schurken und Feiglinge, klammerten sich so kraß an den Männlichkeitswahn, daß selbst ein ungebildeter kleiner Gauner in einer *Pachuco*-Bande in Los Angeles ihn sofort verstehen konnte. Die weiblichen Figuren dienten als Versatzstücke, Requisiten und Opfer. Und die Handlung war immer unfaßbar. Aber Trahearne hatte seinen eigenen Platz gefunden und beutete das Ganze aus, als hätte er die Haupt- und nicht eine Nebenader entdeckt. Er hatte sehr viel Geld verdient zu einer Zeit, als es noch einen Wert besessen hatte.

Aber vielleicht war das die einzige Wahl gewesen. Als er aus dem Krieg zurückkam, stellte er fest, daß seine Mutter eine reiche und erfolgreiche Schriftstellerin mit zwei Romanen über die zarten, rührenden und komischen Abenteuer einer jungen Witwe geworden war, die sich mit ihrem kleinen Buben als Lehrerin an einer Zwergschule in Montana durchbringt. Wie Trahearne gesagt hatte, verdiente sie eine Million Dollar und schrieb kein Wort mehr, und erfunden hatte sie das Ganze auch. Und er hatte mir dazu gesagt, sie mache sich nicht die Mühe, den allerbesten Roman zu schreiben; den lebe sie. Als das Geld strömte, verließ sie Seattle und zog zurück nach Cauldron Springs, wo sie die heißen Quellen und das Hotel und fast die ganze Stadt kaufte, die sie am Leben erhielt, als die mageren Jahre kamen, in denen Thermalquellen nicht gefragt waren und der schwankende Viehmarkt die Rancher ruinierte. Sie sagte zu keiner Menschenseele ein böses Wort, erwähnte nie, daß der kleine Ort sie praktisch verjagt hatte; sie wohnte einfach in ihrem Haus am Hang und schaute hinunter, gütig lächelnd, während die Stadt hinaufschaute.

Mit seinem ersten Geld hatte Trahearne sich auf der anderen Bachseite ein Haus gebaut und, abgesehen von vereinzelten Europareisen und ein paar Gastspielen auf Colleges, nirgends sonst gelebt. Aber er hatte im Umkreis von fünzig Meilen um Cauldron Springs nie ein Gedicht geschrieben. Er schrieb von den Dingen, die er bei seinen Sauftouren sah, von den Fahrten, von kleinen Orten, deren Zukunft von Autobahnen abhing, von Rasthaus-Kellnerinnen, deren größte Hoffnung darin besteht, nach Omaha oder Cheyenne zu ziehen, von Vergangenheiten, die wie unwillkommene Gespenster nachhängen, von Bars, in denen die vereinzelten Überlebenden einer mißverstandenen Katastrophe sich versammelten, um ihre eigenen staubig-braunen Fotos anzuglotzen und auf ihre Getränke zu starren, die sepiafarben in den Gläsern liegen. Aber über sein Zuhause schrieb er nie. Als ich ihn hinfuhr, hatte ich zuviel Zeit, über alle nachzudenken, die fortgelaufen waren.

Mein El Camino war ein Miststück – halb Limousine, halb Transporter, eine halbirre Idee aus Detroit für faule Drugstore-Cowboys, die einen Transporter fahren wollen, ohne einen Transporter zu fahren –, und ich liebte ihn. Ich hatte das Ding günstig bekommen. Es war wunderschön, feuerwehrrot mit schwarzem Kunststoffdach und raffiniertem Aufbau für das Bett, ganz Chrom und Lustpfuhl, aber er besaß eine starke Renn-Aufhängung, Viergang-Schaltung und einen frisierten 7,5-Liter-Motor unter der Haube. Er war ein richtiger Tiger, konnte eine Corvette auf der Geraden packen, schneller in die Kurve gehen als ein Porsche Carrera, und ich besaß einen ungefälschten Bußgeldzettel einer Radarfalle in South Dakota über 220 km/h. Natürlich kam er bei hundert Kilometer auf vierzig Liter, wenn ich Glück hatte, und nicht einmal Lloyd's in London hätte mich versichert, aber mit CB-Funkgerät, Radardetektor und Desoxyn-Aufputschtabletten konnte selbst ein Kind mit Trahearnes Frachtkahn am Heck gut vorankommen, und ich sengte die Autostraßen hinunter.

Wir waren in Lovelock, Nevada, bevor Trahearne aus seinem Nickerchen erwachte, und als ich dort tankte, setzte er sich neben mich. Er war still, bis wir Elko erreichten, abgesehen vom gelegentlichen Whiskey-Gegurgel.

»Ich bin müde«, sagte er, »und der Hintern tut mir weh. Halten wir, damit wir schlafen können.«

»Warum gehen Sie nicht zu Ihrem Wagen zurück und schlafen dort?« sagte ich. »Ich hab' ein solches Tempo an mir, daß ich nicht schlafen könnte, wenn Sie mich umhaun.«

»Das ist nicht meine Schuld«, sagte er. »Machen wir halt.«

»Ich dachte, Sie haben es eilig, heimzukommen.«

»Hören Sie, junger Mann, ich bringe hier das Geld auf, und wenn ich sage ›Halt‹, dann halten wir, verstanden?«

»Richtig«, sagte ich. »Den einen Augenblick bin ich Ihr bester Trinkgenosse, im nächsten Ihr Nigger des Tages.« Ich steuerte in eine geschlossene Tankstelle und stieg aus.

»Was machen Sie?« fragte er. Dann ging er mit mir nach hinten und wiederholte die Frage.

»Ich hänge den Schlitten da ab«, erwiderte ich, während ich mich mit den Muttern an der Schleppstange abplagte. »Sie können sich selber heimfahren, alter Freund – Sie können fahren, wenn Sie soweit sind, halten, wann Sie wollen. Ich kündige.«

Es dauerte eine Weile, aber schließlich sprach er es aus.

»He, es tut mir leid. Und ich bin auch gar nicht mehr schläfrig.«

»Sind Sie sicher?«

»Ja.«

»Sie überlegen es sich nicht anders?«

»Nein«, erklärte er. »Und es tut mir wirklich leid. Das Geld macht einen manchmal dumm, wissen Sie.«

»Das weiß ich noch nicht«, sagte ich, »aber wenn mich Ihre Ex-Frau bezahlt, versteh' ich das vielleicht besser.«

Trahearne lachte und holte mir ein Bier aus dem Kühlschrank.

»Sie müssen lernen, sich gehen zu lassen, es sich gemütlich zu machen«, sagte er.

»Ich wollte nicht halten«, erinnerte ich ihn, und er lachte wieder, als wir weiterfuhren.

Südlich von Arco wurde Trahearne wieder wach, während ich die Scheinwerfer über Salbeigebüsch und Wüstengestrüpp huschen sah, und wollte wissen, was Betty Sues Vater zu sagen gehabt hatte.

»Ich wollte es Ihnen auf dem Rückweg nach San Francisco erzählen, aber Sie wollten von der Dichterin reden, die ich lieben sollte.«

»Sie ist bösartig, aber ganz lebendig«, sagte er und lachte. »Hat sie's Ihnen schwergemacht?«

»Kann man sagen.«

»Sie mögen sie nicht bösartig, was?«

»Sie vielleicht?«

»Manchmal hilft es«, murmelte er.

»Wobei?«

»Mich vergessen zu lassen, daß ich einen gehirnlosen Akt vollziehe«, sagte er leise, »den ich mit zu vielen Frauen an zu vielen schäbigen Orten vollzogen habe.«

»Das ist ein anderes Lied«, meinte ich.

»Stimmt«, sagte er, ohne weiter darauf einzugehen. »Wußte ihr Vater, wo sie in Oregon gewesen war?«

»Nein, und selbst wenn, hätte er es mir nicht gesagt.«

»Ich dachte mir fast, daß Sie da vorbeifahren würden«, sagte er.

»Ich hab's mir überlegt«, gab ich zu. »Dann beschloß ich, Sie zuerst heimzubringen. Ich fahre nächste Woche hin.«

»Sie machen sich mit dem Mädchen viel Mühe.«

»Schätze im Himmel ansammeln«, sagte ich. »Rosie hat mir einen Monat lang gratis Bier versprochen, wenn ich wieder nach Sonoma komme.«

»Machen Sie mir nichts vor«, sagte er. »Sie sind von dem Mädchen besessen.«

»Mag sein«, sagte ich. Dann kamen wir an einem Schild vorbei, das uns mitteilte, wie weit es bis zum Mondkrater-Naturschutzpark sei. »He«, sagte ich, das Thema wechselnd. »Wir haben in Cottontail dieselbe Hure gebumst, wissen Sie.«

»Wozu haben Sie das gemacht?« fragte er.

»Ich dachte, das gibt mir einen Hinweis.«

»Menschenskind«, sagte er, »kein Wunder, daß Sie so ein Zyniker sind, in Wirklichkeit sind Sie ein verkleideter Mystiker.« Dann schwieg er kurze Zeit. »Hat sie Ihnen etwas erzählt?« fragte er nervös.

»Sie gab einige Zweifel zu erkennen, ob der Mensch den Mond erobert hat, aber das war alles.«

»So sind die Frauen – entweder ist es zu leicht oder zu schwer, ihnen was vorzumachen«, sagte er und seufzte.

Ich fragte ihn nicht, was er meinte. Ich fuhr einfach weiter auf die dunklen Haufen der Berge hinter der Wüste zu und versuchte, mit dem sanften Schub von Trahearnes Whiskey Betty Sue Flowers in eine Ecke meines Denkens zu vertreiben.

Trotz leichter Berauschung brachte ich Trahearne am nächsten Abend gegen Mitternacht nach Hause. Sein Haus war ein langes, niedriges Riesending aus Balken und Stein über einem Souterrain, der in einen flachen Hügel hineinragte. Als wir vor dem Haus hielten, sah ich im offenen Eingang eine Frau lehnen, vor dem Licht abgezeichnet, Arme und Füße geduldig gekreuzt, als hätte sie auf uns gewartet und tagelang dagestanden wie eine Frau, die von einem Steg aus aufs dunkle, stürmische Meer hinausstarrt.

»Wieder zu Hause«, sagte Trahearne. »Jedesmal, wenn ich heimkomme, wundere ich mich, daß ich es lebendig geschafft habe. Ich denke immer, daß ich einmal unterwegs sterbe. Aber ich bin wohl dazu verdammt, im eigenen Bett zu enden.«

»Ich weiß, was Sie meinen«, sagte ich.

»Sie bleiben natürlich über Nacht«, lud er mich ein.

»Wenn es eine große häusliche Szene gibt, möchte ich lieber nach Meriwether zurückfahren.«

Trahearne lachte laut und sagte: »Keine Sorge. Melinda ist eine Heilige. Sie vergibt mir, noch bevor ich sündige. Also kommen Sie rein, trinken wir einen Heimkehr-Schluck.« Dann schlug er mir auf die Schulter und stieg aus.

»Whiskey, Frau!« rief er, daß seine mächtige Stimme durch das Tal hallte. Auf der anderen Seite des Baches leuchtete in einem oberen Fenster ein Licht auf, und der dunkle Fleck eines Frauenkopfes erschien.

»In welcher Reihenfolge?« fragte die Frau unter der Tür. Die sanfte Stimme verriet keinen Anflug von Ärger.

»Zum Henker mit der Reihenfolge!« rief Trahearne. »Feier du, Geliebte, den Seemann, zurück vom Meer, den Jäger zurück vom Hügel!«

»Auf seinem Klischee oder darunter?« erwiderte sie fröhlich.

Als der große Mann die Hartholzstufen zur Terrasse hinaufstieg, folgte ich ihm mit seinen Koffern und meiner Reisetasche wie ein treuer Eingeborenen-Träger.

»Wer ist das hinter dir?« fragte seine Frau. »Dein Diener?«

»Komm, Boy, du Ferkel, Sahib braucht Wasser für Whiskey«, sagte er, als er zurückkam, um mir beim Gepäck zu helfen.

»Danke«, sagte ich, dann blieb ich auf der Treppe stehen, um das Weckmittel-Zittern in den Waden loszuwerden. Trahearne und seine Frau umarmten sich unter der Tür, während sie zärtlich murmelte: »Du Irrer«, und ihn leise lachend ins Haus führte. In der Stille wisperte der Bach in seinem steinigen Bett, und das Gesicht im weit entfernten Fenster schien mich anzustarren. Ich schlich schuldbewußt die Stufen hinauf, vor dem Gesicht davon.

Bis ich den Eingang erreichte, der direkt in ein Wohnzimmer führte, groß wie ein Haus, war Trahearne in einen riesigen Lederklubsessel gefallen und hatte die Beine hochgelegt. Seine Frau stand hinter einer kleinen Bar und klirrte mit Eiswürfeln. Auf der anderen Seite, in einem offenen Kamin, groß genug, um einen VW zu rösten, knisterten und knackten drei eineinhalb Meter lange Baumstämme munter gegen die Bergkälte an. Von meinem Platz aus sah es wie ein gemütliches Feuerchen aus.

»Etwas zu trinken, Mr. Sughrue?« fragte Trahearnes Frau.

»Ein Bier, bitte«, sagte ich. Sie öffnete eine Flasche, füllte einen Steinkrug und brachte die Getränke, zuerst Trahearne, dann mir.

Als sie mir den Krug gab, sagte sie: »Ich fürchte, Trahearne hat so viel Anstand wie ein Steinblock. Ich bin Melinda Trahearne.« Sie hielt mir eine grobe, verarbeitete Hand hin, die ich drückte, während ich mich vorstellte. »Fühlen Sie sich wie zu Hause«, sagte sie und lächelte. »Gehen Sie herum, bis Ihr Hinterteil aufwacht, und dann setzen Sie sich.«

»Danke«, sagte ich, als sie zu Trahearne zurückging. So stand ich also herum wie ein Knoten, während sie sich auf die Armlehne seines Sessels setzte und mit seinen schütteren Haaren spielte. Sie freute sich so auffällig, ihn zu Hause zu haben, daß ich mir alle Mühe gab, sie nicht zu beobachten oder ihre geflüsterten Begrüßungsworte mitzuhören.

Ich war so mit Betty Sue Flowers befaßt gewesen, daß ich nicht darüber nachgedacht hatte, wie Trahearnes zweite Frau aussehen mochte, und während ich noch versuchte, sie nicht zu betrachten, erschien sie mir als ziemlich unansehnliche Frau um die Dreißig, ganz und gar nicht das Erwartete, wenn ich darüber nachgedacht hätte.

Sie war nicht häßlich, nur unansehnlich, und sie wirkte, als wäre sie von einem harten Tag Arbeit auf dem Feld heimgekommen. Ihr Haar war von einem matten, stumpfen Braun, weder dunkel noch hell, und sie trug es wirr und kurzgeschoren, wodurch ihre Nase zu lang, ihr Mund zu breit wirkte, und die Augen zu weit auseinanderzustehen schienen. Bis auf einen Streifen rötlich grauen Lehms an ihrer Stirn war ihr Gesicht unbemalt, und selbst im weichen Licht wirkte ihre Bräune fahl wie die Hautfarbe eines Sträflings oder einer Bardame. Sie trug ausgebeulte Jeans und eine weite Velour-Trainingsbluse, so daß ich von ihrem Körper nichts erkennen konnte; sie wirkte weder dick noch mager, bewegte sich aber mit der beherrschten Anmut, die reiche Mädchen zu lernen scheinen, sobald sie die ersten Schritte tun. Ihre nackten Füße waren schmal und elegant und sehr gepflegt, auch wenn ihre Hände so rauh und hart waren, wie die eines Maurers, und sie hatte Augen von einer seltsam blaugrünen Färbung, die sie hätte auffällig erscheinen lassen können, aber sie paßten weder zu ihren Haaren noch zu ihrer Hautfarbe.

Sie warf mir einen Blick zu, ertappte mich dabei, daß ich sie anstarrte, und ihr Lächeln war breit, ihre Zähne sahen so gerade und gleichmäßig aus, wie man sie für Geld nur bekommen konnte. Sie glitt von der Armlehne, blieb hinter Trahearne stehen und knetete mit ihren starken, kräftigen Händen seine dicken Schultermuskeln. Es sah aus, als täte es ihm gut, aber er ächzte.

»Genug, Weib«, sagte er, »die Heilung übertrifft das Leiden.« Dann tätschelte er ihre Hände, damit sie aufhörte.

»Weichling«, sagte sie lachend und ging zu seinem Gepäck. Als sie die schweren Koffer aufhob, sanken ihre Schultern nicht herab, und sie trug sie zu einem dunklen Durchgang, als wären sie leer. Ich wußte, daß sie das nicht waren. Ich drehte mich um und ertappte Trahearne, als er mich beobachtete, wie ich seiner Frau nachsah.

»Wie lange sind Sie beide verheiratet?« fragte ich und griff nach meinem Bier.

»Fast drei Jahre«, erwiderte Trahearne ohne Interesse.

»Scheint eine nette Dame zu sein.«

»Ja. Eine nette Dame.« Seine Stimme schien vor Erschöpfung zu erlahmen.

»Vielleicht sollte ich die Autos abhängen und fahren«, meinte ich.

»Unsinn«, sagte Melinda vom Flur her. »Sie sind zu lange unterwegs gewesen, und ich bestehe darauf, daß Sie mindestens die Nacht über hierbleiben.«

»Danke, Ma'am«, sagte ich, »aber ich möchte Ihnen nicht lästig werden.«

»Durchaus tun Sie das nicht«, sagte sie höflich. »Der Keller ist voller Gästezimmer – da haben sie Ihre Ruhe und können kommen und gehen, ohne uns zu stören. Es gibt eine Bar, einen Kühlschrank voll Bier, eine kleine Küche und zwei Farbfernseher. Sie müssen bleiben.«

»Tja...«, sagte ich.

»Ach, zum Teufel mit ihm«, knurrte Trahearne. »Er ist eine Art Über-Provinzler und kann nirgends schlafen, nur unter den Sternen. Außerdem ist er nie verheiratet gewesen und hat eine Heidenangst vor häuslichen Szenen.«

»Sei nicht albern«, sagte Melinda und lachte. »Die einzige häusliche Szene hier ist der Lärm von Trahearnes Schnarchen.« Sie holte meine Reisetasche. »Kommen Sie, ich zeige Ihnen Ihr Zimmer.«

»Und ich gehe ins Bett«, sagte Trahearne, als er aufstand. »Gute

Nacht und den ganzen Anstandsscheiß dazu«, ergänzte er, dann wuchtete er sich wie ein verwundeter Bär hinaus.

»Bis morgen«, sagte ich und folgte seiner Frau durch die große offene Küche zur Treppe.

Unten füllte ein großer Raum mit bodenlangen Glaswänden auf der Sonnenseite fast den ganzen Keller aus, die Schlafzimmer lagen an einem Korridor, der im Verlauf dem oberen entsprach. Melinda trug meine Reisetasche in ein kleines Gästezimmer neben dem Bad, dann führte sie mich ins große Zimmer, um mir Bar und Küche zu zeigen.

»Bitte, machen Sie es sich hier bequem«, sagte sie. »Sie finden im Kühlschrank alles, was Sie fürs Frühstück brauchen. Und fürs Mittagessen. Es tut mir leid, aber wir essen nur abends gemeinsam, weil Trahearne und ich verschiedene Arbeitsstunden haben. In der Regel gegen sieben. Bis dahin müssen Sie leider für sich selbst sorgen.«

»Keine Mühe«, sagte ich.

»Da bin ich sicher, Mr. Sughrue. Junggesellen sind immer die besten Hausgäste. Sie scheinen besser für sich sorgen zu können als die meisten Ehemänner.« Sie lächelte schwach. »Sie haben nie geheiratet?«

»Nein, Ma'am.«

»Stört es Sie, wenn ich frage, warum nicht?«

»Nein, aber ich weiß es selbst nicht genau. Ich bin noch nie absichtlich aus einem Flugzeug gesprungen. Selbst bei der Sprungschule mußte man mich hinausstoßen. Vermutlich hat mir nie jemand einen Tritt zum Heiraten gegeben.«

»Ich habe schon Fallschirmabsprünge gemacht und finde die Ehe genauso aufregend«, sagte sie leise.

»Sie scheinen glücklich zu sein«, sagte ich.

»Ja, das bin ich. Es ist Ihnen aufgefallen, daß ich meinen Mann sehr gern habe?«

»Ja, Ma'am.«

»Und er scheint auch Sie gernzuhaben«, sagte sie. »Das freut mich. Ich mißgönne meinem Mann seine Freunde nicht. Ich hoffe nur, daß wir auch Freunde sein können.« Dann hielt sie mir wieder die Hand hin.

»Ja, Ma'am«, sagte ich, während ich sie drückte.

»Wenn Sie aber noch einmal ›Ma'am‹ zu mir sagen, muß ich Sie natürlich windelweich schlagen«, sagte sie ruhig, dann fing sie an, hemmungslos zu kichern.

»Ich könnte wohl bis zum Äußersten gehen und Sie Miz Melinda nennen«, sagte ich, und wir lächelten beide.

»Schon besser«, sagte sie und wünschte mir angenehme Träume.

Als sie ging, hallte ihre Stimme in meinem Kopf nach, Worte und Sätze, die keinen Sinn zu haben schienen – ›mein Mann‹ und ›Kühlschrank‹ –, aber ich achtete nicht auf mich.

Die Fahrt und das Desoxyn hatten mich zu sehr aufgewühlt, so daß ich nicht schlafen konnte. Ich setzte mich vor den Fernseher, um Bier zu trinken und die Spätfilme über Kabel von Spokane zu verfolgen. Obwohl es zwanzig bis dreißig Minuten still blieb, machten die Trahearnes danach für ein Paar ohne häusliche Szenen einen Mordskrach. Ich wollte es nicht hören, wenn ich nicht dafür bezahlt wurde, wie sonst in meinem Beruf, und drehte den Ton lauter, konnte Trahearnes Bärenstimme aber doch durch die dicken Böden vernehmen. Worüber er auch zornig sein mochte, er erzählte ihr alles während der zweiten Hälfte von ›Johnny Guitar‹ und der ersten von ›Die Bestie mit den tausend Augen‹. Ich stieg auf Whiskey um, fand hinter der Bar eine Packung Zigaretten und trat durch die Glasschiebetüren hinaus. Selbst dort waren seine Klagen und ihre leisere Zustimmung noch zu hören. Ich setzte mich wieder an den Apparat und stellte den Ton lauter.

Endlich war es vorbei, und statt der Stimmen hörte man das Ächzen von Bettfedern und das Klatschen von Fleisch. Das machte mich noch trauriger als der Streit. Ich verließ den Keller wieder, ging bis zu den Autos hinaus und lehnte mich an den taufeuchten Kotflügel des El Camino. Auf der Weide traten die Kühe von einem Huf auf den anderen und atmeten mit leisen, schnuffelnden Brummlauten; ihre flachen Zähne knirschten ein wenig im Gras. Auf der anderen Seite des Baches war das andere Haus jetzt dunkel, aber ich spürte das wachsame Gesicht immer noch, verborgen hinter dem schwachen Schimmer eines Nachtlichts, das wie eine Geistererscheinung hinter den schwarzen Fenstern glomm.

Ich zog wieder das Foto von Betty Sue heraus, das ich seit über einer Woche in der Tasche trug und niemandem gezeigt hatte. Im aufflammenden Streichholzlicht wirkte sie auf irgendeine Weise vertraut, wie ein Mädchen, mit dem ich aufgewachsen war, aber als die Flamme erlosch, füllte das Flackern des Films meine Blindheit aus. Ich schämte mich, empfand Scham über meine Scham und ging in das nun stille Haus zurück, in mein leeres Bett.

Aber nicht, um zu schlafen oder auch nur unangenehme Träume zu haben. Ich trank und rauchte und blickte an die Decke. Als der Aschenbecher voll war, ging ich ins Bad, um ihn zu leeren, und aus Gewohnheit wischte ich ihn sauber. Er war ein Klumpen glasierter Ton, ohne Form, wie ein Steinbrocken, mit einer glatten, kleinen Vertiefung. Als ich die Asche wegkratzte, tauchte ein Frauenprofil auf, ein stolzes Gesicht mit hoher Stirn, in den Ton modelliert, ein Gewirr langer Haare dahinter, als stünde die Frau in einem Orkan. Als ich genauer hinsah, entdeckte ich, was ein Kreis von Zuschauern zu sein schien: flach eingeprägte Augen um den Rand der Vertiefung, die mit einer dem Haß verwandten Wollust auf das Frauengesicht starrten. Dann bemerkte ich auf der Theke im Bad eine schlanke Keramikvase mit einem kleinen Strauß Strohblumen, und auf der Vase eine Reihe von Frauengesichtern, die Hände auf den Augen, während das lange, wirre Haar über ihre Schultern herabtroff. Die Stücke müssen von Melinda stammen, dachte ich. Eine unansehnliche Frau, die den Fluch der Schönheit begriff, und ich war beeindruckt. Der Aschenbecher war schwer wie ein Stein, die Vase leicht wie Luft, die Frauengesichter spotteten in ihrer Zerbrechlichkeit jeder Beschreibung.

Gewöhnlich sehe ich mir bei diesen schlaflosen Nachtausflügen ins Badezimmer mein zerschlagenes, vom Whiskey gezeichnetes Gesicht lange an, auf der Suche nach dem Gesicht, das es hätte sein können, wären die vergeudeten Jahre, die Bars, die langen Nächte nicht gewesen. Aber in dieser Nacht fuhr ich mit dem Daumen über die unter der braunen, durchsichtigen Lasur eingesperrten Gesichter, über alle die weinenden Frauen, und ich hatte kein Mitleid mehr für mich übrig.

Ich hatte mir mein Bett selbst gemacht und legte mich hinein, um zu schlafen, um dann aufzustehen und zu tun, wovon ich wußte, daß ich es tun mußte, um zu bezahlen, was ich den Frauen schuldete.

Kapitel 9

Ein alter Trinkgenosse von mir war von einer zweiwöchigen Sauftour mit einer auf den Arm tätowierten Rose heimgekommen. Um die Blüte stand geschrieben: ›Fuck them all/and sleep till noon‹. Seine Frau zwang ihn, das vom Chirurgen entfernen zu lassen, aber die Narbe war ihr noch widerlicher. Jedesmal, wenn er sie berührte, grinste er. Einige Jahre später versuchte sie, das Grinsen mit einer Weinflasche zu beseitigen, aber sie schlug ihm nur ein paar Zähne aus, so daß das Grinsen noch lüsterner wirkte. Aber was ich nicht verstehe, ist, warum sie immer noch verheiratet sind. Er grinst immer noch, und sie haßt das nach wie vor.

Ich hatte keine Tätowierungen und keine Ehen, aber am Morgen, nachdem ich Trahearne heimgebracht hatte, schlief ich trotzdem bis Mittag. Als ich wach wurde, wußte ich, daß ich aus der Falle mußte und Trainingsanzug und Joggingschuhe anzuziehen hatte. Ich war zu lange auf Fahrt gewesen und konnte verschiedene unersetzliche Teile meines Körpers nach Betätigung winseln hören. Vielleicht machte das einen klaren Kopf. Vielleicht brach ich mir das Bein und würde nicht nach Oregon fahren können.

Schließlich tat ich genau das, gekleidet in altes Sportzeug, und schlenderte hinaus in die Mittagssonne. Ich setzte mich in einen Liegestuhl, um mir die Landschaft zu betrachten.

Trahearnes Mutter gehörte eine halbe Quadratmeile Land nordwestlich der Kleinstadt Cauldron Springs. Ihr Land lag in einem flachen Tal zwischen zwei niedrigen Hügelkämmen. Ganz oben waren die Kämme bewaldet, aber auf den unteren Hängen mit Salbeigestrüpp bewachsen. Zwischen den Häusern und der Straße hielt sie ein paar Stücke Vieh auf einer kleinen Weide. Der Cold Spring Creek gluckerte zwischen den Kämmen zur Weide, wo er zu einer Reihe langer, runder, von Weiden halb erstickter Biegungen auseinanderfiel, bis er an der Straße dahinfloß, bevor er sich östlich des Ortes den warmen Thermen anschloß.

Trahearnes Haus stand auf der Ostseite des Baches, das seiner Mutter auf der westlichen. Ihr Haus schien von den Great Plains zu stammen. Es war ein vierschrötiges stämmiges Bauernhaus, vorne mit einer Veranda ausgestattet, und es schien mit dem strengen Blick eines Weizenfarmers, den das launische Wetter zum Wahnsinn getrieben hatte, auf die Kleinstadt hinunterzublicken.

Die Stadt war um eine heiße Quelle entstanden, die in einer Kalksteinschüssel von der Form und der Größe einer Badewanne emporsprudelte. Ein alter Mann hatte Hotel und Badehaus gebaut und war bei seinem Tod der einzige Hotelgast, der einzige Kurgast gewesen.

Trahearnes Mutter hatte das Badehaus und ein Stockwerk des Hotels wiedereröffnet, aber nur als Geste dem Ort gegenüber. Es war eine Erinnerung an ihr Geld, wie die Tennisplätze, die sie hinter dem Badehaus hatte anlegen lassen. Aber neu streichen lassen wollte sie die Gebäude nicht. Sie ließ sie von Weiß zu einem Aschgrau, matt wie Altsilber, verblassen und verwittern.

Als ich langsam den Kiesweg zur Straße hinuntertrabte, lief Melinda wie ein Reh an mir vorbei. Sechs Spielzeiten Football beim Militär und vier bei verschiedenen Junior Colleges hatten mir Beine verschafft, die sich an schnelles Laufen nur noch von fern erinnerten, und ich beneidete Melinda um ihr müheloses, rasches Tempo. Sie erreichte die Straße und lief die Steigung nach Westen hinauf. Ich folgte ihr kurz, dann ging ich normal weiter, als sie oben umkehrte und zurückkam. Als sie mich erreichte, schloß ich mich an, und wir joggten zum Kiesweg zurück.

»So kommen Sie nie in Form«, sagte sie ruhig atmend.

»Das ist Strafe, kein Training«, keuchte ich.

Sie lachte, dann lief sie mir davon. Als ich das Haus endlich erreichte, stand sie auf der Terrasse und beobachtete mich. Ich hinkte die Stufen hinauf und fiel in einen Holzsessel.

»Wenn ich Trahearne nur dazu bringen könnte, sich körperlich zu betätigen«, sagte sie.

»Wenn Sie mich nur dazu bringen könnten, aufzuhören«, stieß ich hervor.

»Macht Ihnen das Laufen denn keinen Spaß?«

»Es ist nicht so schlimm, wie einen spitzen Stock ins Auge zu kriegen, aber das vergeht wenigstens rasch«, meinte ich.

»Genau«, sagte Trahearne dröhnend, als er aus der Tür trat. »Wie wär's mit einer Bloody Mary?« fragte er und ließ einen Mixbecher wie ein Zauberamulett vor mir rasseln.

»Nur, weil's vor dem Frühstück ist«, sagte ich, als er mir eingoß.

»Hier ist das meistens das Frühstück«, sagte Melinda. Sie lächelte und tätschelte Trahearnes dicke Wange. Worum es bei dem Geschrei gestern nacht auch gegangen sein mochte, sie schienen es vergessen zu haben oder jedenfalls so zu tun. Sie küßte ihn kurz auf den Mundwinkel, dann ging sie ins Haus. Trahearne ließ sich neben mir nieder.

»Das ist eine außergewöhnliche Frau«, sagte ich, »für ein Eheweib.«

»Sie haben ja keine Ahnung«, erklärte er und wurde rot. Ich grinste, aber er lächelte nicht. Er füllte nur noch einmal mein Glas und sagte: »Trinken Sie das, mein Junge, dann zeige ich Ihnen, was richtige Leute gegen ihren Kater unternehmen.«

»Das nennt man also kuren?« sagte ich, als Trahearne und ich uns ins warme Wasser des großen Beckens am Hotel gleiten ließen. Er grunzte nur und sank bis zu den Schultern hinein. Sein weißes T-Shirt, das er anbehalten hatte, blähte sich kurz mit einer Luftblase, dann machte es unter seinem Hals ein Bäuerchen. Nachdem wir die Bloody Mary ausgetrunken hatten, war ich von ihm gezwungen worden, ihn in die Stadt zu fahren. Er hatte einen Schlüssel zur Hintertür und einem privaten Umkleideraum, wo wir uns auszogen. Bis auf ein altes Ehepaar aus Oklahoma hatten wir dann das Becken für uns. Sie waren gegangen, als wir hineingestiegen waren.

»Wie gefällt Ihnen das?« fragte Trahearne seufzend.

»Ganz gut«, sagte ich wider die Wahrheit, um höflich zu sein. Das Wasser, das ein wenig nach Schwefel und anderen Mineralien roch, die zu identifizieren meine Nase sich weigerte, war eher lau als heiß und wirkte glitschig wie Fieberschweiß.

»Unendlich besser als herumzulaufen«, sagte er, »und es wirkt wohl auch. Meine Mutter schwört darauf – sie ist jeden Morgen um sechs Uhr hier –, und Melinda kommt spät nachts, um nach der Arbeit Bahnen zu schwimmen.«

»Und was machen Sie?«

»Ich komme wegen des Katers«, sagte er, »und sitze herum, bis mir der Schweiß ausbricht.« Dann tauchte er unter und stand auf. »Schwitze ich?« fragte er und lächelte. »Ich habe das Gefühl, daß ich schwitze.«

»Naßgemacht haben Sie sich jedenfalls«, antwortete ich, bemüht, nicht auf das Gewirr dunkelroter Narben zu blicken, die sich durch das nasse T-Shirt auf seiner Brust abzeichneten. Er ließ sich wieder ins Wasser gleiten.

»Wenn Sie gehen wollen, brauchen Sie's nur zu sagen«, meinte er.

»Das war nicht meine Idee«, gab ich zurück.

»Verschwinden wir, hier stinkt's immer wie im Krankenhaus.« Dann stand er auf und wankte zur Treppe. Auf dem Rücken hatte er noch viel mehr Narben. Sie sahen aus wie die tiefen, qualvollen Furchen von Schrapnellwunden. Ich folgte ihm in den Umkleideraum.

Während wir uns umzogen, sagte er: »Okay, ich bin eben scheu, was meine Narben angeht.«

»So arg sind sie gar nicht.«

»Arg genug. Beeilen Sie sich«, fügte er hinzu, »ich glaube, ich könnte so nüchtern sein, daß ich heute nachmittag versuchen würde, zu schreiben.«

»Ich weiß, daß ich nüchtern genug bin, um nach Meriwether zurückzufahren«, sagte ich.

»Morgen«, befahl Trahearne. »Melinda hat ein Steak für Sie aufgetaut.«

»Ja, Sir«, sagte ich und ging mit zum Wagen, der zwischen Badehaus und Tennisplätzen abgestellt war. Ein älterer Mann schlug Bälle gegen eine Wand, und zwei halbwüchsige Mädchen kämpften verzweifelt um einen Punkt.

»Nicht hinsehen«, sagte Trahearne, als er sich zu mir setzte. »Das viele junge Fleisch bringt Sie zum Wahnsinn.«

»Schon geschehen«, sagte ich, als ich losfuhr.

Am Nachmittag rief ich, nachdem ich kurz in der Sonne gedöst, geduscht und leicht zu Mittag gegessen hatte, im Haus von Trahearnes Mutter an, um Catherine Trahearne wissen zu lassen, daß ich nicht vergessen hatte, von wem ich beauftragt worden war. Sie sagte, sie sei auf dem Weg zum Tennisspielen, aber ich sollte auf ein Glas vor dem Abendessen vorbeikommen, und ich nahm die Einladung an. Trahearne war in einem Arbeitszimmer neben dem Wohnraum verschwunden, raschelte mit Papier, klirrte mit Eiswürfeln und fluchte lautstark. Melinda war zu ihrem Atelier auf dem Berg hinaufgegangen, also machte ich mir etwas zu trinken und wanderte auf einem Kiesweg zum Bach und über die schmale Holzbrücke. Ich starrte ins Wasser.

»Sie müssen der Detektiv sein«, sagte eine barsche Frauenstimme aus den verschatteten Weiden am Wasser, und ich wäre um ein Haar in den Bach gesprungen. »Tut mir leid«, sagte sie, »ich wollte Sie nicht erschrecken, aber ich habe unbeabsichtigt ein Nickerchen gemacht, als Sie herkamen.«

»Das macht nichts«, versicherte ich, als sie aus dem Schatten trat. Sie war eine hochgewachsene, knochige Frau mit kurzen, grauen Haaren und trug ein altes, rotes Flanellhemd, eine lange Hose und ausgelatschte Jagdstiefel. Als sie am Ufer entlang zum Weg ging, stützte sie sich auf einen Knotenstock.

»Ich bin Edna Trahearne«, sagte sie und gab mir eine knorrige Hand. Sie mußte Ende Siebzig sein, aber ihre Augen waren klar, ihr Händedruck trotz der gichtigen Finger fest. Sie hatte tiefe Furchen im Gesicht. »Und Sie sind Sughrue.«

»Ja, Ma'am.«

»Wie geht es meinem Sohn?«

»Er ist ein bißchen müde, hat aber eine Konstitution wie ein Ochse.«

»Das ist bei ihm Natur, aber eines Tages hängt er sich einen an, und es wird keiner da sein, der ihm hilft. Ich habe Catherine gesagt, sie soll ihm diesmal niemanden nachschicken, aber sie hört natürlich nicht auf mich. Ich weiß nicht, was das Luder, mit dem er zusammenlebt, mit ihm macht – ich habe nicht mehr mit ihm gesprochen, seit sie hier ist –, aber seine Sauftouren folgen jetzt ohne Pause aufeinander, und er hat seit über zwei Jahren nichts mehr geschrieben. Wenn er sie nicht loswird, liegt er vor mir im Grab.« Sie starrte mich beinahe kokett an. »Sie sind anderer Meinung?«

»Ich weiß nicht«, sagte ich lahm. »Sie scheint ihn zu lieben.«

»Er braucht keine Liebe, junger Mann, die verwirrt ihn«, erwiderte sie. »Er braucht Pflege wie ein Kind. Die junge Frau meines Sohnes begeht den Fehler, ihn für einen Mann zu halten. Er ist Künstler, und alle Künstler sind Kinder.«

Es ist wahr, dachte ich, manche Männer brauchen Pflege, aber es ist entwürdigend, mit Fremden darüber zu sprechen. Ich beschloß, festzustellen, ob die alte Frau so hartgesotten war, wie sie tat.

»Soviel ich weiß, haben Sie früher auch einmal geschrieben«, sagte ich.

»Wenn Sie meine zwei Romane gelesen haben, wissen Sie, was das für Märchen sind«, sagte sie, »und wenn Sie meinen Sohn gesprochen haben, wissen Sie, wie mein Leben hier in Wahrheit aussieht. Ich habe Dummköpfen Geld abgenommen, mein Junge, und es mir verdient, aber kommen Sie mir nicht mit dem Quatsch von der Kunst.«

»Gut«, sagte ich. Sie war so hartgesotten, wie sie vorgab, also schaute ich wieder in den kleinen Bach.

»Sind Sie Fischer?« fragte sie plötzlich. »Oder nur ein Städter mit einer teuren Fliegenrute?«

»Ich bin kein großer Fischer, nein, aber ein paar Forellen habe ich schon gefangen.«

»Wenn ich Ihnen meine Fliegenrute borge, glauben Sie, daß Sie ein halbes Dutzend von den kleinen Forellen fangen könnten?« fragte sie. »Ich sehe nicht mehr gut genug, um ein Vorfach zu knüpfen, selbst wenn ich die Hände dafür hätte, und ich wäre ganz scharf auf eine Pfanne voll gebratener Forellen.«

»Ich habe meine Fliegenrute im Transporter«, sagte ich, stellte mein Glas ab und trabte gehorsam wie ein Sohn los.

Der Bach war lange nicht befischt worden, und die Forellen gingen auf jede Fliege, die ich ihnen anbot, aber ich fing mehr Weidenzweige und altes Geäst als Forellen, und ich brauchte eine Stunde, um eine Schnur voll kleiner Flußforellen zu angeln. Die alte Frau beobachtete mich wie ein Fischreiher, enthielt sich aber jeder spöttischen Bemerkung. Ich nahm die Fische im Bach aus, dann folgte ich ihr zur Hintertür ihres Hauses und in die Küche. Während ich mir die Hände wusch, brachte sie mir ein Bier und bat mich auf die Veranda.

Das Wohnzimmer war voller Kriegsandenken, und als ich hinaustrat, sagte sie höflich: »Sind Sie im Krieg gewesen?«

»Nicht in dem«, sagte ich. Sie schüttelte den Kopf und lächelte, als hätte ich die falsche Antwort gegeben. Ich ging um sie herum, darauf achtend, sie nicht zu berühren, um mich der gutaussehenden Frau in einem Schaukelstuhl vorzustellen.

Sie trug diesmal Weiß statt Schwarz, ein kurzes Tenniskleid. Neben ihr lagen Schläger und Balltasche. Auf ihrer Stirn standen kleine Schweißtröpfchen, die bis in den Ansatz ihrer hinten zusammengebundenen, kupferroten Haare reichten. Die Jahre hatten ihr gar nichts anhaben können. Eher war sie jetzt noch schöner, ihre Haut glatt und gebräunt, ihr Fleisch fest und elastisch.

»Ich bin Catherine Trahearne«, sagte sie unnötigerweise, als sie aufstand. »Ich habe in der Stadt Tennis gespielt und keine Gelegenheit gehabt, mich frischzumachen, also müssen Sie entschuldigen.«

»Schon gut«, sagte ich. »Ich war fischen.«

»Glück gehabt?«

»Genug für unser Abendessen, aber nur knapp«, sagte die alte Frau. Es klang wie Rüge und Befehl zugleich, doch wozu, das wußte ich nicht.

»Jeder, den ich fange, ist Glück«, sagte ich.

»Sie haben Trahearne gefunden«, sagte Catherine, »also möchte ich lieber glauben, daß Sie eher mit Geschick als mit Glück angeln.«

»Ha«, sagte die alte Frau schnaubend. »Völlige Zeitverschwendung.« Ich wußte nicht, ob sie mein Angeln oder meine Suche meinte.

»Wie auch immer, ich danke Ihnen, daß Sie ihn ganz nach Hause gebracht haben«, sagte Catherine. »Ich bin sicher, daß das nicht leicht war.«

»Ganz so schwer war es auch nicht.«

»Ha«, fügte die alte Dame hinzu.

»Mutter Trahearne, darf ich dir ein Glas Wein bringen?« fragte Catherine.

»Ich glaube, ich warte damit, bis ich zu Bett gehe«, sagte die alte Frau. »Vielleicht kann ich heute nacht schlafen, wenn ich warte.«

»Gewiß«, sagte Catherine. »Ich würde Sie bitten, zum Essen zu bleiben«, sagte sie zu mir, »aber ich bin sicher, Sie haben andere Pläne. Mich müssen Sie jetzt aber entschuldigen. Ich muß vor dem Essen unter die Dusche. Wenn Sie mir Ihre Rechnung schicken, Mr. Sughrue, sorge ich dafür, daß sie sofort beglichen wird. Und ich möchte Ihnen noch einmal danken. Es war ein Vergnügen, Sie kennenzulernen.« Sie gab mir die Hand und ging ins Haus.

»Wie mein Sohn eine solche Frau aufgeben konnte, werde ich nie verstehen«, sagte Edna Trahearne.

»Davon habe ich keine Ahnung«, murmelte ich.

»Seien Sie nicht so albern«, rügte mich die alte Frau. »Ich bin für die Forellen dankbar, junger Mann, aber nicht so dankbar, daß Sie auf meiner Veranda albern sein dürfen.«

»Tut mir leid«, sagte ich.

»Und entschuldigen müssen Sie sich auch nicht.«

Ich griff nach meiner Angelrute und verabschiedete mich. Als ich zu Trahearnes Haus zurückging, war ich überzeugt davon, auf eine Art und Weise manipuliert worden zu sein, wie ich sie überhaupt nicht verstehen konnte, aus Gründen, die weit außerhalb meines Horizonts lagen. Vielleicht war ich nur eine geeignete Zielscheibe. Oder in ein Irrenhaus geraten. Sie mußten alle ein bißchen verrückt sein, um so nah zusammen zu wohnen, aber ich wußte nicht, was vorging. Mein Auftrag war jedenfalls erledigt. Alles, was ich wissen mußte, war, daß Melinda zum Essen Steaks versprochen hatte. Ich wollte blutiges Fleisch, zwei große, gute Whiskeys, einen nüchternen Schlaf und dann nichts wie weg von hier.

Als ich zum Haus zurückkam, war das Essen fertig, aber Trahearne war zu erledigt, um essen zu können. Er saß in seinem Arbeitszimmer und starrte auf seinen mit gelbem Schreibpapier übersäten Schreibtisch und drehte die Kammer einer alten 45er Pistole, während Melinda versuchte, die Steaks bei halbdurch zu halten.

»Jetzt wissen Sie's«, murmelte er, als ich mit zwei vollen Gläsern hereinkam.

»Ich weiß, daß das Essen fertig ist«, erwiderte ich.

»Sie haben die Alte und den Drachen kennengelernt und die Halle der verlorenen Träume gesehen«, sagte er. »Was gibt es da sonst zu wissen?«

»Essen wir«, meinte ich.

»Essen, essen«, nickte er und begann plötzlich, mit seiner Dichterstimme zu sprechen: »Vermählt mit einer alten Frau, geb' ich ungleich Gesetz an eine wilde Rasse, die ißt und schläft und sich vermehrt und mich nicht kennt –«

»Es beut nur wenig, daß ein läss'ger König«, fügte ich hinzu, eine Zeile zurückgehend, »das Essen völlig uns vermasselt.«

»Woher, zum Henker, kennen Sie diese Zeile?« fragte er.

»Als ich Inlandsspion für die US-Army an der Uni Colorado war, habe ich Examen in englischer Literatur gemacht«, sagte ich.

»Sie verscheißern mich.«

»Durchaus nicht.«

»Mensch, Mann, trinken wir was, und Sie können mir alles von Ihrem Leben als Spion erzählen.«

»Beim Essen«, sagte ich.

»Also gut, verdammt noch mal«, knurrte er, als er sich hochstemmte. »Also gut, ihr Hunde, und du gottverdammtes Essen«, klagte er, aber er folgte mir zum Eßtisch.

Wenn ich gewußt hätte, wie er sich benehmen würde, hätte ich ihn in seinem Arbeitszimmer allein gelassen. Sein Steak war zu stark durchgebraten, seine Folienkartoffeln waren kalt, der Salat war zu sauer – das behauptete er jedenfalls mit lauter, betrunkener Stimme. Er aß ein paar Bissen, schob das Essen auf dem Teller herum, dann sank er zusammen und schlief am Tisch ein, zum Glück nur mit geringen Schnarchlauten. Melinda lächelte mich an und schüttelte den Kopf. Aber nicht vorwurfsvoll.

»Der Arme«, flüsterte sie. »Wenn er nach Hause kommt, läuft es mit seiner Arbeit nie so recht. Wenn es Ihnen nichts ausmacht, lassen wir ihn einfach hier schlafen, während wir essen.«

»Mir macht es nichts aus«, sagte ich. »Ich bin so hungrig, daß ich sogar essen könnte, wenn er wach wäre.«

»Seien Sie nicht bösartig«, meinte sie leichthin, lächelte wieder und fuhr mit der Hand durch die kurzen Haare, aus denen der Lehmstaub ein wenig aufwirbelte.

Hinterher schlug sie vor, den Kaffee draußen zu trinken, während der große Mann in seinem Stuhl schlief.

Es war acht Uhr vorbei, aber die nördliche Sonne sank erst langsam auf die niedrigen Berge im Westen hinunter. Das Gras auf der Weide wuchs dunkel-üppig in der durchsichtigen Luft, und die bewaldeten Hügel wechselten vom Grün zu einer Dunkelheit, so schwarz wie erloschene Kohle. Drüben flitzten Ziegenmelker mit pulsierenden Rufen durch die Weiden, und kleine Forellen sprangen in den schwebenden Dunst über das Wasser. Unten flackerten die Lichter von Cauldron Springs wie Signalfeuer.

»Es ist schade, daß er nicht... über diesen Ort hier schreiben kann«, sagte Melinda leise. »Meine Arbeit lief nie besser, seine nie schlechter, und trotzdem sagt er, es sei nicht meine Schuld. Aber manchmal frage ich mich...« Sie trank einen Schluck Kaffee und starrte mich über den Rand der Tasse hinweg an.

Ich hatte an diesem Tag an Vertraulichkeiten alles gehört, was ich vertragen konnte, und wandte mich beiläufigem Gespräch zu, fragte sie, wo sie aufgewachsen sei – in Marin County, gegenüber von San Francisco, in Sun Valley und Südfrankreich.

»Das arme, reiche Mädchen, wissen Sie«, sagte sie. »Ich wäre am liebsten auf einer kleinen Ranch wie hier aufgewachsen, aber meine Eltern waren beide wohlhabend – nicht reich, wohlgemerkt, wohlhabend –, und sie dilettierten bei allem möglichen, Cello und Geige, abstrakte Malerei, Tiefseetauchen und Skifahren. Miserable Amateure, aber sehr gute und liebe Leute.«

»Reisen sie noch?«

»Meine Eltern?«

»Ja.«

»Nein, sie sind leider tot.«

»Das tut mir leid«, sagte ich.

»Meine Mutter kam bei einem Skiunfall in den Alpen um, und mein Vater starb aus Trauer darüber. Das redete ich mir jedenfalls ein. Er fuhr mit seinem Wagen an der Costa Brava über einen Abhang.«

»Das tut mir leid«, wiederholte ich.

»Danke, aber das ist nicht nötig«, sagte sie. »Es scheint jetzt so lange her, so weit weg zu sein.« Dann setzte sie sich auf. »Ich bin sehr froh, daß Ihnen beiden bei dem Unfall nichts passiert ist.«

»Nur ein Kotflügelschaden«, sagte ich und fragte mich, was Trahearne ihr erzählt haben mochte.

»Ah, es muß aber mehr gewesen sein, wenn Trahearne drei Tage im Krankenhaus lag.«

»Zur Beobachtung«, sagte ich, froh darüber, auf Draht gewesen zu sein. Wenn Trahearne seiner jungen Frau nicht verraten wollte, daß man ihn angeschossen hatte, von mir würde sie es nicht erfahren.

»Er muß einen ordentlichen Sturz getan haben, als er hinausgeschleudert wurde«, sagte sie. »Die Narben an seinem Gesäß sehen aus, als könnte das ernst gewesen sein.«

»Harmlos«, sagte ich.

»Wie ist das passiert?«

»Offen gesagt, ich war zu betrunken, um das genau zu wissen.«

»Ich bin Ihnen jedenfalls dankbar dafür, daß Sie sich um ihn gekümmert haben.«

»Wir hatten eine recht fröhliche Zeit, und ich weiß nicht genau, wer sich um wen gekümmert hat.«

»Es scheint eine ... wilde Fahrt gewesen zu sein«, meinte sie. »Wir haben uns bei einer ähnlichen kennengelernt. Er war der lebendigste Mann, dem ich je begegnet war, und dann entpuppte er sich auch noch als Abraham Trahearne. Das Leben ist so merkwürdig. Wer hätte ahnen können, was aus einer Kleinigkeit wie dieser entsteht, mir ein Glas spendiert zu haben.«

»Weil wir gerade von dem großen Mann sprechen«, sagte ich, bemüht, nicht ironisch zu wirken. »Soll ich Ihnen helfen, ihn ins Bett zu bringen?«

»Durchaus nicht«, entgegnete sie. »Er wird in zwei Stunden wach und schreit nach Whiskey und wilden, wilden Weibern.« Ihr Grinsen verriet, daß sie das mit den wilden Weibern gut selbst übernehmen konnte. Ich glaubte ihr einen Augenblick, dann drehte sie das Gesicht, und ich dachte, wenn sie wild ist, verbirgt sie das hinter ihrer Unansehnlichkeit ganz gut. »Ich habe Sie gelangweilt, nicht?«

»Das ist es nicht«, sagte ich. »Ich dachte nur, ich gehe lieber, solange ich noch nüchtern bin.«

»Trahearne wird so enttäuscht sein«, äußerte sie, als meine sie es ernst.

»Schon, aber ich habe noch diesen anderen Fall und hätte gestern in Oregon sein sollen«, meinte ich.

»Morgen ist nie früh genug, nicht wahr?«

»Nein.«

»Und das klingt so aufregend, verfilzte Rätsel, dunkle Geheimnisse, eine Romantik, wie sie gewöhnlichen Sterblichen versagt bleibt.«

»Die Wirklichkeit sieht leider anders aus: Autos, die nicht bezahlt sind, zurückholen, Bars nach vermißten Ehemännern absuchen.«

»Oder nach weggelaufenen Kindern.«

»Manchmal.«

»Das müßte doch aufregend sein«, meinte sie. »Ein Prinz, der von Zigeunern gestohlen worden ist oder so.«

»Ich kenne weder Prinzen noch Zigeuner.«

»Das ist kein Grund, mit dem Suchen aufzuhören«, sagte sie ein wenig klagend. »Ich würde mir wirklich wünschen, daß Sie nicht gehen.«

»Ich muß aber«, erklärte ich.

»Ich verstehe. Ich bin sicher, Trahearne möchte Ihnen sagen lassen, daß Sie in unserem Haus immer willkommen sind. Mir geht es genauso. Bitte, besuchen Sie uns wieder, sobald Sie Lust dazu haben.«

»Sicher«, sagte ich. »Danke.« Aber ich konnte mir keine Lust vorstellen, die mich zu diesen Verrückten zurückzuführen vermocht hätte. Wir verabschiedeten uns, und als ich abfuhr, kam mir die Suche nach Betty Sue im Vergleich hierzu beinahe vernünftig vor.

Ich fuhr angestrengt und erreichte Grants Pass in einem Zug. Neunzehn ruhige Stunden am Steuer, dann ging ich in ein Motel und schlief wie ein Kind bis zum nächsten Vormittag um zehn.

Beim Sheriff von Josephine County, wo ich vorbeischaute, um ihm mitzuteilen, daß ich im Land sei und keine Gesetze zu übertreten gedächte, schien man sich zu langweilen, verriet man mir aber, wo ich hinmußte. Man sagte mir jedoch nicht, wonach ich ausschauen sollte, und zwei Stunden später fuhr ich in die Siskiyous hinauf, eine Waschbrett-Straße an einem Bach entlang, der in den Applegate River mündete. Zehn Meilen später öffnete sich ein hübsches, kleines Tal, und ich verstand das Lächeln auf dem Gesicht des Beamten.

Ein Holzhaus aus Fertigteilen in A-Form stand an der Straße, umgeben von bunten Wimpeln an lockeren Drähten. Ein großes Schild an der Fassade verkündete ›Sundown Sommerhäuser‹. Als ich hielt, sprang ein junger Mann aus dem Haus.

»Ja, Sir«, sagte er munter, »was können wir für Sie tun?«

»Ich glaube, ich suche was für den Ruhestand«, sagte ich, und es klang plötzlich wahr. Ein stiller Ort, wo ich mich zurücklehnen und über die wilde Jagd nach Hirngespinsten in meinem Leben nachdenken konnte.

»Da habe ich genau das Richtige für Sie«, sagte er schnell, »zehn Morgen Grund mit Aussicht auf Bach, Quelle und herrlichen Bauplatz. Bauerwartungsland, versteht sich, aber billig.«

»Eigentlich suche ich eine Hippie-Kolonie«, sagte ich.

»Da sind Sie hier falsch«, sagte er. Die Platte war abgespult, die Stimme jetzt hart.

»Gehört das hier Ihnen?«

»Richtig«, sagte er.

»Keine Hippies, wie?«

»Jetzt nicht mehr.«

»Wo sind sie hingegangen?«

»Wo die immer hingehen, wenn sie dahinterkommen, daß das Leben auf dem Land genau wie früher harte Arbeit ist.«

»Wie haben Sie das erworben?«

»Wenn es Sie etwas angeht: Ich habe es von meiner Großmutter geerbt«, sagte er, dann scharrte er mit den Füßen. »Sie sind irgendein Polizist, ja?«

»Ein privater«, sagte ich und gab ihm die Lizenz.

»Kann man sich ja denken«, murrte er. »Ich habe heute drei Kauflustige gehabt: einen Hühnerfarmer aus Fresno, zwei Halbwüchsige in einem nagelneuen Continental und einen Miet-Polizisten.«

»Wollte keine falschen Hoffnungen erwecken«, sagte ich.

»Pech, hm.«

»Es war Ihre Kommune, nicht?«

»Jeder macht mal Fehler.« Er grinste. »Na ja, Mann, ich bin in Nam einundzwanzig geworden und erbte das hier und ein bißchen Pinke, und als ich zurückkam, konnte ich an nichts anderes denken als an Frieden und Hasch und Hippie-Bräute. Klang wie das Paradies auf Erden.«

»Was passierte?«

»Die Zeiten haben sich geändert«, sagte er, »und mein Geld ging zu Ende. Ich dachte, wir könnten uns hier das Leben verdienen, aber keiner wollte auf dem Dienstplan stehen. Die faulen Schweine wollten nicht arbeiten, also putschte ich mich mit LSD ein bißchen auf, unternahm einen eigenen Vorstoß, verbrannte ihre Hütten und siedelte die Bande um. Die hätten Sie laufen sehen sollen, Mann.«

»Und jetzt verkaufen Sie?«

»Alles, bis auf die hinterste Parzelle«, sagte er. »Entweder das, oder ein halbes Jahr oben an der Pipeline, und Alaska ist prima, Mann, wenn du nicht in der Kälte draußen arbeiten mußt – aber kalt ist es immer.«

»Wie lange ist das her, daß alle gegangen sind?«

»Vier oder fünf Jahre«, sagte er. »Wen suchen Sie denn?«

»Betty Sue Flowers«, sagte ich und zeigte ihm das Bild.

»Das muß ein Witz sein«, sagte er, als er es anstarrte.

»Nein, ich suche sie wirklich.«

»Das nicht, Mann, ich will sagen, es muß ein Witz sein, daß sie das sein soll«, meinte er. »Als die hier war, Mann, ist das ein Trampel gewesen. Prima zu bumsen, aber groß wie eine Scheune.«

»Sie erinnern sich an Sie?«

»Keiner vergißt so einen Fick«, sagte er, dann seufzte er düster, als fielen ihm auch noch zu viele andere Dinge ein.

Wir schlenderten zum Holzhaus und setzten uns auf die Stufen.

»Die war wild, Mann, einfach zuviel des Guten. Wieso suchen Sie sie überhaupt?«

»Sie hat sich lange nicht mehr bei ihrer Familie gemeldet, und man möchte sie finden und wiedersehen.«

»Wird nicht gehen.«

»Warum nicht?«

»Mensch, ich hab' verrückte Weiber gekannt – in Nam und oben an der Pipeline – und Nummern geschoben, an die ich mich tagsüber nicht gern erinnere, aber die war eine Sache für sich.«

»War sie Ihre Freundin?«

»Jeder gehörte jedem«, sagte er. »Wie alles andere auch. Wenn man sich dauernd anturnt, ist das auch okay.«

»Wenigstens haben Sie den Boden behalten.«

»Gerade noch«, sagte er. »Sie wollten, daß ich den Titel auf all unsere Namen umschreiben lasse, und da bin ich dann schließlich ausgeflippt.«

»Und dann ging sie?«

»Nein, da war sie schon fort«, sagte er. »Sie blieb nicht sehr lange, bevor sie mit diesem älteren Kerl abzog. Vielleicht ist sie sogar mit ihm gekommen, wissen Sie, aber da kann ich mich nicht mehr erinnern.«

»Wissen Sie seinen Namen noch?«

»Jack. Oder so ähnlich. Wir haben von Nachnamen nicht viel gehalten.«

»Randall Jackson.«

»Klingt gut, Mann, aber erinnern kann ich mich nicht.«

»Bauch, krummbeinig, mit Ansatz zur Glatze?«

»Das ist der Saukerl.«

»Saukerl?«

»Er wollte, daß ich einen Pornostreifen finanziere, getarnt als soziologische Studie sexueller Freiheit in den Kommunen. Er hätte angeblich Mordsbeziehungen, und wir würden eine Stange Geld damit verdienen. Kennen Sie ihn?«

»Begegnet sind wir uns eigentlich nicht, aber ich kenne ihn.«

»Was ist aus ihm geworden?«

»Ich habe ein Gerücht gehört, daß er in Denver sei und mit schmutzigen Büchern handelt.«

»Würde passen«, sagte er, dann hörten wir eine Weile dem Flattern der Wimpel zu. »Sieht aus wie ein Scheiß-Gebrauchtwagen-Platz, wie?« Ich nickte. »Als ich beschloß, zu verkaufen, wollte ich wohl, daß es möglichst schäbig aussieht«, sagte er.

»Die Zeiten ändern sich, wie Sie schon sagten.«

»Ja«, sagte er leise, »aber wissen Sie, was ich am meisten hasse?«

»Was denn?«

»Irgendwann nachts werd' ich mich in Santa Cruz angeturnt vor den Fernseher hocken, und irgendein kaputter TV-Cowboy wird mein Land in Mini-Parzellen anbieten, und das kotzt mich jetzt schon an.«

»Vielleicht könnten Sie Vieh hertun.«

»Haben Sie die Preisnotierungen gesehen? Man braucht schon ein Riesenkapital, um ins Viehgeschäft einzusteigen, und das verliert man bestimmt. Außerdem war ich schon zu lange faul, um jetzt damit aufzuhören. Übrigens, ich hab' ein paar Joints dabei. Wenn Sie Lust haben, können wir hockenbleiben und uns anturnen und auf die Kunden warten, die sowieso nicht kommen.«

Wir rauchten sein Gras und tranken mein Bier aus der Kühlbox, sahen die Sonne durch die blauen, hohen Weiten reiten, redeten von Planwagenzügen und Fährten, wie alles hätte sein können, über die Motorradwerkstätte, die er vielleicht in Santa Cruz aufmachen würde, aber wir sprachen nicht über Betty Sue Flowers, und besonders high wurden wir auch nicht.

Kapitel
10

Zwei Tage später klopfte ich nachmittags an Randall Jacksons Bürotür. Er arbeitete in einem Kabäuschen in der Ecke eines großen Lagerhauses voller Kartons mit Büchern und Magazinen. Er war nicht schwer zu finden gewesen. Der Verkäufer im ersten Pornoladen an der Colfax Avenue hatte mir gesagt, wo ich hingehen mußte. Aber ich kam wohl in einem schlechten Augenblick. Nach meinem Klopfen verstummten die Stimmen im Büro plötzlich. Die dünne Tür ging rasch auf, wurde fast aus den Angeln gerissen, und ein sehr großer, sehr häßlicher Mann mit dunkler Haut und einem Anzug für dreihundert Dollar kam heraus und fragte mich, was ich wollte. Ich hätte es mir ja wohl denken können. Wo Geld ist, ist Schmutz, und wenn man auf meiner Straßenseite arbeitet, muß man damit rechnen, mit solchen Leuten zu tun zu bekommen. Es gibt sie überall. Nicht *so* gut organisiert, wie man meinen möchte, aber doch recht gut.

»Kann ich Ihnen helfen?« fragte er höflich, mit einem Anflug mexikanischer Aussprache in der Stimme. Sein Haarschnitt für zwanzig Dollar sah aus, als gehöre er zu einem anderen Gesicht.

»Ich möchte mit Mr. Jackson sprechen«, sagte ich noch höflicher als er.

»Tut mir leid, aber er hat gerade zu tun«, erwiderte der große Mann.

»Wer ist es, Torres?« fragte eine Stimme von innen.

»Niemand«, antwortete er, ohne mich beleidigen zu wollen.

»Er soll warten«, sagte die Stimme.

»Hübscher Tag heut«, sagte Torres. »Warum warten Sie nicht draußen?«

»Ich bin auf der Laderampe«, erwiderte ich.

Er nickte, und ich ging. Ich war ganz froh darüber. Der haarige Porno-Kuchen ist großes Geschäft mit kleinen Investitionen und hohem Bargeldumfluß, und die Pressefreiheit ist theoretisch eine schöne Sache, aber mich geht das alles nichts an. Ich wartete draußen und sah zwei Farbige Schachteln in einen blauen Transporter verladen. Es war durchaus kein schöner Tag, aber ich beklagte mich nicht.

Randall Jackson war nicht der Mann mit der Stimme im Büro. Er hatte einen nörgelnden Winselton, ölig wie altes Fett, als er den

Mann mit der Stimme auf den Rücksitz eines schwarzen Continental mit undurchsichtigen, versilberten Fenstern beförderte. Der große, dunkelhäutige Mann fuhr damit davon. Dann wandte Jackson sich mir zu, und das Winseln war verschwunden.

»Sie wollen was von mir?« sagte er. Die Zeit hatte es nicht gut mit ihm gemeint. Sein Bauch war größer geworden, sein Haar dünner, seine Beine wirkten noch krummer. Sein Name mochte auf dem Gewerbeschein stehen, aber er spülte nicht einmal die Toilette ohne Erlaubnis. »Also, was gibt's?«

»Ich suche Betty Sue Flowers«, sagte ich. Ich glaubte ohnehin nicht, daß er mir irgend etwas sagen würde, und ich wußte, daß ich keinen Wert darauf legte, ihm meinen Namen zu verraten, also erklärte ich nichts und zeigte ihm auch keinen Ausweis.

»Nie von ihr gehört«, entgegnete er schnell.

»Vielleicht hat sie einen anderen Namen verwendet«, sagte ich. »Ich habe erfahren, daß Sie vor einigen Jahren mit dem Mädchen in Oregon waren.«

»Sie haben einen Scheiß erfahren, ich bin nie in Oregon gewesen«, sagte er, während seine kleinen, schwarzen Augen wie Zirkone glitzerten.

»Muß der falsche Randall Jackson sein«, erklärte ich. »Entschuldigen Sie die Störung, Mr. Jackson.« Dann stieg ich in den El Camino und fuhr davon.

Das war's. Zunächst. Ich konnte ihn nicht unter Druck setzen, wenn die Lagerarbeiter zuschauten. Aber er hatte mich angelogen, vermutlich aus Gewohnheit, und ich gedachte herauszubekommen, warum. Aber auf die harte Tour, das mußte sein. Seine Rufnummer würde nicht im Buch stehen, seine Anschrift im Adreßbuch eine falsche sein, und er hatte meinen El Camino gesehen, also konnte ich ihn damit nicht beschatten. Ich brauchte ein anderes Fahrzeug.

Einer der Gründe, warum ich soviel im Land herumfahre, abgesehen davon, daß mich Flugzeuge zu Tode ängstigen, ist der, daß ich in einer fremden Stadt keinen Mietwagen nehmen kann. Ich bekomme keinen, weil ich keine Kreditkarte habe. Ich habe keine Kreditkarten, weil ich keine bekommen kann, ohne eine zu stehlen. Es ist einfacher, Autos zu stehlen. Davon verstehe ich mehr.

Niemand redet gern darüber, weil das ein so schäbiges Geschäft ist, aber Privatdetektive wenden viel Zeit dafür auf, unbezahlte Autos zurückzuholen. So kam ich auch in den Beruf. Ich hatte viele Autos mit und ohne gerichtliche Verfügungen gestohlen und glaubte, in Denver wenigstens eines ohne große Schwierigkeiten ausborgen zu können.

Ich fuhr hinaus zum Flughafen Stapleton, parkte auf dem abgelegendsten Parkplatz und wartete auf das richtige Auto, etwas Unauffälliges, möglichst ein Dienstfahrzeug, gesteuert von einem müden Vertreter, das Fluggepäck in der Hand. Ich brauchte auf den richtigen nicht lange zu warten, und als der Vertreter verschwunden war, dauerte es mit dem richtigen Werkzeug nur eine Minute. Ich war schon unterwegs, bevor der Vertreter das Flughafengebäude erreicht hatte.

Als Jackson seinen pflaumenfarbenen Cougar auf der Santa Fe in den Nachmittagsverkehr lenkte, mußte ich eng dranbleiben, aber vorsichtig fahren. Er machte es mir leicht, und ich fuhr hinter ihm durch die ganze Stadt bis zu einer Bar ›Oben ohne‹ in der East Colfax. Zwei Stunden später, als er aus der Bar in die Dämmerung heraustrat – sein Gesicht war entflammt von Whiskey und den Visionen nackten, hüpfenden Fleisches –, schob ich ihm einen Revolver in die Rippen, und er fuhr uns zu einem billigen Motel draußen in Aurora. Wir brauchten nicht einmal auszusteigen.

»Okay«, gab er zu, »ich kannte sie. Wir sind miteinander hierhergekommen, und ich war pleite, also schickte ich sie auf die Straße, aber sie wurde gleich in der ersten Nacht geschnappt. Ich konnte die Geldstrafe nicht bezahlen, also riß sie dreißig Tage ab.«

»Und dann?«

Jackson zündete sich eine Zigarette an und schaute zu den Motelräumen hinauf.

»Danach wollte sie mit mir nichts mehr zu tun haben.«

»Kann man ihr nicht verdenken, oder?«

»Kaum.«

»Wohin ist sie dann gegangen?«

»In die Gegend von Fort Collins, habe ich gehört. Da wohnt eine reiche Dame im Poudre Canyon, die Umschulung macht, Sie wissen schon, Mädchen aus dem Knast holt und sie mit heimnimmt. Ein richtiger Humanitätsapostel, Sie wissen schon, und ich hörte, Betty Sue wär' dort eine Weile gewesen. Dann hörte ich nichts mehr.«

»Nichts?«

»Gar nichts«, sagte er.

»Wieso haben Sie mich angelogen?« fragte ich.

»Ich dachte, Sie sind von ihrer Familie, Aussprache und so, und wollten sich revanchieren.«

»Wofür revanchieren?«

»Sie wissen ja«, sagte er, »sie war noch halbwüchsig.« So, als erkläre das alles.

»Sie hätten nicht lügen sollen«, sagte ich.

»Das sehe ich jetzt«, sagte er mit einem Blick auf meinen 38er. »Was wollen Sie in dem Motelzimmer machen?«

»Sie auseinandernehmen.«

»Das dachte ich mir«, sagte er. »Mensch, ich fürchtete, Sie blasen mich gleich auf der Straße um. Sie hätten Ihre Augen sehen sollen. Irre, Mann.«

»Ich bin müde«, sagte ich.

»Wozu suchen Sie Betty Sue überhaupt?«

»Das weiß ich nicht einmal mehr«, sagte ich, dann fuhr Jackson uns zu seinem Wagen zurück. »Nichts für ungut«, sagte ich, als er ausstieg.

»Ganz und gar nicht«, sagte er, zog seine Hose hoch und ging davon.

Als ich zum Flughafen zurückfuhr, kam mir der Gedanke, daß das zu leicht gewesen war, und ich überlegte, ob ich zurückfahren sollte, aber ich hatte schon Ärger genug. Ich stellte den Wagen des Vertreters ab und fuhr mit dem meinen auf der I 25 nach Fort Collins. Auf halbem Weg begannen meine Hände so zu zittern, daß ich von der Straße mußte. Ich glaubte aber nicht, daß das die Nerven waren. Hauptsächlich Zorn, der rauswollte. Jackson hatte recht gehabt. Als ich ihm vor der Bar die Kanone in den Rücken gerammt hatte, wollte ich so dringend abdrücken, wie ich mir nur je irgend etwas gewünscht hatte, immer wieder abdrücken. Ich kroch unter das Dach und sperrte den Revolver in den Werkzeugschrank, dann fuhr ich weiter nach Norden, durch die Berge im Westen, die leere Weite der Great Plains im Osten.

Nachdem ich die Ausfahrt Fort Collins benutzt hatte, suchte ich mir wieder ein Motel, ging in eine andere Bar und trank wieder etwas.

Am nächsten Tag hatte ich ein wenig Glück. Zuerst ein bißchen Glück, das schlecht wurde, dann ein bißchen Pech, das sich verschlimmerte.

Der zweite Bewährungshelfer, den ich anrief, sagte mir, wo ich die richtige reiche Dame finden konnte. Die erste Helferin hätte es mir auch sagen können, aber sie hatte keine Lust.

Selma Hinds lebte in einem großen, achteckigen Blockhaus aus

Holzstämmen und Glas auf einem Hügelkamm südlich des Cache la Poudre River. Als ich den Cañon hinauffuhr, konnte ich es da oben wie eine mittelalterliche Festung hocken sehen. Ich hielt vor ihrem Briefkasten unten am Hügel und zog Wanderstiefel an. Ich mußte den steilen, gewundenen Weg eine Dreiviertelmeile hinaufstapfen und fragte mich, ob Selma Hinds viele Besucher bekam. Ein Telefon hatte sie auch nicht, also fragte ich mich noch, ob sie wohl zu Hause war. Falls nicht, würde ich einfach warten müssen, wenn ich den Weg nicht zweimal an einem Tag laufen wollte.

Schließlich kam ich schwitzend und nach Luft ringend aus den Latschen in eine große Lichtung auf den Sattel, gerade als fünf oder sechs Hunde mich entdeckten. Sie begrüßten mich aber freudig, wenngleich eine große, dreibeinige schwarze Labradorhündin mir eines ihrer Vorderbeine genau ins Gemächt rammte. Die anderen, meist mittelgroßen Köter begnügten sich mit wildem Bellen.

Das achteckige Haus stand auf dem höchsten Punkt des Sattels, mit einem großen Garten in der Mulde dazwischen und fünf kleineren Hütten und einer Reihe Gitterkäfige am Waldrand auf der anderen Seite der Lichtung. Zwei junge Mädchen und ein Junge arbeiteten im Garten in der Frühjahrsanpflanzung, die mit Sägemehl und Plastik geschützt war. In den Käfigen schienen kleine Tiere und Vögel mich mit den dumpfen Augen von Krankenhauspatienten zu betrachten. Die jungen Leute hoben die Köpfe, arbeiteten dann aber weiter.

Eine hochgewachsene mütterliche Frau mit glattem Gesicht und braun-grau gestreiften Haaren stand unter dem Eingang des großen Blockhauses, eine große, orangerote Katze auf dem Arm. Ihr Haar war hinten zu einem Knoten geschlungen, und sie trug ein langes, einfaches Kleid. Selbst aus zwanzig Metern Entfernung starrten mich ihre grauen Augen mit ruhiger Güte an.

Sie hatte keine Ähnlichkeit mit meiner Mutter, die eine kleine, kecke Frau aus dem Süden gewesen war, springlebendig und ein bißchen verzweifelt, ein wenig flatterhaft, ein wenig traurig. Als ich aber auf Selma Hinds zuging, fühlte ich mich schwindlig und heiter, als käme ich nach einem langen, strapaziösen Krieg nach Hause. Sie lächelte, und ich brach in ein kindisches Grinsen aus, wäre beinahe hingelaufen, um die Arme um sie zu schlingen, aber als ich vor ihr stehenblieb, verminderte etwas in ihrer Miene, vielleicht eine kleine Unschärfe in ihren Augen, den Eindruck.

Wir stellten uns vor, und sie bat mich herein. Zwischen den

schlichten Holzmöbeln im nicht unterteilten Haus lagen überall Katzen und standen Hunde herum. Als Selma Hinds sich setzte, taten das die Hunde auch und stellten das wilde Bellen ein.

»Sie sehen aus wie ein Mann, der etwas sucht«, sagte sie ruhig, »oder jemanden.«

»Ein Mädchen«, sagte ich. »Betty Sue Flowers.«

»Verstehe«, sagte sie, »und wie Sie sehen können, nehme ich Streunende auf – die Krummen, die Lahmen, die Fußkranken. Und die seelisch Geschädigten auch. Ich nehme sie auf, tue, was ich kann, um sie wiederherzustellen. Jenen, die ein Zuhause haben und hinwollen, gebe ich das Fahrgeld, den anderen suche ich etwas, wo sie unterkommen, und wenn manchmal einer nicht fortkann, behalte ich ihn hier.«

»Ja, Ma'am«, sagte ich und dachte mir, daß sie wahnsinnig oder für diese Welt zu gut sein mußte.

»Meistens ziehen die menschlichen Tiere weiter, und die anderen bleiben...« Sie verstummte, gerade lange genug, daß ich auf den Gedanken kam, Betty Sue könnte noch hier sein. »Das sind schwierige Zeiten für die jungen Menschen, und ich biete eine Zuflucht vor der Welt, der Gewalt und den Drogen.«

»Und Betty Sue ist zu Ihnen gekommen?« fragte ich.

»Ja, für eine Weile.«

»Dann ging sie?« fragte ich verwirrt.

»Sie ließ ihren Geist bei uns, wandelt jetzt noch zwischen uns«, sagte sie, »und ihre Asche ist mit dem Humus im Garten vermischt.«

»Verzeihung?«

»Sie ist tot, Mr. Surghue«, sagte sie. Als ich nichts erwiderte, fügte sie hinzu: »Sie scheinen schockiert zu sein. Wir alle müssen oft sterben.«

»Ich weiß nicht, ob ich das ihrer Mutter erklären kann«, sagte ich.

»Dann teilen Sie ihr mit, daß Betty Sue, während sie bei uns war, ihre Unschuld und Jugend wiedergewann«, sagte sie. »Sie ist hier glücklich gewesen und wieder jung geworden.«

»Ich habe gehört, daß das möglich ist«, entgegnete ich, immer noch betäubt, »aber erlebt habe ich das nie.«

»Das ist schade, Sir, weil es zu den Freuden des Lebens gehört, die Jungen wieder jung werden zu sehen.«

»Was ist geschehen?« fragte ich und wollte wissen, wie sie gestorben war.

»Sie erblühte hier wie eine Blume«, sagte Selma, mich mißverstehend, »Sie erkannte ihren Wert wieder. Sie kam aus dem Gefängnis hierher, vom Leben geschlagen und gepeinigt, dick und häßlich, aber als sie fastete und den tierischen Schleim aus ihrem Körper verbannte, hörte das zwanghafte Essen auf, und sie wurde wieder schön und ganz. Sie blieb länger als irgendeiner meiner Schützlinge vor oder nach dieser Zeit, obwohl es bei ihr schwieriger war als sonst.«

»Darf ich fragen, warum?«

»Das ist nicht einfach ein Auftrag für Sie, nicht?«

»Nein, Ma'am.«

»Sie gehören nicht zur Familie, nicht wahr?«

»Nein, Ma'am.«

»Ich habe beides sofort gespürt, und deshalb kann ich zu Ihnen sprechen. Sie sind sich darüber klar, daß ich meine Schützlinge oder ihr vorheriges Leben nicht richte oder kritisiere, aber wenn sie hierherkommen, müssen sie meine Regeln befolgen oder wieder gehen. Kein Fleisch, keine Drogen, kein Sex. Was sie machen, wenn sie gehen, ist ihre Sache, und wenn sie seelisch zerlumpt zurückkommen, nehme ich sie gern auf, aber während sie hier sind, müssen sie die Vorschriften einhalten oder gehen.«

»Und Betty Sue hatte Schwierigkeiten?« fragte ich.

»Die jungen Männer folgten ihr wie einer läufigen Hündin«, erwiderte sie tonlos, »was verständlich war. Betty Sue besaß sehr viel Liebesfähigkeit. Sie wehrte die Jungen ab, aber es war so schwer für sie. Sie schien diese männliche Zuneigung zu brauchen – ihr Vater hat ihr wohl nie die Liebe gegeben, die sie verlangte –, aber sie brachte das zum Stillstand.« Selma lachte plötzlich. »Sie räumte auch eine starke Sehnsucht nach blutigem Fleisch ein, aber dem hat sie auch nicht nachgegeben. Eines Nachmittags im Spätsommer«, sagte sie und wurde wieder ernst, »fuhr sie mit einem Transporter in die Stadt, und auf dem Rückweg lief ein streunender Hund vor das Fahrzeug. Sie riß es herum, um ihn nicht zu überfahren, von der Straße in den Fluß...« Sie stand auf, trat ans Fenster und deutete zum glitzernden Fluß hinunter. »An der Ecke da unten.«

Ich schaute hinunter zu einer scharfen Kurve, die an einem schnellfließenden grünen tiefen Wasser endete.

»Sie überlebte den Unfall, ertrank aber«, sagte Selma. »Es tut mir ja so leid.«

»Sie hatten keine Möglichkeit, ihre Mutter zu verständigen?«

»Ihre Mutter? Nein, ich tat was ich konnte, setzte Anzeigen in die Zeitungen von San Francisco, aber Betty Sue hatte nie von ihrer

Kindheit gesprochen. Niemals. Kein Wort, solange sie hier war. Darin unterschied sie sich von den anderen.«

»Verstehe«, sagte ich. »Sie haben die Leiche verbrennen lassen?«

»Gräber sind zu traurig, finden Sie nicht?«

»Ja, nur gefällt ihrer Mutter das vielleicht nicht – die Menschen vom Land sind da manchmal eigen.«

»Es ist geschehen und nicht mehr zu ändern«, sagte sie scharf.

»Gewiß. Sie haben nicht zufällig einen Schnappschuß von Betty Sue?« Ich wies mit dem Kinn auf eine Korkwand mit Fotos.

»Ihre Mutter möchte vielleicht ein Bild.«

»Das sind die Fotografien von jenen, die nach dem Weggehen ein neues Leben gefunden haben«, sagte sie. »Sie schicken sie mir. Wir machen hier keine Aufnahmen.«

»Das kann ich wohl verstehen. Stört es Sie, wenn ich frage, warum Sie das alles machen?«

»Sehr sogar«, sagte sie. »Meine Motive gehen nur mich etwas an.«

»Dann frage ich nicht«, erwiderte ich, und sie lächelte. »Ich bin sicher, Mrs. Flowers wünscht, daß ich Ihnen für Ihre Güte und Liebe danke, und ich möchte Ihnen auch dafür danken, daß Sie mit mir gesprochen haben.«

»Es tut mir leid, daß ich die Vermittlerin trauriger Nachrichten bin«, sagte sie und schüttelte meine Hand.

»Wir sollten wohl froh darüber sein, daß sie hier glückliche Tage hatte, weil sie überall sonst so unglücklich gewesen ist«, meinte ich. »Sie haben es wunderschön hier.«

»Danke.«

»Ich danke Ihnen«, sagte ich. »Ich bin ein bißchen zu alt, um Alkohol, Fleisch und Frauen auf einmal aufzugeben, aber eines schönen Morgens könnten Sie mich zusammengerollt auf Ihren Eingangsstufen finden«, fügte ich hinzu. »Wenn ich den Berg hinaufkomme.«

»Das fasse ich als Kompliment auf«, erklärte sie und tätschelte meine Hand. »Meine Tür steht immer offen.«

»Danke. Ich sollte Sie wohl auch noch nach Sues Todestag fragen«, sagte ich. »Ihre Mutter wird ihn wissen wollen.«

Sie sagte ihn mir ohne Zögern und ich ging.

In den Haarnadelkurven des staubigen Weges ging ich dahin, ohne nach links oder rechts zu blicken, und als ich die weitgeschwungenen Kurven der Canyonstraße hinunterfuhr, sah ich die Sonne nicht auf den Stromschnellen tanzen, nicht die Türme und

Bastionen rosaroten Gesteins über dem Fluß. Ich hielt nicht und dachte und schaute nicht, bis ich das Gerichtsgebäude fand und die Sterbeurkunde einsah. Sie war da. Ich beschimpfte mich einen argwöhnischen Halunken, verfluchte die Leere meines Erfolgs, die lange Fahrt nach Kalifornien vor der langen Fahrt nach Hause. Dann überlegte ich, ob ich mich betrinken sollte, eine schwarze Totenwache, eine nasse Läuterung.

So wurde das Glück schlecht.

Das Pech, das sich verschlimmerte, kam später, als ich, mehr müde als betrunken, zu meinem Motelzimmer zurückwankte, des Versuchs, mich erfolglos zu betrinken, überdrüssig. Als ich mit dem Schlüssel nach dem Schloß tastete, hieb mir jemand einen Totschläger so über den Kopf, daß ich auf die Knie fiel und grelle Blitze durch die Dunkelheit zuckten. Ich wurde ins Zimmer getrieben, abgetastet und in eine Ecke gestoßen. Als ich wieder sehen konnte, sah ich den Mann, der in Jacksons Büro gewesen war, auf einem Motelstuhl sitzen. Sein großer, häßlicher Mitarbeiter und ein Gehilfe standen mit dem Rücken an der Wand und hielten mich mit kleinen Pistolen in Schach.

»Kein Ärger«, murmelte ich.

»Sie sind auch gar nicht in der Lage, Ärger zu machen«, sagte der Mann auf dem Stuhl sanft.

»Das meine ich ja.«

»Mr. Sughrue, Sie müssen begreifen, daß ich es nicht zulassen kann, wenn Sie meine Freunde schlecht behandeln«, sagte er.

»Bezahlte Hilfe«, erklärte ich.

»Was?«

»Jacksons bezahlte Hilfe, nicht sein Freund.«

»Egal, ich kann es nicht zulassen, daß Sie ihm eine Kanone reinschieben und leere Drohungen ausstoßen«, sagte er.

»Okay, das gebe ich in der Fastenzeit auf.«

»Ich fürchte, das genügt nicht.«

»Hören Sie«, sagte ich, »wenn Sie mich umbringen wollten, wären Sie nicht hier –«

»Da wäre ich nicht so sicher«, unterbrach er.

»– aber wenn Sie ein irregeleitetes Rachegefühl der Dinge wegen haben, die ich Jackson angetan haben soll, bin ich bereit, meine Medizin zu schlucken«, sagte ich, als ich mich an der Wand hochschob, »und möglichst still zu sein.«

»Wie nett«, sagte der Mann auf dem Stuhl.

»Nichts Persönliches«, sagte Torres leise, während er einen Handschuh über die Rechte zog.

»Nichts Persönliches«, bestätigte ich und nahm es hin, so gut ich konnte.

Sie schienen nicht mit vollem Herzen dabeizusein, und ich wehrte mich nicht im geringsten, bot ihnen keinen Anlaß für eine Beteiligung der Gefühle. Vielleicht half das, oder vielleicht hatten sie von Anfang an nicht vor, mir allzusehr weh zu tun. Sie richteten jedenfalls keinen dauernden Schaden an. Keine Knochenbrüche, keine ausgeschlagenen Zähne, kein Milzriß. Ich hatte aber vergessen, wie weh es tut, von einem Profi zusammengeschlagen zu werden, und war sehr froh, als sie mich auszogen, mit Heftpflaster beklebten und in die Badewanne setzten. Ich weiß nicht, warum sie das machten, ich war nur froh, daß ich das Schlimme hinter mir hatte. Vielleicht wußten sie, was ich mit Jackson im Motelzimmer in Aurora vorgehabt hatte.

Bevor sie mich knebelten und die kalte Dusche aufdrehten, sagte der Maßgebende: »He, Mann. Sie haben Disziplin, und so was schätze ich. Sie sollten für mich arbeiten.«

»Hinterlassen Sie Ihren Namen am Empfang«, murmelte ich.

»Ihr einziges Problem ist, daß Sie glauben, Sie wären hart und schlau zugleich«, sagte er, als er mir die Wange tätschelte, »aber in Wahrheit sind Sie nur hart, weil Sie blöd sind.«

»Ach was«, knurrte ich, »ich kann auch keine Befehle vertragen.«

»Vielleicht sollten Sie einen anderen Beruf ergreifen«, meinte er säuselnd, während er meine Lizenzkopie hochhielt.

»Ist das ein Befehl?«

»Sie geben nie auf, was?« sagte er lachend. »Hoffentlich war es das wert, ja? Hoffentlich haben Sie die Kleine gefunden.«

»Sie ist tot«, erwiderte ich. »Schon seit fast fünf Jahren. Es war Zeitverschwendung.«

»Pech«, sagte er und lachte wieder. »Seien Sie nur froh, daß Sie meinem Freund nicht weh getan haben, und danken Sie Gott, daß ich guter Stimmung bin.«

»Das tue ich«, nickte ich.

Dann knebelten mich seine Mitarbeiter mit einem Socken. Ich war froh darüber, daß er sauber war, dankbar, daß ich, als sie fort waren, den Wasserhahn mit dem Fuß zudrehen konnte, dankbar am nächsten Morgen auch dafür, daß, als das Zimmermädchen hereinkam, sie mir den Socken aus dem Mund riß, statt zu schreien. Ich hatte keine Ahnung, wie ich meinen Zustand der Polizei erklären sollte. Ich gab dem Mädchen ein Trinkgeld und bat sie, dem Empfang zu sagen, ich wolle noch einen Tag bleiben. Ich mußte mich ausruhen.

Kapitel 11

»Das ist einfach nicht wahr«, sagte Rosie zum fünftenmal.

»Es tut mir leid«, wiederholte ich, »aber ich habe den Totenschein gesehen und mit der Frau gesprochen, bei der sie wohnte, und die sie tot gesehen hat. Es tut mir leid, aber so ist das.«

»Nein«, sagte sie und schlug sich die Faust zwischen die Brüste, mit einem harten, hohlklingenden Schlag, der ihr die Tränen in die Augen trieb. »Glauben Sie nicht, ich wüßte es hier drinnen, wenn meine Kleine die ganzen Jahre tot wäre?«

Es war wieder ein früher Nachmittag in Rosies Kneipe; im Innern staubige, kühle Schatten, und draußen ein linder Tag von sanftem Wind und Sonnenschein. Nach einem Kurzbesuch bei der Notaufnahme zum Röntgen und einer Schmerzspritze hatte ich Fort Collins hinter mir gelassen und war mit einer Kost von LSD, Codein, Bier und Big Macs direkt durchgefahren, um schmutzig, unrasiert und betrunken bei Rosie einzutreffen. Meine Nerven schienen in körnig-scharfem Sand verpackt zu sein, meine Gedärme mit Glassplittern vollgestopft. Selbst mit guten Nachrichten hätte ich nicht ausgesehen wie der Götterbote, und mit schlimmer Botschaft war ich ganz offenkundig ein alternder Telegrammbote aus der Hölle. Ich sah so schlecht aus, daß Oney mich nicht einmal aufgefordert hatte, den Gipsverband an seinem Fuß zu signieren, und Lester echter Besorgnis Ausdruck verlieh. Er bot sogar an, mir ein Bier zu bezahlen. Fireball wurde kurz wach und besabberte mir die Hose, aber als ich ihm mein Bier nicht gab, schlich er hinter die Tür. Rosie wollte mich aber nicht ansehen, nicht, als ich hereinkam, nicht einmal, als ich ihr die Nachricht mitteilte.

»Es tut mir leid«, erklärte ich noch einmal, »aber sie ist tot.«

»Sagen Sie das nicht mehr«, meinte sie, ohne damit aufzuhören, die Theke noch einmal heftig abzuwischen.

»Sie ist es«, sagte ich, »und damit werden Sie sich abfinden müssen.«

Sie hörte schließlich auf zu putzen und schaute mich an. »Verschwinden Sie! Hauen Sie ab!«

»Was?«

»Raus hier!« sagte sie leise. »Raus!«

»Aber hör mal, Rosie…«, begann Lester, doch sie fuhr sofort herum. »Du hältst dein gottverdammtes Dreckmaul, du Taugenichts. Und verschwindest. Verschwindet alle. Besonders Sie.« Sie richtete zornig den Finger auf mich.

»Ich gehe schon«, sagte ich und warf ihre siebenundachtzig Dollar auf die Theke, »aber Sie nehmen Ihr verdammtes Geld wieder.«

»Behalten Sie's«, sagte sie mit steinharter Stimme. »Sie haben es verdient, behalten Sie's.«

»Sie haben verdammt recht, daß ich es verdient habe«, erwiderte ich, als ich wieder danach griff. »Ich bin angelogen, an der Nase herumgeführt und verprügelt worden. Bei Gott, ich bin viertausend Scheißmeilen gefahren und immer noch zwölfhundert von zu Hause weg, und Sie haben verdammt recht damit, daß ich es verdient hab'.«

»Keiner hat was extra von Ihnen verlangt, also jammern Sie mir nichts vor«, sagte sie, aber ansehen konnte sie mich nicht. Ihre Augen nahmen eine spröde, metallisch graue Färbung an, wie Schiefersplitter. »Sehen Sie bloß zu, daß Sie wegkommen.«

»Ich gehe«, sagte ich.

»Und nehmen Sie den Mistköter mit«, setzte sie noch hinzu. »Er ist das Umbringen nicht wert, seit Sie ihn zurückgebracht haben.«

Ich schnalzte mit den Fingern; Fireball wurde wach und lief hinter mir zur Tür hinaus. Lester und Oney waren vor uns draußen und liefen wie Kinder bei einer Feuerwehrübung in der Schule ziellos im Kreis herum.

»Die hat einen Jähzorn«, meinte Lester kopfschüttelnd.

»Sie muß mit ihrer Trauer fertig werden«, sagte ich, als ich zu meinem Transporter ging.

»Wo fahren Sie hin?« fragte er.

»Heim«, entgegnete ich, als wüßte ich, wo das sei.

Daheim? Daheim ist Moody County unten in Süd-Texas, wo die schwarzen Ebenen an die Natronsalpeterhügel und die Zickzackfurchen der Arroyos in der Brasada, dem Buschland, branden. Aber da kam ich nie mehr hin. Daheim, das ist meine Wohnung auf der Ostseite von Hell-Roaring Creek: drei Zimmer, in denen ich Schränke und Schubladen aufmachen muß, um mich zu vergewissern, ob ich richtig bin. Daheim? Das muß man an einem Sonntagabend um elf an einer Motelbar probieren, wo eine hübsche Barkellnerin, die mich für einen Dreckskerl hält, und irgendein Arschloch im Kunstfasersakko, das sich einbildet, ich wär' sein Kumpel, mein Schweigen teilen. Ein andermal ist mein Zuhause das fünf Morgen große Stück Land hinter Polebridge am North Fork, neununddreißig Meilen ungeteerte Straße nördlich von Columbia Falls und der nächsten Bar, zehn Meilen vor der kanadischen Grenze. Da steht ein unfertiges Blockhaus; Fundament, Unterboden und ein offener Kamin aus Naturstein. Und wo daheim auch immer sein mochte, ich war etwa eine Woche oben am North Fork, als Trahearne mich fand.

Ich arbeitete. An meiner Sonnenbräune und meinem Spätnachmittag-Schwips. Es war ein trockener Frühling gewesen, und ich sah die Staubwolke wie eine Rauchsäule aufsteigen, zehn Minuten, ehe das VW-Kabrio wie ein Zwergpanzer durch die Schlaglöcher brauste. Es schleuderte in meine Straße hinein und hielt ungefähr zehn Zentimeter vor einem Stapel entrindeter Baumstämme. Im beigen Staubnebel sah Trahearne aus wie ein Mann, der eine für seinen Hintern zu kleine Badewanne trägt.

»Was, zum Teufel, ist das?« fragte ich, als er sich hinter dem Steuer herauszwängte.

»Melindas Vorstellung von einem Auto«, knurrte er. »Mein Wagen ist in der Karosseriewerkstatt.«

»Also hören Sie, alter Freund, wenn Sie wieder die Straße raufkommen und so viel Staub aufwirbeln«, sagte ich, »wird einer von den Eingeborenen Löcher in das arme Ding hineinschießen, bis es hin ist.«

»Ersparen Sie mir Ihre ländlichen Witzeleien, Sughrue«, sagte er, während er wie ein Rinderhirt nach einer langen Viehdrift den Staub von seinen Khakisachen klopfte. »Wo, zum Teufel, sind Sie gewesen?« fuhr er mich an.

»Hier und dort.«

»Sie sind verdammt schwer zu finden.«

»Ich habe mich nicht versteckt«, meinte ich. »Sie können halt nicht suchen.«

»Hören Sie auf mit dem Scheiß«, sagte er. Er hatte sich mehrere Tage nicht rasiert oder umgezogen und hinkte immer noch, wirkte aber halbwegs nüchtern.

»Was gibt es?«

»Gar nichts«, knurrte er, als er sich auf meine Eingangsstufen setzte und am Unterboden ein Streichholz anzündete, »überhaupt nichts, und weil Sie nichts so gut tun wie keiner, den ich kenne, dachte ich, wir könnten es miteinander tun. Es ist nicht so gefährlich oder langweilig, wie wenn ich das allein mache.«

»Ist das ein Kompliment oder eine Beleidigung?«

»Geben Sie mir ein Bier und halten Sie den Mund«, sagte er, und ich warf ihm eine Dose aus dem Kühlschrank zu, den ich als Schemel benutzt hatte. »Was machen Sie so?« fragte er aus einer Wolke von Bierschaum und Zigarrenrauch.

»Ich arbeite an meinem Ruhestandshäuschen.«

»Hübsch haben Sie's hier«, sagte er und schaute sich um.

»Danke«, erwiderte ich. »Gefällt mir besser als billige Ironie.«

In Wirklichkeit gefiel es mir wesentlich besser – so sehr, daß es überflüssig erschienen war, das fertigzubauen. Statt Wände und Dach hatte ich ein Offizierszelt mit Holzgerüst aufgebaut, das vor dem Kamin stand. Vor der fehlenden Vorderwand fing eine kleine Fichte etwas Staub von der Straße ein, und hinter der North Fork-Straße verstellte eine Kette sanfter, niedriger Berge teilweise den Blick auf den westlichen Himmel. Im Norden breitete sich der Red Meadows Creek auf einer Wiese aus, sammelte sich dann, um durch einen großen Durchlaß zu stürzen und in das von der Schneeschmelze angestiegene Wasser des North Fork zu fließen.

»Ist ja wohl in Ordnung«, räumte Trahearne ein, »aber wo hängt man den Mondrian hin?« Dann lachte er leise und leerte seine Bierdose.

»Abstrakte Malerei ist für mich –«

»Herrgott noch mal«, unterbrach er mich, »kann ich hier ein paar Tage unterkommen?«

»Fühlen Sie sich wie zu Hause«, sagte ich.

»Daran dachte ich eigentlich«, erklärte er. »Danke.« Er blieb sitzen und wartete darauf, daß ich ihn nach dem Grund fragte, aber als ich das nicht tat, erzählte er ihn mir trotzdem. Darin war er verläßlich. »Zu Hause war nichts. Ich konnte nicht arbeiten. Keine Zeile. Mensch, manchmal frage ich mich, ob ich die letzte schöne Frau gebumst, den letzten schönen Schluck aus der Flasche getrunken und die letzte Zeile geschrieben habe, wissen Sie, und ich scheine mich nicht erinnern zu können, wann das gewesen ist, ganz und gar nicht.« Er sah mich an; in seinen rotgeränderten Augen standen Tränen. »Ich kann mich nicht erinnern, wann es gewesen ist, wohin das verschwunden ist.«

»Versuchen Sie, sich gehenzulassen«, sagte ich.

»Kommen Sie mir nicht mit meiner Masche.«

»Sie hätten gar nicht erst damit anfangen sollen«, sagte ich, während ich ihm das nächste Bier zuwarf.

»Sie können ein richtiggehender Schweinehund sein, was?« murmelte er, während er mit zitternden Fingern den Verschluß abriß.

»Soll ich Ihnen das aufmachen, Alter?«

»Deshalb bin ich wohl hergekommen«, entgegnete er, lächelte plötzlich und wischte mit wurstdicken Fingern an seinen Tränen herum, »wegen der Art des Mitgefühls. Hier hat es scharfe Kanten, Sughrue, und damit werde ich fertig.« Er hörte sich an wie einer, der zu Hause mehr Mitgefühl erlebt hatte, als er sich wünschte, aber das gedachte ich nicht zu sagen. Er tat es ohnehin für mich. »Ich kann die verdammte Fürsorglichkeit einfach nicht ertragen. Als wär' sie eine Schwester auf der Intensivstation und ich am Abkratzen.« Dann machte er eine Pause. »Ich fange immer wieder an zu arbeiten«, meinte er. »Ich habe einfach noch nicht den richtigen Augenblick gefunden.«

Da ich nichts zu sagen hatte, hielt er endlich den Mund, und wir saßen herum und genossen die Stille. Ein leichter Wind raschelte an den Zeltstangen und blies den Staub von der Straße fort, und hinter uns brauste der Fluß mächtig in seinem Felsenbett. Der Nachmittag neigte sich langsam der Dämmerung entgegen, wie federleichte Ascheflöckchen in der Luft schwebend, und Fireball kam von seinen nachmittäglichen Erkundungsgängen zurück und trabte die Straße heran wie ein Mann, der von einem gewichtigen Auftrag wiederkehrt. Er stieß Trahearnes Fuß mit der Schnauze an, und der große Mann sprang in die Höhe.

»Was macht der denn hier, zum Henker?«

»Rosie sagte, für höfliche Gesellschaft hätten wir ihn verdorben«, erwiderte ich.

»Sie sind wieder in Kalifornien gewesen?«

»Dort und anderswo«, entgegnete ich. »Ich war soviel unterwegs, daß ich mir den Hintern abgeschliffen haben muß.«

»Sie scheinen auch andere Teile stark beschädigt zu haben«, meinte er und wies mit dem Kinn auf die gelblich verfärbten Blutergüsse an meinem Bauch. Ich hatte meine Bräune nicht gepflegt, um sie zu verbergen.

»Ich bin bei einer politischen Diskussion in Pinedale, Wyoming, zweiter Sieger geblieben«, log ich. Ich wußte immer noch nicht, was ich von den Schlägen halten sollte, und selbst wenn ich es gewußt hätte, wollte ich nicht darüber reden.

»Haben Sie Rosies Tochter gefunden?« fragte er, während er im Eis nach einem Bier rumorte.

»Hab' festgestellt, daß sie vor ein paar Jahren gestorben ist«, antwortete ich.

»Wie?«

»Bei einem Autounfall ertrunken.«

»Sehr bedauerlich. Wie hat Rosie es aufgenommen?«

»Sie hat mich hinausgeworfen.«

»Warum?«

»Sie glaubte mir nicht.«

»Warum nicht?«

»Sie wüßte im Innersten, daß ihre Tochter noch lebt«, sagte ich. »Aber ich habe mir den Totenschein angesehen und mit einer Frau gesprochen, die sie identifiziert hat.«

»Sehr bedauerlich«, meinte er noch einmal.

»Leute, die weggelaufen sind, kommen die ganze Zeit um«, sagte ich. »Von jeweils drei oder vier, die ich finde, liegt einer im Leichenschauhaus. Fortlaufen ist kein gutes Leben. Rosies Tochter hatte wenigstens gute sechs Monate, bevor sie starb.« Ich stand auf, zündete ein Streichholz an und warf es zwischen die Scheite im Kamin. Das petroleumgetränkte Sägemehl fing sofort Feuer, und die Scheite begannen zu knacken. Statt eines fröhlichen Feuers sah es aber doch eher wie ein Scheiterhaufen aus. »Sechs gute Monate«, wiederholte ich.

»Manchmal glaube ich, für sechs gute Monate würde ich den Rest meines Lebens herschenken«, meinte er leise.

»So geht das aber nicht.«

Die Flammen stiegen rauchlos auf, Funken stoben in den gedrungenen Kamin und hinaus in die samtige Nacht im Osten.

Trahearne blieb an diesem Abend nüchtern und begnügte sich mit langsam getrunkenem Bier; am nächsten Tag blieb er trocken. Am dritten Morgen humpelte er die fünf Meilen nach Polebridge und zurück, um eine Schachtel Bleistifte und einen großen Schreibblock zu kaufen. Am vierten Morgen fing er am Picknicktisch neben dem Zelt an zu arbeiten. Danach wurden unsere Tage und Nächte über eine Woche lang so geordnet und gleichmäßig wie Auf- und Untergang der Sonne, das sanfte Zu- und Abnehmen des unbeständigen Mondes.

Morgens trabte ich die Straße am North Fork hinauf, unterwegs zur Grenze, den Holzfuhrwerken ausweichend. Ich schaffte es natürlich nie, aber der gemächliche Rückweg war immer ein Vergnügen. Bis ich am Fluß zu einem Sprung ins Wasser ansetzte, bei dem einem das Herz stehenblieb. Wenn ich zum Haus zurückkam, klappte Trahearne seinen Block zu, kochte wieder eine Kanne Cowboy-Kaffee und machte das Frühstück auf einem Propangas-Ofen, während ich mit einer Tasse Kaffee und der ersten Zigarette des Tages auf den Stufen saß, hustete, und Schleim und etwas, das wie Stückchen Bronchiengewebe aussah, herausspuckte.

Eines Morgens, als er einen flaumigen Berg Rührei in der Pfanne streichelte, fragte er: »Was soll das Herumgerenne?«

»Ich fühl' mich da so gut.« Ich bekam keine Luft mehr, hustete und spuckte wieder.

»Da kann ich wohl von Glück reden«, meinte er grinsend.

»Wieso das?«

»Ich kann mich beschissen fühlen, ohne mich so anzustrengen«, sagte er, dann lachte er wie ein Mensch, erfüllt von sich selbst und ohne Sorgen.

Nachmittags und abends unterhielten wir uns – über unsere Kriegszeit, unsere fortgelaufenen Väter, die Natur der Dinge –, dann krochen wir in Schlafsäcke, um auf den nächsten Tag zu warten, darauf, daß alles wieder von vorne anfing.

Dann kam ich eines Morgens zurück und fand einen Zettel an die Stufen genagelt. ›Tut mir leid‹, stand da, ›bin in ein paar Tagen zurück‹. Ich dachte auch an die Bars, ging aber lieber fischen.

Zwei Nächte danach, gegen drei Uhr morgens, kam er angebraust, zerquetschte den rechten Vorderkotflügel des VW an den Baumstämmen, dann stolperte er ins Bett und murmelte von seinem Leben und schweren Zeiten. Ich verhielt mich wie ein Toter, bis er endlich einschlief. Am nächsten Tag blieb er liegen und stand nur auf, um zu pinkeln, Wasser zu saufen und Tabletten zu nehmen. Den Tag danach vergeudete er damit, das Wetter zu benörgeln: Es war ihm zu schön. Dann machte er sich wieder an die Arbeit.

Diesmal ging es nur vier Tage. Am fünften Morgen, als ich tropfnaß auftauchte, hatte er die Flasche auf dem Schreibblock stehen, wie ein trotziges Kind. Im Kamin lagen Haufen zerknüllten Papiers wie der Kot irgendeines seltsamen nächtlichen Tieres.

»Wie lange, glauben Sie, können Sie diese gottverdammte Einsamkeit aushalten?« fragte er gereizt, während er ›Wild Turkey‹ in seinen Becher goß.

»Was für eine Einsamkeit meinen Sie?«

»Herrgott noch mal, Sughrue, hat mit Ihnen schon mal einer über Ihre Gastfreundschaft geredet?«

»Zweimal nie«, sagte ich.

Während ich mich abtrocknete, stand er murrend auf und ging beleidigt zum Kabrio, dann raste er in einer Staubwolke davon. Vielleicht in derselben, die er mitgebracht hatte.

An dem Abend, als ich mit dem Abfallpapier Feuer machte, fand ich ein Gedicht, das länger zu sein schien als die anderen, glättete es und las. Es gefiel mir.

Am späten Abend nahm ich einen Alu-Becher von seinem Whiskey mit zum Fluß hinunter. Der Mond ließ das strudelnde Wasser glänzen. Der Fluß stank nach altem Schnee, kaltem, brackigem Grün und tobte wie ein durchgegangener Güterzug.

Während ich nachdachte und den rauchig schmeckenden Whiskey trank, hörte ich Trahearne zurückkommen, langsamer, als er weggefahren war. Er hielt am Haus und ließ den Motor laufen, mit einem Geräusch, als knirschten in der Dunkelheit Zähne, während er seine Sachen zusammenpackte und wie ein besoffener Bär herumstolperte. Ich wartete am Fluß, bis ich seine Wagentür zufallen hörte, dann ging ich zum Blockhaus zurück. Er fuhr langsam davon, in den kleinen Wagen hineingezwängt, träge und beinahe feierlich, wie eine Trauerbarke auf einem schwarzen, tiefströmenden, lautlosen Fluß. Die Glut seiner Heckleuchten verblaßte im Staub.

Erst am nächsten Morgen vermißte ich die Bulldogge.

Kapitel 12

Ich fuhr am nächsten Tag nach Meriwether zurück, und weil ich nichts Besseres zu tun hatte, fing ich wieder an zu arbeiten: eine mitternächtliche Autorückholung in der Indianer-Reservation, beiläufige Geldbeitreibung, ein so unerquicklicher Scheidungsfall, daß ich mein Bankkonto nachprüfte und es von Catherine Trahearnes Geld immer noch aufgedunsen fand.

Ich machte Schluß, sperrte das Büro zu und erklärte meinem Auftragsdienst, ich sei unerreichbar, in einem großen Fall auf Reisen, dann verbrachte ich ein paar gemütliche Tage mit Pokern für zwei

Dollar und der Betrachtung des Überrests meines Gesichts in Barspiegeln. In der passenden Beleuchtung konnte ich für vierzig gelten, obwohl ich ein paar Jahre jünger war. Ich blieb schwach nüchtern und ein wenig bei Verstand, und obwohl mich die Straße ein paarmal rief, blieb ich in der Stadt. Dann mußte ein Barmann im ›Red Baron‹ zur Beerdigung seiner Mutter nach Billings, und ich sprang für ihn ein.

Ich hatte mich vor Jahren bei den Schaffer-Zwillingen als stummer Teilhaber eingekauft, aber leider waren die Schaffers so laut und ehrgeizig, wie ich stumm und überstimmt. Sie nahmen meine Lieblingsbar und verwandelten sie in ein Geschäft, erfolgreich mit Tänzerinnen oben ohne, Billard und Spielautomaten. Da ich am heißen Geld beteiligt war, konnte ich nicht einmal in stummem Protest meine Stimme erheben. Ich kassierte meinen Anteil und hielt den Mund.

Catherine Trahearne hätte an einem Sonntagabend kommen können, aber das tat sie nicht. Es mußte ein Montag sein, wenn die Besucherinnen am Wettbewerb der Oben-ohne-Tänzerinnen teilnehmen durften und das Tohuwabohu unbeschreiblich war. Als sie an diesem Abend durch die vinylgepolsterte Tür hereinkam, wirkte sie so fehl am Platze wie ein Hühnchen in der Kirche, aber sie ging direkt zur Bar und blieb hinter einer Gruppe junger Männer mit roten und beschämten Gesichtern stehen, bis sie ihr Platz machten. In Leder und Wolle gekleidet – weiche, beige Hose, dunkler Kaschmir-Pullover und eine Rehlederjacke – sie sah sogar noch besser aus als im Tenniskleid. Die dunklen Brauntöne ihrer reinen Haut flüsterten von schwülen, geheimnisvollen Nächten, ihr schlanker, athletischer Körper versprach, das zu erfüllen. Was immer Frauen Anfang der Fünfzig verlieren sollen, sie hatte es noch nicht verloren. Keine Spur davon. An einer schweren Silberkette zwischen ihren Brüsten baumelte ein Klumpen polierter, aber ungeschnittener Türkis, so groß und ungefähr in derselben Form wie ein Haifischzahn.

Als sie sich an die Theke setzte, zog sie eine Zigarette heraus, und ich sprang hin, um ihr Feuer zu geben. Sie starrte über meine Schulter zur Bühne, wo Boom-Boom, unser einheimisches Amateur-Schwergewicht, das Hemdchen hob, um mit kreischendem Kichern, das Glas hätte zerspringen lassen müssen, Brüste zu entblößen, die so groß und rund waren wie ein männlicher Kahlschädel. Wie immer, brach die Menge in Jubel und Buhrufe, Pfiffe und Tischgetrommel aus. Catherine lächelte, offenbar ehrlich belustigt. Ich fragte sie, ob sie etwas trinken wolle.

»Was für eine seltsame Art, sein Geld zu verdienen«, sagte sie, dann blies sie das Streichholz aus, bevor es mir die Finger verbrannte.

»Sie ist Amateurin«, erklärte ich.

»Aber von freudiger Begeisterung erfüllt, finden Sie nicht?« sagte sie und starrte mir in die Augen. Der Blick erinnerte mich daran, wie mir zumute gewesen war, als sie bei unserer ersten Begegnung erklärt hatte, sie müsse sich duschen. »Eigentlich habe ich von Ihrer neuen Beschäftigung gesprochen, Mr. Sughrue.«

»Ich springe nur für einen kranken Freund ein, Mrs. Trahearne.«

»Catherine«, befahl sie leise.

»C. W.«, sagte ich.

»Was heißt das?«

»Chauncey Wayne«, gestand ich.

»C. W. ist sehr gut«, fand sie und lachte.

»Möchten Sie etwas trinken?«

»Eigentlich bin ich geschäftlich hier«, sagte sie. »Aber das läßt sich auch bei einem Drink besprechen. Vielleicht später? An einem Ort, wo man sich besser unterhalten kann?«

»Wo wohnen Sie?«

»Im ›Thunderbird‹.«

»Da gibt es eine ruhige Piano-Bar«, sagte ich, »und wir könnten uns da gegen Mitternacht treffen. Wenn das nicht zu spät ist?«

»Durchaus nicht«, erwiderte sie. »Abgemacht.« Dann reichte sie mir ihre schlanke Hand. Ihre Fingernägel waren düsterrot lackiert, passend zu ihren Lippen, die Tönungen von Haut und Haaren aufnehmend. Als ich sie drückte, hielt sie meine Hand fest und richtete ihre hellgrünen Augen auf die meinen, bis ich beinahe rot wurde. »Trahearne hat Sie sehr gern«, sagte sie, »und ich hoffe, wir können Freunde sein.« Das hatte ich schon mal gehört; alle Weiber Trahearnes wollten Freund mit mir sein. Catherine schenkte mir ein teures Lächeln und ging. Als sie das Lokal verließ, drehten sich selbst die tölpelhaftesten und betrunkensten Jungs von Boom-Booms gewaltigen Brüsten weg, um Catherines leicht schwankenden Hüften nachzustarren.

Im rosigen, diffusen Licht der Piano-Bar sah sie sogar noch besser aus. Sie hätte für Dreißig gelten können. Großartige Dreißig. Und sie wußte es verdammt gut. Nachdem wir uns mit unseren Gläsern in einer Plüsch-Nische niedergelassen hatten, machte sie sich mit ihren weisen Augen, dem ein wenig belustigten Lächeln und öfter vorkommender, zufälliger Körperberührung an die Arbeit.

»Danke für Ihr Kommen«, flüsterte sie.

»Sie sagten etwas von Geschäft«, sagte ich nervös, als ich mein Glas austrank, bevor die Cocktailbedienung zur Bar zurückgekommen war. Sosehr mir der erste Ausflug gefallen hatte, ich fühlte mich der Aufgabe, Trahearne durch das westliche Amerika zu verfolgen, noch nicht ganz gewachsen, und mit seiner Ex-Frau wollte ich mich schon gar nicht einlassen.

»Ja, ich habe eine kleine Beschwerde darüber, wie Sie die Rückholung meines Ex-Mannes angepackt haben«, sagte sie mit gespieltem Ernst.

»Nämlich?«

»Als Sie aus dem Krankenhaus anriefen, haben Sie über Trahearnes Unfall eine kleine Notlüge erfunden, über die wir uns gar nicht unterhalten wollen, aber jetzt möchte ich einen vollständigen Bericht über alle unheimlichen Details seiner letzten Odyssee.«

»Gut«, sagte ich. Es erschien merkwürdig, daß Trahearnes Ex-Gattin mehr über die Ereignisse zu wissen schien als seine jetzige Frau. Ich ging davon aus, daß es ihm gleichgültig war, wenn ich es Catherine erzählte. »Was wollen Sie wissen?«

»Alles«, erwiderte sie zuckersüß. »Wo er hinkam, wie Sie ihn gefunden haben, wieso er am Hintern verwundet wurde. Alle unerquicklichen Einzelheiten.« Sie schlürfte ihren Vermouth. »Ich wollte schon immer genau wissen, was bei einem seiner Ausflüge vorgeht«, fuhr sie fort, »aber seine Erzählungen waren bereits Literatur, bis er heimkam, und keiner der anderen Herren, die ich beauftragte, konnte ihn entweder finden oder mich mit den Details versorgen. Es schien ihnen sowohl an Intelligenz wie an Phantasie zu fehlen. Aber Sie haben Trahearne gefunden und müssen mir alles darüber erzählen.«

Während ich ihr berichtete, was sie meiner Meinung nach hören wollte, rückte sie näher, lächelte gelegentlich und berührte meine Hand mit den Fingern, dann berührten sich unsere Hüften und Schenkel, und ihre Fingernägel streiften mein Handgelenk. Als ich fertig war, sagte sie, ich solle den Rest auch noch erzählen, und sie lachte und hielt meine Hand fest, als ich die Lücken ausfüllte. Als ich das zweitemal fertig war, preßte sie meinen Arm an ihre Brust.

»Einfach herrlich«, sagte sie.

»He«, sagte ich, um einen Spaß daraus zu machen, »da müssen Sie ein paar Gänge herunterschalten.«

Sie zierte sich gar nicht, sondern lachte frei heraus und es klang kristallen durch die behagliche Bar, wie Vesperglocken in ländlicher Dämmerung.

»Seien Sie nicht so ernst«, sagte sie. »Ich falle nicht über Sie her.«

»Verdammt«, beschwerte sich jemand, der meine Stimme benutzte. Ich pflegte mich davor zu hüten, mich mit den Ex-Frauen von Freunden einzulassen, und trotz all unserer Beschwernisse war Trahearne ein Freund geworden. Aber ich sagte es trotzdem noch einmal: »Verdammt«. Und Catherine hob meine Hand, um einen plattgeschlagenen Knöchel mit den Lippen zu berühren. Hol mich der Henker, wenn ich nicht verknallt war wie ein Sechzehnjähriger, als ich hinter ihr die Halle verließ.

Danach, als wir auf ihrem Motelbett lagen, meine Hand auf den gespannten Muskeln ihres Schenkels, fragte ich sie: »Bist du deshalb hierhergefahren?«

»Geflogen«, sagte sie und lachte. »Ich bin über Seattle geflogen. Da besuche ich angeblich Freunde. Dazu bin ich hergekommen, ja, und ich wäre auch zu Fuß gegangen.«

»Warum?«

»Bitte, sei nicht schockiert, wenn ich dir das erzähle«, erwiderte sie, bevor sie zwei Zigaretten anzündete, »und bitte, vergiß nicht, daß ich dich mir ohnehin ausgesucht haben könnte. Ich arbeite wie der Teufel daran, diesen alternden Körper in Schuß zu halten, und ich erdulde jedes Jahr Demütigungen unter den Händen teurer kosmetischer Chirurgen, damit ich meine sich neigenden Jahre genießen kann. Weißt du, ich schlafe, mit wem es mir gefällt« – sie machte wieder eine Pause, und ihre Stimme wurde hart – »vor allem mit Trahearnes Freunden. Stört dich das?«

»Na ja, ich komme mir ein bißchen so vor, als bumste ich dem Alten hinterher«, sagte ich und dachte an die magere Hure in der Wüste, »aber es lohnt sich verdammt. Also macht es mir wohl nichts aus.«

»Danke«, erklärte sie. »Ich habe nur noch wenige Jahre, bevor ich runzlig und alt bin – unterbrich mich nicht –, und ich habe viele einsame Jahre aufzuholen.« Sie verstummte und sah mich an. Ich sah dem Zigarettenrauch nach, der in Federwölkchen über die schattenhafte Decke zog.

»Meine Motive machen dich nicht neugierig?« fragte sie, während ihre Fingernägel an den Haaren auf meiner Brust zupften.

»Nee.«

»Ich dachte, Detektive sind ewig neugierig.«

»Nur im Kino.«

Nach einem langen Schweigen sagte sie: »Es ist sonderbar, weißt du.«

»Was?«

»Ich erkläre fast niemandem, was ich mache, aber da du nicht fragst, fühle ich mich auf irgendeine Weise verpflichtet, es dir zu sagen«, murmelte sie.

»Alte chinesische Verhörtaktik«, brummte ich, und sie lachte leise und schlug mir auf den Bauch.

»Sei ernst«, sagte sie, immer noch glucksend. »Ich bin dabei, dir die Geschichte meines Lebens zu erzählen.«

»Okay.«

»Wir haben uns im Krieg kennengelernt, weißt du«, sagte sie, als sie sich hinüberbeugte, um die Zigarette auszudrücken. »Ich war noch ein Kind, erst achtzehn, aber schon verwitwet. Mein erster Mann stürzte sechs Monate nach der übereilten Heirat bei Dünkirchen ab. Das war damals wie aus einem Roman, und so kommt es mir wohl immer noch vor.

Sehr bald lernte ich Trahearne kennen, und das schien die nächste Szene zu sein. Zum Entsetzen aller Beteiligten heiratete ich ihn noch im Trauergewand, dann schickte ich auch ihn in den Krieg.«

»Du bist die Frau auf der Brücke«, flüsterte ich.

»Ach, die absurde Geschichte hat er dir auch erzählt«, sagte sie. »Ich wußte nicht, was das für ihn alles bedeutete, aber etwas in mir wußte, was zu tun war.«

»Möchte wissen, wer die Frau im Fenster war«, sagte ich zerstreut.

»Natürlich seine Mutter«, erwiderte Catherine leise.

»Du guter Gott«, stieß ich hervor, setzte mich auf und tastete nach einer Zigarette. »Deshalb bin ich nicht neugierig«, sagte ich. »Ich erfahre ohnehin viel zu viele Dinge, die ich gar nicht wissen will. Menschenskind.«

»So schrecklich war das wohl gar nicht«, rügte sie. »Und es ist so lange her. Trahearne tut nur so, als sei das so wichtig gewesen, weil er nie darüber hat schreiben können.«

»Kehren wir zum Krieg zurück«, bat ich, »weil ich da mitkomme.«

»Vier lange Jahre qualvoller Treue«, sagte sie, »dann noch einmal fünfzehn, während er sein Schuldbewußtsein abarbeitete, weil ich treu sein konnte und er eben nicht. Ich glaube nicht, daß mir sein Herumhuren etwas ausgemacht hat, verstehst du, lange nicht soviel wie seine schuldbewußten Tobsuchtsanfälle, bei denen ich das Haßobjekt war. Es war ganz und gar kein leichtes Leben.« Sie nahm mir die Zigarette weg. »Vor zwei Jahren rief er mich eines Tages aus Sun Valley an, um mir zu sagen, daß er sich von mir scheiden ließe. Ich war nicht überrascht; so etwas hatte er schon öfter gemacht. Aber diesmal hielt er durch, und er hat teuer dafür bezahlt, das darf ich dir versichern. Ich nahm ihn aus wie ein Grizzlybär einen Lachs ausnimmt, der zuletzt nur noch Fischaugen und Gräten hat. Das hätte reichen können, um ihn zurückzubringen, aber er hatte schon wieder geheiratet, bevor er begriff, wie ich ihn rasiert hatte. Nun hat er eine Frau, die ebenso bedenkenlos untreu ist wie er, so daß er keine Schuldgefühle mehr haben muß, und er hat in zwei Jahren kein Wort geschrieben, das zu bewahren sich lohnt. Das macht ihn ganz wahnsinnig, vermute ich.«

»Und du lebst bei seiner Mutter«, sagte ich fassungslos.

»Edna war die ganzen Jahre hindurch sehr lieb zu mir«, gab Catherine zurück, »und es war das mindeste, was ich tun konnte. Sie war mehr eine Mutter zu mir als meine eigene, und wenn ich bei ihr lebe, kann ich Trahearne im Auge behalten. Ich habe jetzt meine Freiheit, mehr Geld, als ich jemals ausgeben kann, bevor ich sterbe, und ich habe auch meine Rache.« Sie rollte sich herum, hielt mich fest und sagte: »Laß dir auch nicht einreden, Rache sei nicht süß.«

»Du liebst den alten Furz immer noch«, sagte ich.

»Na klar«, sagte sie, als sie sich auf mich setzte, »aber das liebe ich auch. Es macht dir doch nichts aus, oder?«

Komplikationen und Konfusion beunruhigten mich ein bißchen, aber Catherine war eine süße, liebevolle Frau. Ihre Leidenschaft war entflammt von den Jahren, in denen sie sie unterdrückt hatte, und während der Nacht schien mir das alles nichts auszumachen. Am nächsten Morgen, als sie auszog und ihr Gepäck in meine Wohnung schaffen ließ, beschlichen mich aber Zweifel. Während der nächsten drei Tage beschwichtigten wir diese jedoch. Sie kochte ein besseres Frühstück als Trahearne, und es war leichter, mit ihr auszukommen, aber ich mußte zugeben, daß ich froh war, als sie mir mitteilte, sie müsse nach Seattle zurückfliegen und dann heim. Erst im Flughafengebäude begriff ich, wie sehr ich sie vermissen würde.

»Irgendwann hat das aufgehört, nur ein flottes Wochenende zu sein«, sagte ich, als wir die Fluggäste aus ihrer Maschine steigen sahen.

»Ich weiß, ich weiß«, erklärte sie und drückte zornig meine Hand. »Es klingt so schrecklich banal, aber ich wünsche mir, ich hätte dich zwanzig Jahre früher kennengelernt. Es ist nicht nur banal, sondern eine Lüge. Dreißig Jahre kämen der Sache näher, und da hast du deine erste lange Hose noch nicht getragen.«

»Ich bin als alter Mann auf die Welt gekommen«, sagte ich, aber sie beachtete mich nicht.

»Du oder jemand wie du hätte mich vor diesem verdammten Gefühlsmärtyrertum retten können, das ich mir ausgesucht zu haben scheine«, sagte sie bitter. Dann war es Zeit zum Abschied, und sie hielt mir die Wange zu einem matronenhaften Abschiedskuß hin. »Wir wollen so tun, als wärst du ein namenloser Liebhaber, den ich in einer Cocktailbar gefunden habe«, sagte sie.

»Wie du meinst.«

»Das ist der Abschied«, sagte sie, dann hielt sie mir noch einmal die Wange hin.

»Zum Teufel damit«, stieß ich hervor, packte sie bei den Schultern und küßte sie so fest auf den Mund, daß ihr Lippenstift verschmiert war, ihr Haar zerzaust, und sie ihr Bordcase fallen ließ.

»Du Mistkerl«, murmelte sie, als sie zu Atem kam und ihre Tasche aufhob.

An ihrem schlanken Hals stieg Röte empor wie eine Flamme und berührte ihre Wangen mit Umbra, süß verbrannt. Sie griff hinauf, um mir den Mund abzuwischen, und sagte: »Du Mistkerl. Das war der letzte.« Dann ging sie durch die Sicherheitsüberprüfung und bestieg die Maschine, ohne sich umzudrehen.

Als sie die Gangway hinaufging, schluckte ich dumpfen Schmerz und ging auch davon.

Keiner lebt ewig, keiner bleibt lange genug jung. Meine Vergangenheit erschien wie Übergepäck, meine Zukunft wie eine Reihe langer Lebewohls, meine Gegenwart als eine leere Flasche. Der letzte schöne Schluck schmeckte schon bitter auf der Zunge. Sie liebte Trahearne immer noch, bewahrte immer noch ihre geheime Treue, wie einen japanischen Bonsai, so winzig und vollkommen wie ein Porzellantäßchen, verloren in der dunklen und verfilzten Ecke eines angelegten Gartens, der endlich doch verkommt.

Als sie fort war, lief ich tagelang in dumpfer Betäubung herum, sagte mir, was für ein Idiot ich sei, versuchte, den Stein in meiner Brust mit abgemessenen Mengen Whiskey hinunterzuspülen. Es war Juni in Montana, auf den Sprossen der nördlichen Breiten hoch genug, um als grausamer April zu gelten. Blauer Himmel herrschte, fade, grüne Berge schimmerten wie Luftspiegelungen, und die Sonne kam jeden Morgen herauf und starrte mir mit dem leeren, aber rührenden Blick eines wunderschönen, schwachsinnigen Kindes ins Gesicht. Ich fuhr nach Elko, um eine Landschaft zu finden, die zu meiner Stimmung paßte, aber die Wüste war im Frühlingsregen erblüht, die Nächte waren kühl und klirrten vor Sternen. Ich steckte Rosies siebenundachtzig Dollar in einen Geldspielautomaten und gewann fünfhundert Dollar. Dann floh ich zum bedrükkendsten Ort des Westens, dem Busbahnhof von Salt Lake City, wo ich ›Four Roses‹ aus einer in eine Papiertüte gewickelten Flasche trank. Ich konnte mich nicht mal festnehmen lassen, also fuhr ich nach Pocatello, um mit einer Bande von Mormonen-Arbeitern Bier zu saufen wie ein Schwein am Trog, weil ich meinte, eine Schlägerei provozieren zu können, aber ich war nicht mit dem Herzen dabei. Schließlich zog ich, auch nicht schlechter dran, in Richtung Norden nach Meriwether, wie ein Satteltramp auf der Suche nach einem Frühlings-Roundup.

Kapitel 13

Einer der Vorteile meines Berufes war der, daß er nicht viel Neigung in mir hervorrief, zu lange an verlorene Liebe zu denken. Wieder in der Stadt, bearbeitete ich zwei Scheidungen und holte ein paar Fernsehgeräte aus Haushalten zurück, wo Privatzwist die gängige Ware war. Das wirkte Wunder. Mein Zynismus setzte sich wieder durch, mein Bankkonto blieb flüssig. Dann rief eines Nachmittags Trahearne an.

»He, es tut mir leid, daß ich so rotzig weggelaufen bin«, sagte er.

»Sah eher nach miesem Übelnehmen aus«, meinte ich.

»Immer die Späße, Sughrue«, klagte er. »Wann kommen Sie, um Ihren verdammten Hund abzuholen?«

»Meinen Hund?« erwiderte ich. »Sie haben ihn geklaut, Alter, also bringen Sie ihn auch wieder.«

»Ausgeschlossen. Ich bleibe zu Hause, solange ich kann«, sagte er.

»Wie geht es Fireball?«

»Als ich ihn das letztemal sah, war er hier der Gemeindestier.«

»Das letztemal?«

»Ja, er hat sich Melinda angeschlossen, wie ein langvermißter Bruder«, sagte er, »und sie machen eine kleine Reise. Sie wissen, wie gern Fireball reist.«

»Im großen Stil«, äußerte ich. »Wenn sie hier unten vorbeikommt, könnte sie ihn vielleicht absetzen.«

»Wäre ein zu großer Umweg für sie«, sagte er zu schnell.

»Sie wissen nicht, wo sie ist, wie?«

»Nicht direkt, nein, aber das ist schon in Ordnung.«

»Soll ich sie für Sie suchen?«

»Sie ist nicht vermißt.«

»Das waren Sie auch nicht, und ich habe Sie trotzdem gefunden.«

»Ja, danke«, sagte er. Am Telefon klang seine verächtliche Bemerkung wie das Schnauben eines verwundeten Kaffernbüffels. »Was ist denn los? Langweilen Sie sich da unten?«

»Ich bin gelangweilt auf die Welt gekommen.«

»Na, verdammt, dann fahren Sie hier rauf und helfen Sie mir, trocken zu bleiben«, sagte er. Es klang beinahe ernstgemeint.

»Ist das nicht, wie wenn die Lahmen die Krummen führen, oder so ähnlich?«

»Ich komme recht gut allein zurecht«, entgegnete er. »Ich bin praktisch dabei, wieder an die Arbeit zu gehen.«

»Ihr Publikum wartet mit angehaltenem Atem«, sagte ich. »He, Sie sind eine literarische Type – was heißt denn das?«

»Woher soll ich das wissen? Vielleicht klingt das nur gut.«

»Prima«, sagte ich. »Rufen Sie mich an, wenn sie mit dem Hund zurück ist, und ich komme auf ein Wochenende vorbei.«

»Gut«, meinte er heiter.

Dann plauderten wir ziellos über das Wetter und das Angeln. Erst als wir eingehängt hatten, dachte ich an Catherine, was wohl hieß, daß ich geheilt war. Ich stieß einen Seufzer der Erleichterung aus, wie man so schön sagt. Wenn ich den Leuten erzähle, daß ich nie verheiratet gewesen bin, vergesse ich meistens zu erwähnen, daß ich ungefähr vierzigmal verlobt war.

Ich versuchte Arbeit zu finden, aber es gab keine. Ich lief in meinem Büro herum, ich holte mir ein Glas, um beim Eheberater nebenan mitzuhören, aber die Aluwände brachten da nicht viel. Mein Büro ist in einem doppelt breiten Wohnwagen-Haus, das ich mit dem Eheberater, der mir viele Aufträge verschafft, und zwei halbseidenen Grundstücksmaklern teile. Schließlich starrte ich zum Fenster hinaus, aber wie lange kann man in einer Gasse auf einen verbeulten Müllcontainer hinter einem Discountladen starren. Dann kam ein Anruf.

Es war Rosie. Bevor ich guten Tag sagen konnte, begann sie: »Hab' Ihnen doch gesagt, daß sie nicht tot ist.«

»Haben Sie mir gesagt«, erwiderte ich. Ein Jucken sauste von meinem Bein hoch und grub sich unter die Haut zwischen meinen Schulterblättern. »Was ist passiert?«

»Jimmy Joe hat mich angerufen und gesagt, er hätte heute früh eine Ansichtskarte von ihr aus Denver bekommen.«

»War er sicher, daß es ihre Handschrift ist?«

»Muß sie gewesen sein«, erklärte Rosie. »Wer käm' auf so 'ne Gemeinheit?«

»Weiß ich nicht.«

»Er hat sie mir vorgelesen, und es klang ganz nach Betty Sue.«

»Sie haben zehn Jahre nichts von ihr gehört«, sagte ich. »Woher wollen Sie wissen, wie sich das anhört?«

»Ich weiß es einfach«, erwiderte sie.

»Ich werd' verrückt.«

»Seien Sie nicht bös' auf sich selber, jeder macht mal einen Fehler. Wieviel würden Sie verlangen, zu der Frau hinzufahren, die gesagt hat, meine Kleine wär' tot und im Grab?«

»Keinen Cent«, sagte ich.

»Ach, sei'n Sie doch nicht so.«

»Okay, ich schicke Ihnen eine Rechnung. Wenn ich etwas finde. Aber Sie können mir einen Gefallen tun.«

»Was für einen?«

»Rufen Sie Ihren Ex an, und sagen Sie ihm, er soll mir die Karte postlagernd nach Fort Collins, Colorado, schicken, ja?«

»Gemacht.«

»Ich ruf' Sie in ein paar Tagen an.«

»Wenn Sie sie wirklich finden, sagen Sie ihr, sie braucht nicht heimzukommen, oder was«, flehte Rosie. »Sagen Sie nur, sie soll bei mir anrufen, auf meine Kosten. Das ist alles. Wenn ich ihre Stimme hör', ist das mehr als genug.«

»Okay.«

»Sagen Sie, was macht der nutzlose Köter?«

»Dem geht es gut, aber er hat Heimweh«, sagte ich. »Ich dachte, ich bring' ihn mal vorbei. Wenn Sie möchten.«

»Eigentlich schon«, sagte sie. »Und hören Sie, es tut mir schrecklich leid, wie ich mit Ihnen umgegangen bin, bevor... wie...«

»Keine Sorge«, sagte ich. »Passen Sie auf sich auf.«

»Sie auch, mein Junge.«

Innerhalb einer Stunde hatte ich den El Camino vollgepackt und fuhr nach Colorado.

Während der vierzehnstündigen Fahrt hatte ich Zeit genug, über alles nachzudenken, über die allzu zweckdienliche Postkarte und die Prügel, die ich beim letzten Besuch in Colorado bezogen hatte. Doch nichts ergab einen Sinn. Ich war aber jedenfalls auf Fahrt und hatte keine Ahnung, wen ich packen sollte. Entweder hatte Selma Hinds gelogen, aus Gründen, die keinen Sinn ergaben, oder jemand hatte sie angelogen, was noch weniger Sinn ergab. Wenn sie gelogen hatte und weiterlügen wollte, waren mir die Hände gebunden. Selma Hinds war im Gegensatz zu Jackson eine brave Bürgerin, und wenn ich sie anrührte, würde sie nach der Polizei schreien und ich vermutlich im Knast von Cañon City landen und zwanzig bis neunundzwanzig Jahre absitzen. Ich wußte nicht, was vorging, verstand überhaupt nichts, fand nichts plausibel. Vielleicht packte ich deshalb als erstes meine Kanonen ein. Wenn dein Hirn nicht funktioniert, wedel mit einer Kanone rum, das hilft manchmal.

Wie sich herausstellte, war alles Kopfzerbrechen überflüssig. Als ich bei Selma Hinds Steig hielt, stand ich hinter einem roten VW-Kabrio mit eingedrücktem Vorderkotflügel und Kennzeichen aus Montana. Zuerst fragte ich mich, was, zum Teufel, Melinda Trahearne da oben bei Selma machte, dann fragte ich mich, wie ich so blind und blöd hatte sein können. Dieser irre, gottverdammte Trahearne hatte mich von dem Augenblick an, als ich ihn bei Rosie fand, an der Nase herumgeführt. Vielleicht sogar vorher schon, was den langen, irrsinnigen Streifzug durch die Bars ebenso erklärt hätte, wie die Frage, warum er so leicht zu verfolgen und so schwer zu finden gewesen war, warum er bei Rosie gewartet hatte. Er hatte erreichen wollen, daß ich Betty Sue Flowers suchte, daß ich in ihrer Vergangenheit rumstöberte, wie ein hungriger Hund die vergrabenen Knochen und das angefaulte Fleisch ihres Lebens ausbuddelnd, damit er eine Ausrede für den bitteren Geschmack in seinem eigenen Mund, den Gestank der Verderbnis in seiner Nase hatte. Wenn ich nicht so angestrengt auf der Suche nach Betty Sue gewesen wäre, hätte ich ihr Gesicht in dem von Melinda gleich beim erstenmal erkannt. Dieser gottverfluchte Trahearne. Man hatte mich herumtanzen lassen wie einen albernen kleinen Gummiball an einem Schnürchen, und das jetzt zu erkennen, machte mich so müde, daß es mir gar nicht darauf ankam, wer den Schläger hielt – ich wollte nur von dem Schnürchen weg.

Selma und Melinda jäteten auf den Knien im Garten Unkraut, und ihre leisen Stimmen und ihr Lachen hallten wie ein Windglockenspiel durch die Luft. Am Rand des Gartens schlief Fireball in einer kleinen Mulde auf trockenen Fichtennadeln. Die übrigen Hunde schliefen auch, in einem Drahtzwinger hinter den kleinen Käfigen.

»Entschuldigen Sie«, sagte ich.

Die beiden Frauen unterbrachen ihre Arbeit, richteten sich auf und sahen mich an. Selmas Gesicht trug noch immer den verzeihenden Ausdruck, aber jetzt wirkte er wie ein auf Stein gemalter Blick, passiv und permanent. Als sie mich erkannte, zerbrach ihr Gesicht aber in tausend Stücke, wild und erschreckt, wie bei einem fluchtbereiten Reh. Melinda seufzte und erschlaffte mit der Geduld des ewigen Opfers, die in ihre Augen flutete.

»Ich wußte, daß Sie kommen«, sagte sie. »Ich habe wohl gewartet. Wie ist Trahearne daraufgekommen?«

»Worauf gekommen?« antwortete ich. »Ihre Mutter hat mich geschickt.«

»Aber ich bin ihre Mutter«, flüsterte Selma.

»Haben Sie ihr nicht gesagt, daß ich tot bin?« fragte Melinda.

»Sie wollte mir nicht glauben«, sagte ich. »Und dann haben Sie ihrem Papa eine Postkarte geschickt.«

»Eine Postkarte?« erwiderte sie entgeistert.

»Ich bin ihre Mutter«, wiederholte Selma und versuchte, sich zusammenzunehmen.

»Wenn Sie es nicht waren, dann jemand anderer«, sagte ich. »Vielleicht Trahearne oder jemand von Ihren Freunden in Denver. Jedenfalls hat jemand eine Postkarte geschickt, damit Rosie weiß, daß Sie noch am Leben sind, und ich herkomme. Ich begreife nur nicht, warum.«

»Ich auch nicht«, sagte sie. »Außer meiner Mutter sucht mich niemand mehr.«

»Ich bin deine Mutter«, jammerte Selma und sank weinend auf die Knie.

»Ist ja gut«, sagte Melinda und drückte Selmas Kopf an ihren Schenkel.

»Sag ihm, ich bezahle... bezahle alles für sein Schweigen«, schluchzte Selma. »Alles.«

»Hören Sie«, erklärte ich, »was mich angeht, ist Betty Sue Flowers tot. Ich bin den verdammten Berg nur heraufgestiegen, um mich zu vergewissern. Wenn Sie wollen, daß Ihre Mutter Sie für tot hält, lastet das auf Ihrem Gewissen, und wenn Sie so tun wollen, als wüßte Trahearne nicht, wer Sie sind, geht das nur Sie beide etwas an. Ich habe damit nichts mehr zu tun. Ich fahre heim.«

»Ich bezahle alles«, stöhnte Selma.

»Still«, sagte Melinda sanft. »Irgendwann mußte es passieren. Das gibt sich schon.« Dann sah sie mich an. »Warten Sie auf mich, bitte«, fuhr sie fort. »Unten. Ich muß Selma hineinbringen und sie beruhigen. Aber warten Sie, bitte. Ich muß mit Ihnen sprechen.«

»Sie erzählen mir sicher nur Dinge, die ich nicht wissen will.«

»Ich bezahle!« schrie Selma.

Die Hunde im Zwinger wurden wach und begannen zu kläffen, worauf Fireball auch aus seinem Schlummer gerissen wurde. Er gähnte, schnupperte und trabte heran, um mich zu begrüßen. Als ich seinen Kopf kratzte, half Melinda Selma auf die Beine und führte sie zum Haus. Ich ging hinunter.

»Bitte, warten Sie auf mich«, sagte Melinda am Eingang. »Bitte.«

»Also gut«, erwiderte ich am Rande der Lichtung.

Fireball folgte mir den Pfad hinunter, unbeirrt durch Sand und Sonne trabend, die Nase erhoben, als wittere er Bier.

»Auf dem Berg keine Drogen«, sagte ich zu ihm, und er lief schneller.

Unten überquerte ich die Straße, um mein Gesicht im Fluß zu waschen, die Meilen mit kaltem Wasser wegzuspülen. Fireball sah mich verächtlich an, dann schlabberte er rasch und schüttelte den Kopf, als fände er Wasser grauenhaft. Ich nahm ihn mit über die Straße und gab ihm ein Bier. Wir hatten beide eines verdient.

Ich erwachte mit der warmen Büchse in der Hand mitten am Nachmittag. Melinda saß auf dem Beifahrersitz und trug jetzt Wanderstiefel, kurze Hosen und Oberteil. Es war, als hätte sie ihre ausgebeulten Sachen abgelegt, um mir zu zeigen, worum es ging – lange, wohlgeformte Beine, unter deren Haut Muskeln spielten, hohe, feste Brüste, die Art Körper, von dem Männer träumen.

»Sie haben so fest geschlafen, daß ich Sie nicht wecken wollte«, sagte sie. »Selma hat keinen Kaffee, aber ich habe Ihnen Kräutertee gemacht«, fügte sie hinzu und zeigte mir eine Thermosflasche.

»Ich trinke lieber Bier«, äußerte ich. »Ich möchte nicht zu gesund werden.«

Während ich ein Bier holte, sagte sie: »Dann weiß Trahearne also Bescheid?«

»Er hat mich direkt zum Lokal Ihrer Mutter geführt, und nachdem Rosie mir den Auftrag gab, Sie zu suchen, ermunterte er mich. Er muß daran gedacht haben.«

»Ich hätte ihm die Wahrheit über meine... mein Leben sagen sollen«, sagte sie, während sie sich einen Becher von dem schwachen Tee eingoß.

»Sie hätten es ihm sagen sollen«, bestätigte ich. »Im Verlauf meiner Suche hatte er die großartige Gelegenheit, Ihr Schauspieldebüt zu erleben.«

Sie seufzte.

»Ach, der arme Mann. Jetzt wird er mir nie mehr glauben.«

»Was?«

»Ich muß viel reisen, muß auch allein sein«, sagte sie, »und er ist überzeugt davon, daß ich... daß ich mit anderen Männern schlafe, wenn ich fort bin.« Als ich nichts sagte, fügte sie hinzu: »Und das ist nicht wahr. Er möchte nur, daß es wahr ist. Ich weiß es, und es spielt für mich keine Rolle, aber ich lasse mich nicht mit anderen ein.«

»Okay.«

»Das klingt nicht überzeugt.«

»Mir ist es egal«, sagte ich, »und was Sie beide tun oder lassen, geht mich ohnehin nichts an, oder?«

»Es ist Ihnen sogar egal, warum Betty Sue sterben mußte, wie?«

»Nee.«

»Man hat mich gesucht, und ich mußte sterben, damit sie mich in Ruhe ließen.«

»Randall Jackson und die Gangster aus Denver«, sagte ich.

»Sie kennen sie?« fragte sie, von neuem verblüfft.

»Intim.«

»Ich war im Gefängnis«, sagte sie trotzig, »und ich...«

»Ich weiß«, fiel ich ein. »Sie sind wegen Prostitution geschnappt worden.«

»... ich habe im Gefängnis fünfzehn Kilo abgenommen, jeden Tag ein Pfund«, fuhr sie fort, als hätte sie mich nicht gehört. »Selma kam hin, und ich wollte hier herauf, aber ich mußte bei Jack vorbei, um Sachen zu holen, Bücher und dergleichen, und er sah mich, wissen Sie, ganz ohne Fett, und zwang mich, für diese furchtbaren Leute zu arbeiten. Es war gar nicht wie in San Francisco – da waren wir angeturnt und hatten Spaß und verdienten Geld für Leben und Hasch – das war Geschäft, und sie zwangen mich, ins Krankenhaus zu gehen, damit ich mir die Narbe zulegte – kosmetischer Eingriff, und sie gaben viel Geld aus und wollten mich nicht laufen lassen. Das verstehen Sie doch, oder?«

»Klar.«

»Ich stahl Geld aus Jacks Brieftasche und versteckte mich hier, aber nach ein, zwei Wochen kamen sie, und ich mußte mich im Wald verstecken, und Selma mußte lügen – sie haßte das Lügen, auch die Lügen Ihnen gegenüber. Dann ertrank im Spätsommer ihre Tochter bei einem Autounfall, und sie sagte zum Sheriff, das sei ich gewesen, verstehen Sie, und ich konnte neu anfangen, konnte so leben, als sei das vorher alles nicht gewesen, verstehen Sie?« Sie stellte den Becher der Thermosflasche ganz vorsichtig auf das Armaturenbrett, dann begann sie zu weinen. »Aber es kümmert Sie nicht, oder?« Sie schluchzte hinter ihren Händen.

Ich hatte die Nase voll von weinenden Frauen.

»Himmel Kruzifix!« schrie ich, während ich die halbleere Bierdose zur offenen Tür hinauswarf. »Ihre Mutter hat mir siebenundachtzig Dollar dafür bezahlt, daß ich Sie finde«, sagte ich, »und ich habe Sie durch das ganze beschissene Land verfolgt, und ich weiß nicht, ob ich es für Rosie oder für mich oder für irgendeine Vorstellung von Ihnen getan habe, die ich hatte, aber ich weiß verdammt genau, daß ich es nicht für siebenundachtzig Scheißdollar gemacht habe, also erzählen Sie mir nicht den Scheiß, es wär' mir scheißegal!«

»Verzeihen Sie.« Sie kicherte, dann begann sie, sich die Tränen abzuwischen. »Ich war in meine eigenen Probleme so verstrickt, daß ich vergessen habe, wie angestrengt Sie versuchten, mich zu finden.«

»Sie wußten nichts davon«, sagte ich gereizt.

»Ich habe verstanden, ohne zu wissen«, erklärte sie lächelnd.

»Bockmist.«

»Sie sind süß, wenn Sie böse sind«, sagte sie.

Ich stieg aus dem Fahrzeug und trat ein paar Steinbrocken durch die Gegend, eine Staubwolke erzeugend, die mich halb erstickte.

»Was nun?« fragte ich, als ich wieder einstieg.

»Das weiß ich wirklich nicht«, erwiderte sie. »Ich muß ein paar Tage darüber nachdenken. Das war früher immer das Problem – ich habe so vieles gemacht, ohne vorher darüber nachzudenken.«

»Ihrer Mutter muß ich irgend etwas sagen, trotz meiner Worte da oben.«

»Können Sie ein paar Tage warten?« fragte sie. »Nur, bis ich das mit Trahearne in Ordnung gebracht habe?«

»Ich muß Ihre Mutter morgen anrufen«, entgegnete ich.

»Also gut, ich rufe Trahearne heute abend an«, sagte sie. »Ich würde das lieber nicht am Telefon machen, aber wenn er schon Bescheid weiß über mich, kann ich feststellen, was er darüber denkt. Kommen Sie morgen wieder. Wir treffen uns hier unten gegen zehn. Ich halte es für das Beste, wenn Sie nicht hinaufkommen – um Selmas willen, wissen Sie. Sie nimmt das alles so schwer. Sie hat ihre Tochter unter meinem Namen begraben, und von allem, was ich ihr schulde, ist das der Gipfel. Sie hat mir mein Leben zurückgegeben, verstehen Sie, und das ist das Höchste, was ein Mensch für einen anderen tun kann. So geht es mir manchmal bei Trahearne – ich habe das Gefühl, daß ich ihm sein Leben zurückgeben und es von den beiden gräßlichen Frauen zurückholen kann, die ihn so lange gefangengehalten haben. Sie kennen sie – Sie verstehen das.«

»Vielleicht«, sagte ich, »vielleicht auch nicht. Es spielt keine Rolle. Aber eines möchte ich wissen.«

»Ich dachte, Sie wollten gar nichts wissen«, antwortete sie mit leichtem Lächeln. Ich war verblüfft, daß mir vorher nicht aufgefallen war, wie schön ihr Lächeln war. »Ich dachte, Sie wären überhaupt nicht neugierig.«

»Spielen Sie nicht die Schlaue«, sagte ich. »Erzählen Sie mir lieber, weshalb Sie überhaupt weggelaufen sind.«

»Sie wissen also doch nicht alles, wie?«

»Nee.«

»Ich war schwanger«, sagte sie, »und mein Freund brachte mich zu einer Abtreibung nach San Francisco. Als ich das Hotel verließ, wo man es gemacht hatte, bekam ich eine Blutung – eine alte Geschichte, das wissen Sie, so alt, daß sie beinahe banal ist, bis sie einem selber zustößt –, und er lief davon und ließ mich an den Stufen der Notaufnahme im Franklin-Krankenhaus fast verbluten. Er setzte mich ab und lief davon –«

»Albert Griffith?« unterbrach ich sie.

»Sie wissen manches, nicht? Die Blutung wurde natürlich zum Stehen gebracht, aber ich bekam eine furchtbare Blutvergiftung, und man mußte eine Totaloperation machen, um sie zu beherrschen. Hübsch, nicht? Ich hatte meine Handtasche in Alberts Wagen gelassen und gab einen falschen Namen und ein anderes Alter an, so daß niemand Bescheid wußte. Ich hatte Angst davor, jemand könnte es erfahren, und schämte mich wohl auch. Bis ich entlassen wurde, war ich aber schon zu lange fort, um heimzugehen, das dachte ich jedenfalls, und ich lebte auf den Straßen in Haight-Ashbury, bis Jack mich auflas, und dann passierten so viele andere Dinge, daß ich überhaupt nicht mehr daran denken konnte, heimzufahren. Nicht einmal, als ich hörte, daß Bubba in Vietnam gefallen war.«

»Meinen Sie ihren Bruder Lonnie?«

»Ja.«

»Ihr kleiner Bruder ist auch tot«, sagte ich.

»Ich weiß«, flüsterte sie. »Ich schleiche mich ab und zu in die Umgebung von Sonoma und hörte davon. Da wäre ich auch beinahe heimgegangen.«

»Das hätten Sie gleich tun sollen«, sagte ich. »Das hätte vielen Leuten viel Kummer erspart, Sie eingeschlossen.«

»Ich weiß«, erklärte sie, »mein Gott, ich weiß, aber mein Papa war fort und scherte sich nicht darum, ich rief ihn einmal an, und es kümmerte ihn nicht, und meine Mutter war eine Schlampe –«

»He«, sagte ich.

Sie sah mich an.

»Ich habe wohl kein Recht zu einem Urteil, wie?«

»Nicht mal dann, wenn Sie das Leben einer jungfräulichen Vestalin geführt hätten.«

»Sie haben recht«, meinte sie seufzend. »Damals schien das so wichtig zu sein. Mama versuchte so zu tun, als bedeute es nichts, daß sie sich scheiden ließ, aber ich konnte spüren, daß es anders war. Sie trank viel und schleppte Männer in den Wohnwagen, und ich wartete vergebens auf meinen Papa. Und das ist alles so lange her.«

»Aber jetzt ist alles wieder da.«

»Ich glaube, ich bin sogar froh, wissen Sie«, sagte sie, während sie mir den Schenkel tätschelte. »Ich glaube wirklich, ich bin froh, daß es vorbei ist.«

»Ich auch.«

»Sie sind von Montana direkt durchgefahren, nicht?«

»Stimmt.«

»Sie müssen erschöpft sein«, sagte sie; dann glitt ihre Hand von meinem Schenkel zu meinem Nacken. »Gehen Sie in ein Motel und schlafen Sie«, sagte sie, »und kommen Sie morgen gegen zehn wieder. Ich erwarte Sie hier unten. In Ordnung?«

Ich gähnte.

»Sehr gut.«

»Sie sind so gut zu mir gewesen«, sagte sie, »gut zu allen – zu Trahearne und Selma und zu meiner Mama. Bei mir ist das immer so, wissen Sie. Jedesmal, wenn es schlimm aussieht, taucht in meinem Leben jemand auf, und die Menschen sind viel netter zu mir, als ich es verdiene.«

»Vielleicht verdienen Sie es doch«, meinte ich.

»Niemand verdient es«, sagte sie, »es passiert einfach. Wir sehen uns morgen.« Dann beugte sie sich herüber, um mich leicht auf den Mund zu küssen. Es war ein schwesterlicher Kuß, aber ihr Atem duftete nach Kräutern und getrockneten Blumen und Quellwasser, frisch und kühl. »Gegen zehn«, flüsterte sie, und ich küßte sie auf den Mund. Ihre Lippen öffneten sich ein wenig, unsere Zungen berührten sich für einen kurzen, elektrisierenden Augenblick, und ihre Augen weiteten sich, wurden dunkler. »Tut mir leid«, sagte sie, sich für etwas entschuldigend, was sie nicht getan hatte, nicht tun würde, dann stieg sie aus, schnalzte mit den Fingern, so daß Fireball unter dem VW hervorkroch, und sie sprangen den Steig hinauf.

In diesem plötzlich schläfrigen Augenblick wurde mir klar, daß ich mich bei der Dame angestellt hatte, ob es mir gefiel oder nicht, und daß mir mein Platz gleichgültig war. Als ich die Kurven hinunterfuhr, sagte ich mir, daß Trahearnes Frauen mir, wenn ich nicht aufpaßte, entweder das Herz brechen oder mein Leben verändern oder noch mein Tod sein würden. Ich befahl mir ferner, so schnell, wie der El Camino konnte, nach Hause zu fahren, aber ich tat es nicht. Mitten am Nachmittag ging ich in ein Holiday Inn und schlief traumlos, während mich ein Weckruf wie ein Todesurteil erwartete.

Kapitel
14

Am nächsten Morgen verzehrte der Verurteilte, der geschlafen hatte wie ein Kind und sich geduscht hatte wie ein Teenager vor einem Rendezvous, ein herzhaftes Frühstück, dann trat er hinaus, um die herrliche Luft und den klaren, blauumrandeten Sonnenschein der Hochebene zu betrachten. Der Morgen war jedoch hin, als ich Trahearne in seinem Kahn von Cadillac sitzen sah, ein unanständiges Grinsen auf dem runden Gesicht. Er sah aus wie ein fettes, böses Kind.

»Was ist los?« sagte ich, bemüht, ruhig zu bleiben.

»Mensch, Mann, ich war schon bei allen Motels. Ich dachte, Sie hätten mehr Geschmack, als in einem Holiday Inn zu wohnen.«

»Holiday Inns gehören zu meinen besten Freunden«, entgegnete ich. »Was machen Sie hier?«

»Sie suchen, was denn sonst? Ich beschloß nach unserem Gespräch, nach Meriwether zu fahren, erfuhr dort, daß Sie hierhergefahren waren, also nahm ich zwei Anhalter mit, wir wechselten uns ab und sind die ganze Nacht gefahren, und da bin ich...«

Seine Stimme verklang wie bei einer von diesen sprechenden Puppen, bei der man zu oft am Schnürchen gezogen hat.

»Wir wollen uns die Lügen künftig sparen, ja?« sagte ich, als ich einstieg. »Keine Lügen mehr.«

»Ohne Sie konnte ich sie nicht finden«, sagte er seufzend. »Ich wußte nicht, wo ich nachschauen sollte.«

»Sie waren schon hier, als Sie mich anriefen, nicht?« fragte ich, und er nickte. »Und Sie haben ihrem Papa eine Postkarte geschickt, nicht?« Sein Kopf hob und senkte sich einmal und blieb dann schwer auf der Brust liegen. »Warum?«

»Ich muß wissen, wen sie trifft«, murmelte er.

»Okay«, sagte ich, »ich zeige es Ihnen.«

»Würden Sie fahren?« fragte er.

Es schien nicht eilig zu sein, also fuhr ich langsam durch die Stadt. Trahearne sagte nichts, bis wir vier oder fünf Meilen außerhalb der Stadt waren. Dann gab er etwas von sich, aber der Wind übertönte die Worte.

»Was?« fragte ich.

»Tut mir leid«, sagte er.

»Nicht leid genug, daß ich zufrieden wäre, Alter«, erklärte ich, und er begann zu weinen. »Hören Sie auf zu jammern«, fuhr ich ihn an. »Hören Sie auf damit. Wissen Sie, was sie sagte, als ich ihr erzählte, Sie hätten den Film gesehen? Sie sagte: ›Der arme, arme Mann.‹ Sie ist zu gut für Sie, wissen Sie das?«

»Und ob ich das weiß«, erwiderte er.

Als wir auf die Pudre Canyon-Straße abbogen, fragte ich: »Weshalb? Was hatten Sie eigentlich vor? Woher wußten Sie, wohin Sie fahren müssen?«

»Ich hatte gar nichts vor, außer sie zu finden. Sie war früher einmal unterwegs, und ich stöberte in ihren Sachen und fand einen Zeitungsausschnitt, eine Kritik über eine Laienaufführung von Anouilhs Antigone. Als ich die Beschreibung des Mädchens las, das die Hauptrolle gespielt hatte, wußte ich, daß sie das war.« Er machte eine Pause. »Ich habe immer gewußt, daß sie nicht der Mensch war, für den sie sich ausgab«, gab er zu, »gleich von Anfang an. Sie war nie in Südfrankreich gewesen, vor diesem Sommer nie in Sun Valley. Zuerst war das aufregend, wissen Sie, nicht zu wissen, wer sie in Wahrheit war. Aber das war sie mit dem Versprechen, das sie mir abnahm, bevor sie mich heiraten wollte – das Neue nutzte sich rasch ab und begann, mich wahnsinnig zu machen.«

»Was für ein Versprechen?« fragte ich, als ich den Caddy hinter Melindas VW abstellte. Davor stand ein verbeulter, grauer GMC-Transporter. »Was für ein Versprechen?« wiederholte ich.

»Daß sie kommen und gehen wollte, wie es ihr paßte«, murmelte Trahearne. »Daß ich keine Fragen stellen würde.«

»Sie hat Ihnen dasselbe versprochen, nicht?«

Er nickte und schaute sich um.

»Lebt er hier?« fragte er.

»Er?«

»Sie wissen schon, der Mann... der Mann, den sie hat.«

»Sie will mich hier gegen zehn treffen«, sagte ich. »Das soll sie Ihnen selbst erzählen.«

»Sie sind es jetzt, nicht wahr«, sagte er. Es war eine Feststellung, keine Frage. »Sie sind es.«

»Halten Sie Ihr blödes Maul, ja?« sagte ich, stieg aus und ging über die Straße, um den Fluß zu betrachten.

Was für ein Fall. Privatdetektive sollen vermißte Personen finden und Verbrechen aufklären. Bisher hatte ich in diesem Fall alle Verbrechen selbst begangen – vom Autodiebstahl bis zu krimineller Blödheit –, und alle bis auf die arme alte Rosie und ich hatten von Anfang an gewußt, wo Betty Sue war. Ich hatte das sonderbare Gefühl, daß ich, wenn ich nicht bald heimfuhr, statt von Catherine Trahearnes Geld ein dickes Bankkonto zu bekommen, mit Löchern in den Stiefeln und Motten in den Taschen dastehen würde. Je mehr ich darüber nachdachte, desto wütender wurde ich. Ich stand auf und stürmte über die Straße, begann Trahearne anzuschreien.

»Ich schicke Ihnen eine Rechnung, Alter, und es ist mir wurscht, ob Sie pleite gehen, Sie müssen blechen!«

»In Ordnung«, sagte er bescheiden.

»Ach, hören Sie doch auf, den Hanswurst zu spielen. Sie ist oben auf dem Berg bei einer Frau, die ihr einmal das Leben gerettet hat, und sie macht mit mir keine Nummer – sie hat mit keinem eine gemacht, seitdem sie den kolossalen Fehler beging, sich in Ihren armseligen Hintern zu verlieben.«

»In Ordnung«, sagte er, ohne ein Wort zu glauben.

Während ich darüber nachdachte, war ich mir selbst nicht besonders sicher, daß ich es glaubte. Wie zu viele Männer wußten Trahearne und ich mit einer Frau wie Melinda nicht umzugehen, in der Zwickmühle zwischen unseren ziellosen Begierden und einem so primitiven und wilden Drang nach treuen Frauen, daß er angeboren sein mußte, ein Urgefühl, so unsteuerbar wie eine Körperfunktion. Da hörte ich dann auf, wütend auf den alten Mann zu sein.

»Wie spät ist es?« fragte ich.

»Halb elf«, erwiderte er.

»Sie muß bald hier sein. Trinken wir was?«

Er wirkte verblüfft, dann griff er unter den Sitz nach der Flasche. Als wir uns den Whiskey teilten, fragte ich mich, seit wann die Männer einander bei starken Getränken schon dafür verziehen, Narren zu sein.

Als Melinda um elf noch nicht gekommen war, stieg ich zu Selmas Haus hinauf, Trahearne zehn Schritte hinter mir, zu häufigen Pausen gezwungen.

»Ich gehe voraus und bereite sie auf Ihre Ankunft vor, damit das keine zu große Überraschung wird«, sagte ich.

»Es wird eine Riesenüberraschung, wenn ich überhaupt hinkomme«, witzelte er. Zwei Haarnadelkurven über ihm hörte ich immer noch sein Keuchen.

Bis ich die Lichtung erreichte, erfüllte meine Lunge ebenfalls ein

Übersoll. Als ich stehenblieb, um kurz zu rasten, bemerkte ich im Staub des Steiges einen dunklen Fleck und Spritzer von getrocknetem Blut auf dem Gestein daneben. Dann fragte ich mich, wo die Hunde sein mochten. Auf der anderen Seite der Lichtung stand der Zwinger offen.

Ich lief zu dem großen Blockhaus, aber es war leer, also lief ich wieder hinaus und um das Gebäude herum. Ein Junge hob mit einem Pickel ein großes Loch aus, ein junges Mädchen kniete vor einem Haufen toter Hunde und Vögel und kleiner Pelztiere. Selma saß auf der anderen Seite der Lichtung, mit dem Rücken an einer Fichte. Eine Schrotflinte lag auf ihren Knien.

»Was ist denn passiert?« fragte ich den Jungen.

Er zuckte zusammen, dann stieg er schnell aus der Grube, den Pickel wie einen Knüppel erhoben. Sein linkes Auge war geschwollen und blaugeschlagen, er spuckte Blut zwischen ausgeschlagenen Zähnen.

»Diesmal mußt du mich umbringen, du Schweinehund«, sagte er, während er mit dem Pickel auf mich losging.

»He«, sagte ich, hob die Arme hoch und wich zurück. Er blieb nicht stehen. Das Mädchen am Grab stöhnte und bedeckte das Gesicht mit den Händen. »He, warte mal«, sagte ich, aber er ging weiter auf mich zu. »Reg dich ab, Kleiner«, sagte ich, »ich hab' nichts getan.«

»Sie haben sie hergeführt!« kreischte Selma, als sie aufstand und die doppelläufige Flinte auf mich richtete.

Der Junge mit dem Pickel blickte über meine Schulter, und ich hörte ein Schlurfen auf dem Fels. Ich wartete nicht darauf, zu erfahren, was das plötzliche Einatmen hinter mir zu bedeuten hatte; ich duckte mich und rollte weg, sah kurz das andere junge Mädchen, das die mitgebrachte Axt niedersausen ließ. Als sie auf den Boden krachte, wo ich gestanden hatte, prallte die Schneide von einem Felsblock ab, und die Axt wurde ihr aus den Händen gerissen. Das Mädchen wandte den Blick aber nicht von mir ab, als sie sie aufhob. Es gibt nichts wie eine Frau mit 'ner Axt, um einem Bewegung zu verschaffen. Ich warf eine Handvoll Erde und Steine nach dem Jungen mit dem Pickel, raffte mich auf und hetzte den Weg hinunter. Die Axt flog hoch und pfiff über meinen Kopf hinweg, und ich wurde schneller. Gerade als ich die Bäume erreichte, drückte Selma zum ersten Mal ab, und Schrot fetzte in eine kleine Fichte links von mir. Ich schlug einen Haken, und mit dem zweiten Lauf erwischte sie ein Stück von mir. Der Rand der Schrotladung sengte mich hoch oben an der rechten Körperseite, warf mich aber nicht nieder. Er beschleunigte mich nur. Ich sprang vom Weg und hüpfte steil bergab durch die kleinen Bäume.

Als ich auf halbem Weg Trahearne erreichte, waren wir zwei zu Tode erschreckte Zivilisten. Die Erfahrungen aus den Kriegen waren vergessen, wir waren ein so tüchtiger Kampftrupp wie zwei kopflose Hühner.

»Um Gottes willen, was ist passiert?« fragte er atemlos.

»Ich weiß nicht. Gehen Sie hinunter. Fahren Sie mit dem Wagen eine Meile die Straße hinauf, und wenn ich in einer Stunde nicht wieder da bin, holen Sie den Sheriff.«

»Ich habe eine Flinte im Kofferraum«, sagte er.

»Da oben gibt es schon zu viele Flinten«, erklärte ich. »Tun Sie, was ich sage.«

»Was haben Sie vor?« fragte er verletzt.

»Wieder hinaufgehen. Und Sie schauen, daß Sie hinunterkommen.«

»Nehmen Sie mich mit«, winselte er.

»Los!« sagte ich und hieb beide Handballen auf seinen Rücken. Der alte Mann purzelte hinunter, und ich huschte zwischen die Bäume, machte einen Umweg in einen Abflußgraben, lief auf der anderen Kammseite hundert Meter hinunter und arbeitete mich wieder zur Lichtung hoch. Wäre ich vernünftig gewesen, hätte ich den Heimweg angetreten.

Eine Viertelstunde später kroch ich auf dem Bauch hinter dem Blockhaus in die Lichtung. Drei waren auf der anderen Seite und starrten in den Wald neben dem Steig – Selma mit der Flinte, der Junge mit dem Pickel und die Verrückte mit der Axt –, aber das andere junge Mädchen saß am Rand der Grube und weinte immer noch.

Ich schwitzte so stark, daß ich nicht sagen konnte, ob mein Rükken noch blutete, und ich war zu müde, um weiterzukriechen. Ich stand auf und trat hinter das Mädchen, so leise ich konnte, mit der ganzen Verstohlenheit, Anmut und animalischen List einer alten Milchkuh, aber sie hörte mich nicht, bis ich neben ihr saß.

»Keine Angst«, sagte ich, »ich tue Ihnen nichts.«

Sie fiel mir ohnmächtig in die Arme. Ich hielt sie wie einen Schild vor mich, dann rief ich die anderen. Sie drehten sich um und kamen heran.

»Ein Schritt noch, und ich breche ihr das Genick!« schrie ich melodramatisch.

Sie war so schlaff, als hätte sie sich wirklich den Hals gebrochen. Die drei blieben stehen, dann traten sie zögernd einen Schritt vor.

»Werft den ganzen Scheiß hin!«

Der Junge schleuderte seinen Pickel angewidert auf den Boden, und Selma legte die Flinte hin, aber das Mädchen behielt die Axt auf der Schulter.

»Du mußt sie wegwerfen, Schatz«, sagte ich.

»Komm mir nicht mit ›Schatz‹, du Drecksau«, erwiderte sie ruhig.

»Bitte, junges Fräulein«, knurrte Trahearne vom Steig her, als er heranwankte, »bitte, legen Sie das Ding hin.« Sein Gesicht war feuerrot, sein Hemd vollkommen durchgeschwitzt, aber er ging aufrecht und hatte die häßlichste Schrotflinte in der Hand, die ich je gesehen hatte – eine Straßenkampfwaffe, eine 12er Remington mit achtschüssigem Magazin, 50 cm-Lauf, Pistolengriff und Metallkolben, den man über den Lauf klappen konnte. Ich kannte mich aus, weil ich genau die gleiche Waffe selbst auch besaß. »Bitte«, sagte er noch einmal.

Sie ließ die Axt auf den Boden fallen, behielt den Stiel aber in der Hand. Ich war bereit, mich damit abzufinden. Ohne ihre Waffen verloren Selma und der Junge ihre Wut, und ihre Schultern sackten wie leere Säcke herunter, aber das Mädchen stand trotzig aufrecht. Sie spuckte sogar in meiner Richtung auf den Boden. Ich hätte nicht spucken können, selbst wenn es um mein Leben gegangen wäre. Ich hob das bewußtlose Mädchen auf und ging zum Blockhaus.

»Wo kommen Sie her, zum Teufel?« sagte ich zu Trahearne.

»Weiß ich nicht«, erwiderte er, »aber wo es auch gewesen sein mag, es war ein Scheißweg.« Er grinste.

»Gehen wir ins Haus und setzen wir uns«, sagte ich zu den anderen, während ich das Mädchen zum Eingang trug. Sie folgten mir hintereinander wie Enten.

»Sie sind gekommen, als es dunkel wurde«, sagte Selma und hob die Hand, um ihre geschwollene Wange zu berühren, »den Berg herauf, mit Schalldämpfern an den Revolvern, und fingen an, die Hunde abzuschießen. Sie erschossen die Hunde und ein paar Tiere und Vögel in den Käfigen, dann nahmen sie Melinda mit. Benjamin versuchte sie aufzuhalten, aber sie schlugen ihn zusammen, und als ich ihm helfen wollte, schlug einer zu.«

»Ich hätte hier sein sollen«, erklärte das andere Mädchen bitter und stieß die Axt auf den Boden.

»Du wärst auch nur verletzt worden«, sagte Selma leise. »Ich bin froh, daß Du fort warst.« Dann starrte sie mich an. »Melinda schrie ununterbrochen, sie werde mitgehen, gern mitgehen, aber sie lachten nur, traten den armen Benjamin und schossen auf die Hunde.«

»Haben sie die Bulldogge erschossen?« fragte ich und wußte die Antwort schon.

»In den Bauch«, sagte das Mädchen mit der Axt, »aber sie und die dreibeinige Hündin lebten heute früh noch, als ich aus der Tierklinik kam.«

»Das werden sie bitter bereuen«, erklärte ich.

»Und die Entführung meiner Frau, Herrgott noch mal?« sagte Trahearne.

»Das auch«, sagte ich. »Alles.« Dann richtete ich mich auf.

»Wie viele waren es?«

»Vier«, antwortete Selma.

»War einer davon ein großer Kerl, ein Mexikaner mit Boxergesicht?«

»Sie sahen alle wie Riesen aus und trugen Strumpfmasken.«

»Den Sheriff haben Sie nicht verständigt, wie?«

»Sie drohten, sie würden Melinda umbringen, wenn wir das täten, und dann zurückkommen und uns alle töten. Ich glaubte ihnen. Was hätten wir tun sollen? Was können wir tun?« sagte sie flehend.

»Ich kann garantiert was tun«, erklärte Trahearne drohend und hob die Schrotflinte wie eine heilige Ikone.

»Versuchen Sie sich abzuregen«, sagte ich. Er sah mich böse an, dann stand er auf und ging herum, die schlafenden Katzen erbost anstarrend.

»Warum seid ihr über mich hergefallen?« fragte ich Selma.

»Wir dachten, Sie müßten sie hergeführt haben.«

»Warum?«

»Sie sind der einzige, der wußte, wer sie war – wo sie war«, antwortete sie. »Warum sind Sie zurückgekommen?«

»Sie wollte mit mir reden«, erwiderte ich, »um mir zu sagen, was ich ihrer... ihrer natürlichen Mutter mitteilen soll.«

»Und was werden Sie ihr mitteilen?«

»Ich weiß nicht. Vielleicht, daß ich den Berg erklommen und den Propheten gesehen habe, aber alles, was ich weiß, ist, daß ich zu alt für diese Narreteien werde.« Ich versuchte schief zu grinsen.

»Sie sind auch verletzt«, sagte Selma mit einem knappen Lächeln.

»Das war wohl ich?«

»Es ist nichts.« Ich tat das so verächtlich ab wie John Wayne. Stacy, das Axt-Mädchen, zog mir mit Wasserstoffsuperoxyd das blutig angetrocknete Hemd vom Rücken, dann säuberte sie die Wunden. Das Schußbild war größer, als ich vermutet hatte, und reichte von meinem Nacken bis zur Mitte des Oberarms.

»Nur gut, daß Sie nicht näher dran waren«, sagte ich zu Selma.

»Sie haben kein Blut gespuckt, oder?« fragte Stacy.

»In letzter Zeit nicht.«

»Strengen Sie sich nicht so sehr an, komisch zu sein«, sagte sie. Es klang wie ein ärztlicher Rat.

»Wie viele Schrotkugeln?« fragte ich.

»Elf«, antwortete sie, als sie mit dem Zählen fertig war.

»Größe?«

»Siebeneinhalb«, sagte Benjamin.

»Stahl oder Blei?«

Er mußte eine Schublade öffnen und die Patronenschachtel zu Hilfe nehmen.

»Stahl«, sagte er.

»Wenn Sie eine Antibiotika-Salbe haben, können wir sie ein paar Tage drinlassen«, sagte ich zu Stacy.

Während sie mich versorgte, überredete Trahearne Benjamin, unten am Berg die Flasche Whiskey zu holen. Aber für sich, nicht für mich. Als der Junge sie brachte, trank ich trotzdem. Sofort, nachdem er das zweitemal getrunken hatte, zwang ich ihn, sie mir zu geben, und ich behielt sie, bis Stacy fertig war. Sie klebte den letzten Streifen Heftpflaster über die Nähte, damit sie sich nicht im Hemd verhakten, dann klopfte sie mir leicht auf die Schulter.

»Was nun?« fragte sie.

»Wir holen die Dame zurück«, entgegnete ich.

»Wissen Sie, wo sie ist?« fragte Trahearne sorgenvoll.

»Ich weiß, wo ich es herausbekomme.«

»Brauchen Sie Hilfe?« fragte Benjamin.

»Genau«, erklärte Stacy.

»Wir gehen alle«, sagte Selma, und das auf ihrem Schoß schlafende Mädchen regte sich.

Es war eine großartig romantische Vorstellung, ein verlorener Haufen rechtschaffener Sonderlinge, die Prinzessin rettend, und ich überlegte es mir sogar kurz, aber wir hatten schon Schwierigkeiten genug.

»Sie bleiben bei Selma«, sagte ich zu Benjamin.
»Sie können wir als Lockvogel gebrauchen«, erklärte ich Stacy, »aber Sie müssen nett zu einem Schweinehund sein.«
»Müßte mir leichtfallen«, meinte sie lächelnd. »Das mache ich mein ganzes Leben.«
»Haben Sie Angst?« fragte ich sie.
»Und wie, aber ich bin zu wütend, um darauf zu achten.«
»Es wird nicht sehr hübsch werden«, meinte ich.
»Ich kann Ihnen Dinge erzählen, daß Ihnen die Ohren abfallen.«
»Okay«, nickte ich. »Sie kommen mit.«
»Passen Sie auf sie auf«, sagte Selma leise. »Paßt alle auf euch auf.«
»Das ist angeblich mein Beruf«, erklärte ich, was mich zum Lachen brachte. Als ich mich umschaute, wollte niemand meinen Blick erwidern. Außer Trahearne, und der wirkte unendlich traurig.

Nach einem wilden, hektischen Nachmittag in Denver – zwei Autos mieten, Stacy ein Kleid und mir eine Perücke und einen falschen Schnurrbart kaufen, ein ebenerdiges Motelzimmer mit eigenem Eingang in Flughafennähe finden – waren wir noch so rechtzeitig fertig, daß eine frisch geschrubbte Stacy, die trotz der Vierundzwanzig in ihrem Führerschein aussah wie sechzehn, in ›Tricky Dickies Oben-ohne-Bar‹ an der Colfax Avenue saß, als Jackson nach einem Bürotag hereinkam. Er war ganz Kunstfaser und Lächeln, als er zu seinem Wodka Martini mit dem üblichen Blick auf Weiberfleisch erschien, aber er hatte, wie ich befürchtet hatte, einen bezahlten Schläger dabei.
Stacy machte sich großartig. Als Jackson sich an sie heranmachte, hielt sie ihn ein bißchen hin.
»Hören Sie, Mann, ich suche Arbeit, keine Party«, sagte sie. »Keine Spießbürger, keine Reisenden, ja?«
»Was für Arbeit suchen Sie denn?«
»Was ich an der Ostküste gemacht habe, bis mir das Wetter zuviel wurde.«
»Und das war?«
»Film, Mann. Was dachten Sie denn? Daß ich Tapeten geklebt habe?«
»Hör mal, Mädchen«, sagte er und rückte näher, »ich habe Freunde, eigentlich Geschäftspartner, die manchmal Filme machen. Zum Spaß.«
»Und Sie möchten wohl prüfen, wie ich bin, bevor Sie mich denen

vorstellen, wie?«

»Warum nicht?«

»Klar«, sagte sie schnaubend. »Verdufte. Wenn du eine Gratisprobe willst, ruf doch die Avon-Vertreterin an.«

»Ich, äh, zahl' auch gern«, meinte Jackson vorsichtig.

»Hundert für 'ne halbe Stunde«, sagte Stacy rasch.

»Hundert?« stieß er so laut hervor, daß der Barmann und die meisten Gäste sich umdrehten.

»Wenn Sie sich's nicht leisten können, auch gut«, sagte sie und begann, sich für ihr Getränk zu interessieren. Ich weiß nicht, woher sie wußte, daß sie hart mit ihm umspringen mußte, statt ihm Honig ums Maul zu schmieren, aber es wirkte Wunder.

»Klar«, nickte Jackson. »Klar, in Ordnung. Los dann!«

»Her mit der Pinke«, sagte Stacy, ohne ihn anzusehen.

Der arme Hund mußte einen Scheck einlösen und das hinterhältige Grinsen des Barmannes einstecken. Er gab Stacy das Geld und schluckte seinen dritten Martini.

»Mein Wagen steht draußen«, sagte er beiläufig.

»Mein Motelzimmer ist am Flughafen«, eröffnete ihm Stacy. »Gehen wir.«

»Gut«, meinte Jackson und wandte sich an seinen gemieteten Freund. »Los, Mann, gehen wir.«

»Wer ist denn das?« fragte Stacy, als Jackson sie wegziehen wollte.

»Mein Fahrer«, antwortete er hochmütig.

»Hält er dir den Pimmel?« fragte sie.

»Ich komme wieder«, sagte Jackson, und sein Freund setzte sich rasch wieder und bestellte noch ein Glas.

»Mensch, Mann«, sagte sie, »ich hab' nen Mietwagen; warum fährst du nicht hinter mir her?«

»Ich bring' dich zurück«, erklärte er großzügig.

»Und wenn ich nicht wieder her will?« fragte sie.

»Wenn ich mit dir fertig bin, Schatz, läufst du mir überallhin nach«, sagte er und führte sie zu seinem Cougar.

Ich stand am Randstein und sah sie davonfahren, während ich mich besorgt fragte, wo Trahearne mit dem anderen Miet-Ford blieb. Fünf Minuten später tauchte er endlich auf, mit rotem Gesicht und bedauerndem Lächeln.

»Sie sind weg, hm?« murmelte er, als ich die Tür öffnete und ihn vom Lenkrad wegstieß.

»Wo sind Sie gewesen, Herrgott?« fragte ich, als ich losfegte.

»Wir haben den Whiskey im anderen Wagen gelassen«, sagte er, eine Flasche Wodka schwenkend, »und ich wußte, daß wir was zu trinken brauchen. Wir sind für diesen Scheiß ohne Schnaps zu alt. Ich hab' schnell eine Flasche gekauft. Was spielt das für eine Rolle?«

»Er wollte ihr nicht nachfahren«, sagte ich, als ich vor einem Bus bei Gelb durchrauschte. »Sie sitzt in seinem Wagen, und wenn sie nicht im Motel sind, sobald wir ankommen, wenn er sie heimgefahren oder irgendwo anders hingebracht hat, sind Sie dran, Alter, und zwar richtig.«

»Verdammt noch mal, das wußte ich nicht«, winselte er, dann faßte er sich. »Ach was, die Kleine kommt schon durch. Darauf können Sie sich verlassen.« Dann schlug er mir auf die Schulter, so fest, daß die Nähte platzten und die Wunden zu bluten anfingen. Ich riß die Perücke runter und warf sie ihm vor die Füße. Er hob sie auf und lachte. »Damit sehen Sie beschissen aus, wissen Sie«, sagte er und setzte sie auf wie einen Hut. »Na?« sagte er grinsend. Als ich nicht antwortete, sagte er: »Ach, Mensch, tun Sie doch nicht so ernst. Trinken Sie 'nen Schluck und lassen Sie sich gehen.« Er stieß mich mit der Flasche an, und es schien keine andere Möglichkeit zu geben. »Sie haben meine Melinda, Boy, und ich weiß nicht, was ich tun soll«, sagte er, als ich die Flasche zurückgab. »Ich weiß nicht, was ich tun soll.«

»Versuchen Sie, genau das zu tun, was ich Ihnen sage«, erwiderte ich. »Zur Abwechslung.«

»Sie haben das Sagen«, erklärte er, »aber gnade Ihnen Gott, wenn das nicht klappt.«

»Wunderbar«, sagte ich und fuhr durch eine Tankstelle auf die 32. Straße.

Als wir das Motel erreichten, stand der Cougar vor Stacys Zimmer. Ich ließ Trahearne im Wagen sitzen, befahl ihm, zu warten und ging durch das andere Zimmer und die Verbindungstür hinein. Jackson saß schon im Sattel. Stacys Augen starrten mich über seine fette, picklige Schulter hinweg flehend an. Bevor ich seine Aufmerksamkeit erzwingen konnte, indem ich ihm eine 22er mit Schalldämpfer ins Ohr steckte, ächzte und stöhnte er, begann zu zittern, und Stacys Augen füllten sich mit Tränen. Ich hieb ihm den Kolben der Pistole auf den Nacken, riß ihn von ihr herunter auf den Boden und trat ihm in den Bauch, daß mir der Knöchel weh tat. Ich begann ihn wieder zu treten, aber Stacy sprang aus dem Bett und packte meinen Arm.

»Schon gut«, sagte sie, »schon gut. Es macht nichts. Es macht wirklich nichts.« Sie rüttelte mich.

»Tut mir leid, daß wir so spät kommen«, sagte ich.

»Macht nichts.«

»Aber mir.«

»Ganz meine Schuld«, sagte Trahearne in großen Tönen, als er hereinkam, »ganz meine Schuld, Schatz, aber es ging nicht anders.«

Stacy warf einen Blick auf Trahearne, tat einen Schritt und gab ihm eine solche Ohrfeige, daß er beinahe umfiel.

»Besoffenes Schwein«, flüsterte sie und schlug noch einmal zu.

»Was hab' ich denn gesagt?« fragte er, als sie ins andere Zimmer stürmte. Dann sah er Jackson nackt am Boden liegen. »Laß mich ran an das Schwein!« brüllte er und ging auf Jackson los.

Ich schlug ihm den Pistolenkolben auf die Schulter, und er setzte sich auf das Bett. »Menschenskind«, murmelte er.

»Sitzen bleiben und Maul halten«, sagte ich.

»Verdammt noch mal, es ist meine Frau, die sie geholt haben, Sie Dreckskerl, meine Frau.«

»Wenn Sie das Maul nicht halten, wird es Ihre Witwe sein«, erklärte ich. »Ich sagte, Sie sollen im Wagen bleiben.«

»Es ist meine Frau«, sagte er nur, dann machte er es sich seufzend auf dem Bett bequem. »Ich baue immer Mist.«

Ich nahm eine Rolle Isolierband und fesselte Jackson an Knöcheln, Knien, Handgelenken und Ellenbogen, dann stopfte ich ihm seinen schmutzigen Socken in den Mund und klebte ihn mit Isolierband fest. Ich hörte, wie Stacy sich nebenan die Zähne putzte und duschte.

Trahearne stand auf, als ich es ihm befahl, und schleppte Jackson ins Bad, um ihn in die Wanne zu kippen.

»Verschwinden Sie, ja?« sagte ich.

»Jetzt geht es wieder«, meinte er. »Ich weiß, ich bin ein Idiot gewesen, aber jetzt geht es. Ich trinke langsam, bis ich nüchtern bin. Hab' ich früher schon gemacht. Sie auch. Sie wissen, wovon ich rede.«

»Dann kommen Sie mir nicht in die Quere«, sagte ich.

»Gewiß«, nickte er und wirkte so nüchtern wie ein hoher Richter. »Das ist Ihr Unternehmen.«

»Was nun?« fragte Stacy, als sie in Jeans und schwarzem T-Shirt hereinkam.

»Gehen Sie ins Schlafzimmer«, sagte ich.

»Ich bin bis zum Schluß dabei«, erklärte sie entschlossen, »und nachdem ich mit dem Kerl gebumst habe, will ich zusehen, wenn Sie ihm die Rübe wegschießen. Das hab' ich mir verdient.« Sie nahm Trahearne die Flasche aus der Hand und trank daraus.

Ich muß wohl gegrinst haben, ohne es zu wollen, und schüttelte den Kopf, ohne darüber nachzudenken. Als ich Jacksons Gesicht sah, wirkte er wie ein Mann in den Fängen der Mansons, und das konnte ich ihm nicht verdenken.

»Sagen Sie mir, wo sie ist?« fragte ich, und er machte den Fehler, mit den Achseln zu zucken.

»Bringen Sie mir das Telefonbuch«, sagte ich zu Trahearne.

»Das Telefonbuch?« Stacy ging ins Schlafzimmer und brachte es. Ich hob Jacksons Füße hoch und stellte sie auf den dicken Band, dann zog ich die Pistole aus dem Gürtel.

»Sie wissen nicht, wo sie ist?« fragte ich. Er zuckte wieder die Achseln, und ich sagte: »Okay.« Ich ließ die Pistole in der Hand baumeln, während ich wartete, bis das Düsenflugzeug über dem Motel herunterkam. »Letzte Chance«, sagte ich, bevor es so laut wurde, daß er nichts hören konnte. Er zuckte wieder die Achseln. »Sie wissen, daß ich Sie nicht umbringe, wie?« Er schüttelte den Kopf, aber seine Augen lächelten. Er mochte ein Schwein sein, aber Mumm hatte er. Entweder das, oder er hatte vor seinen Geschäftspartnern mehr Angst als vor mir. Das war ein schwerer Fehler von ihm. Als die landende Maschine über das Motel hinwegdröhnte, beugte ich mich vor und jagte zwei Kugeln in seinen rechten Fuß. Blut spritzte über das Telefonbuch und die Wanne, so rot, wie Jacksons Gesicht weiß war.

»Menschenskind«, murmelte Trahearne, während er auf die Schüssel sank. Stacy beugte sich im gleichen Augenblick über das Waschbecken und erbrach sich.

»Es geht schon«, sagte sie und spülte sich den Mund aus. »Schießen Sie noch mal.«

»Sie hätten nicht zweimal zu schießen brauchen«, meinte Trahearne.

»Einmal, um seine Aufmerksamkeit zu erregen«, sagte ich, »und einmal, um zu zeigen, daß ich es ernst meine.« Dann blickte ich auf Jackson herunter. »Ich meine es nämlich ernst.« Ohne mich zu vergewissern, daß er mir glaubte, riß ich ihn hoch und schob das Telefonbuch unter seinen Hintern. »Verstanden?« Er nickte hastig.

»Mir gefällt das nicht«, sagte Trahearne.

»Dann gehen Sie hinaus«, fauchte ich, ohne mich umzudrehen. Er ging nicht. Ich klopfte Jackson mit dem Schalldämpfer ans Kinn. »Als erstes muß Ihnen klar sein, daß Sie in dieser Stadt erledigt sind. Dieser Teil Ihres Lebens ist vorbei. Entweder verlassen Sie den Raum hier als Toter, oder Sie haben mir gesagt, wo Betty Sue ist, was Ihren Freunden nicht recht sein wird. Geben Sie Ihr Leben hier also auf. Daß Ihnen das klar ist. Wir kaufen Ihnen sogar eine Fahrkarte, aber die Sache ist abgeschlossen. Okay?« Er nickte nicht nur, er riß den Kopf auf und ab. »Ich nehme jetzt den Knebel heraus und Sie machen keinen Krach, ja?« Als sein Kopf zu wippen aufhörte, zog ich mein Taschenmesser heraus, schnitt das Band über dem Sokken durch und riß ihn heraus. Er stöhnte mit staunenswerter Zurückhaltung. Ich nahm Trahearne den Wodka ab und ließ Jackson kurz trinken. »Können Sie uns jetzt sagen, wo sie ist?«

»Ja, Sir«, flüsterte er.

»Wo?«

»Der Mann, für den ich arbeite, Mr. Hyland – ich glaube, Sie haben ihn in Fort Collins einmal gesehen –, hat ein Haus zwischen Evergreen und Conifer, ein großes Backsteinhaus auf der Westseite. Großes Grundstück. Nicht zu verfehlen. Es sticht dort raus wie ein weher Daumen, und auf dem Briefkasten vor dem Zaun steht sein Name.«

»Da ist sie?«

»Ja, Sir.«

»Was hat er für Sicherheit?« fragte ich.

»Sicherheit?« antwortete Jackson ganz verwirrt. Ich gab ihm noch einen Schluck Wodka.

»Wie viele Männer bewachen das Haus?«

»Das Haus? Ach so, ja, wenn sie drehen –«

»Drehen?«

»Ja, Sie wissen schon, einen Film machen. Wenn sie drehen, hat Mr. Hyland einen Mann am Tor, ein anderer läuft auf dem Grundstück rum, damit die Kinder aus der Nachbarschaft wegbleiben. Petey und Mike passen für Mr. Hyland auf, wenn gedreht wird.«

»Und der große Mexikaner?«

»Torres? Er ist Mr. Hylands enger Mitarbeiter und immer bei ihm.«

»Wissen sie nicht, daß wir versuchen könnten, sie zurückzuholen?« fragte ich.

»Ich glaube nicht, daß sie wissen, wer Sie sind«, antwortete Jackson, bemüht, so höflich wie möglich zu sein. »Mir geht es jedenfalls so.«

Es schien nicht nötig zu sein, zu erklären, wer wir waren, und als ich mich im überfüllten Bad umsah, wußte ich es selbst nicht genau.

»Woher wußten sie, wo Betty Sue zu finden war?« fragte ich.

»Von ihrem Papa in Bakersfield. Er kennt Leute, die wir kennen, und er bekam die Karte – wir hielten sie für tot, das hatten wir jedenfalls vor langer Zeit gehört, und Sie haben das auch gesagt, als Sie aufgemischt wurden, und als die Freunde ihres Papas wegen der Karte anriefen, flog Mike nach Montana und folgte Ihnen hinterher.«

»Großartig«, sagte ich. Ich machte mir nicht einmal die Mühe, mich umzudrehen und Trahearne böse anzusehen. Er fluchte halblaut und ging ins Schlafzimmer. »Ist Betty Sue eingesperrt?«

»Ich glaube nicht«, erwiderte Jackson. »Sie drehen heute abend.«

»Heute abend?«

»Ja, sie vermieten die Ausrüstung tagsüber an Hylands Werbeagentur und müssen deshalb nachts drehen.«

»Billige Schweine«, murmelte Stacy.

»Was für einen Zaun hat er?«

»Maschendraht.«

»Hunde?«

»Hunde?«

»Sie kennen doch Wachhunde«, sagte ich.

»Nein, nichts«, entgegnete er. »Hyland haßt Hunde.«

Dabei fiel mir etwas ein.

»Sind Sie auch mitgefahren, um Betty Sue zu holen?«

»Ich hab' den Wagen gefahren, das war alles. Ich bin nicht raufgegangen. Ich mach' Ihnen nichts vor, Mann.«

»Spielt keine Rolle«, erklärte ich. »Hören Sie, ich mache jetzt Ihre Hände frei, und ich möchte, daß Sie mir einen Grundriß von dem Grundstück und dem Haus zeichnen, okay?«

»Kann ich noch einen Schluck Wodka haben?«

Er bekam ihn, dann durchschnitt ich das Klebeband, und er zeichnete.

»Machen Sie es so, als hinge Ihr Leben davon ab«, erklärte ich ihm, und er strengte sich noch mehr an. Dann gab er mir die Blätter. Es war gar nicht schlecht.

»Nur drei Eingänge?« sagte ich. »Vorne, hinten und die Garage? Keine Innenhoftüren oder Schiebe- oder Glastüren?«

»Richtig.«

»Wo drehen sie?«

»In diesem Schlafzimmer hier unten«, sagte er und zeigte es mir mit dem Radiergummi am Bleifstift.

»Okay«, nickte ich. »Sie haben es gut gemacht bisher. Ich sperre Sie in den Kofferraum Ihres Autos, und wenn alles gutgeht, setzen wir Sie morgen in ein Flugzeug.«

»Könnten Sie mich nicht einfach in die Klinik bringen?« fragte er. »Ich würde niemanden anrufen.«

»Sie haben mich schon einmal hingehängt«, sagte ich, »und bis morgen früh schlafen Sie im Kofferraum.«

»Kann ich eigentlich verstehen.«

»Gut«, nickte ich. Dann säuberte ich seinen Fuß. Beide Wunden waren glatte Durchschüsse, und die Blutung hatte fast aufgehört.

»Glauben Sie, es ist schlimm?« fragte er, als ich einen Verband anlegte.

»Sie werden in Zukunft hinken«, sagte ich. Er nickte, als sei das ein System der Gerechtigkeit, das er verstehen könnte. Ich half ihm beim Anziehen, während Stacy ins Schlafzimmer ging.

»Warum haben sie sich so engagiert?« fragte ich ihn. »Doch nicht wegen einer alten Arztrechnung von vor fünf Jahren?«

»Das gehörte dazu, ja, aber was sie wütend gemacht hat, waren die Vierzigtausend.«

»Die Vierzigtausend?«

»Davon wissen Sie nichts, was?« sagte Jackson mit überlegenem Lächeln, während er mühsam die Hose anzog.

»Erzählen Sie.«

»Als Betty Sue abhaute, nahm sie aus der Kasse vierzig Riesen mit, Mann, und Mr. Hyland mußte das aus der eigenen Tasche ersetzen. Er wird Betty Sue arbeiten lassen, bis er glaubt, sein Geld reingeholt zu haben, dann wirft er sie in einen Grubenschacht.«

»Nette Leute«, sagte ich.

»Nur Geschäftssinn«, meinte Jackson.

Statt ihm ein paar Zähne einzuschlagen, gab ich ihm zwei Codeintabletten von meinem letzten Besuch in Colorado.

Bis Trahearne und ich ihn zum Auto getragen und mit Kissen und Wolldecken in den Kofferraum gesteckt hatten, döste Jackson halb und nannte uns ›Mami‹.

»Was wird aus ihm?« fragte Trahearne, als ich den Kofferraumdeckel zuwarf.

»Wenn wir morgen früh noch leben, geben wir ihm einen Vorsprung vor seinen Freunden«, sagte ich. »Aber wenn wir tot oder im Gefängnis oder im Krankenhaus sind, wird er wahrscheinlich da drinnen sterben. Mensch, selbst wenn alles so läuft, wie von uns erwünscht, ist er vermutlich schon ein toter Mann.«

»Das stört Sie nicht?«

»Durchaus nicht«, sagte ich. »Er ist ein Stück Dreck, Mann, und er hat mich angelogen. Ich habe ihm jede nur erdenkliche Chance gegeben, und er hat mich trotzdem angelogen, also zum Teufel mit ihm.«

»Ich habe Sie auch angelogen«, äußerte Trahearne und schaute zu den Lichtern am Flughafen hinüber.

»Ja«, sagte ich, »aber zwischen ihm und Ihnen gibt es einen Unterschied.«

»Nämlich?«

»Er ist es wert, daß man ihn umbringt, und Sie sind es nicht«, sagte ich, dann ging ich ins Motelzimmer und ließ ihn draußen stehen.

Kapitel 15

Wie alle Leute auf der Welt hatte ich zu viele Filme gesehen. Ich hatte mir Hylands Haus als großen Besitz vorgestellt, eine Festung mit hohen Mauern und schwerem Eisentor, bewacht von Männern mit Schnellfeuerwaffen, aber es war nur ein ordentlich großes Backsteingebäude auf einem Vorortgrundstück mit einem eineinviertel Meter hohen Maschendrahtzaun. Ein Mann stand vor dem Tor, aber es war weit geöffnet, und er lehnte an einem Torpfosten und langweilte sich deutlich. Im Licht unserer vorbeihuschenden Scheinwerfer erkannte ich ihn als den Mann, der in einer Raststätte in Sheridan, Wyoming, Kaffee getrunken hatte.

Als wir am Tor vorbeifuhren, lachte Trahearne und fragte: »Sind Sie voll ausgerüstet?«

»Bereit sein, das ist mein Motto«, erwiderte ich.

»Das ist was für Pfadfinder«, meinte er verächtlich.

Bevor ich antworten konnte, sagte Stacy: »Er ist nur eifersüchtig, weil er keine Uniform hat.« Was Trahearne den Mund schloß.

Sie setzte mich nach der ersten Kurve hinter dem Grundstück ab, und ich kroch den Straßengraben hinauf zur Ecke des Zaunes. Dort sprang ich hinüber und robbte langsam zur Rückseite des Hauses, nach dem anderen Bewacher Ausschau haltend. Ich fand ihn an einem Schlafzimmerfenster, wo er durch einen Spalt im Verdunklungsvorhang lugte. Obwohl die Bergluft kühl war, lief die Klimaanlage mit voller Stärke. Im Schutz des Lärms kam ich hinter ihm heran, schlug ihn bewußtlos und fesselte ihn. Dann stellte ich mich ans Fenster.

Flutscheinwerfer füllten das große Schlafzimmer mit weißem Licht, das durch den riesigen Spiegel über dem Doppelbett verstärkt wurde. Eine nackte Farbige saß auf einem Hocker, fächelte sich mit der Hand Luft zu und rauchte mit der anderen eine Haschzigarette. Auf dem Bett wurde ein blonder, braungebrannter Kerl von einem vollbusigen Mädchen mit kurzer Hose und Oberteil bedient. Zwei Männer standen neben der Kamera, unterhielten sich und rauchten auch Hasch. Ein kleiner, dicker Mann lief herum und redete mit sich selber. In den Schatten hinter den Lampen saßen Hyland und Torres auf einem Sofa, zwischen ihnen saß mit einer Flut blonder Haare eine Frau, die ein durchsichtiges Negligé, einen ganz leeren Ausdruck und zuviel Make-up trug. Hyland hatte in der einen Hand ein hohes, beschlagenes Glas. Den anderen Arm hatte er um die Schulter der Blondine gelegt, und die Hand knetete ihre große, feste Brust. Erst als ich noch einmal auf das Gesicht der Frau blickte, erkannte ich Melinda, dann wandte ich den Blick sofort ab.

Ich sollte am Tor warten, bis Stacy hielt und den Wächter nach dem Weg fragte, aber als ich hinging, um auf sie zu warten, weilte er in einer anderen Welt. Ich trat hinter ihm heran und versetzte auch ihn in Schlaf. Als Stacy hielt, trat ich aus dem Schatten und winkte sie in die Einfahrt. Sie machte das Licht aus und fuhr hinein.

»Augenblick noch«, sagte ich, »ich muß den als Geschenk verpakken.«

Sie folgte mir hinter das Gebüsch. Als ich mich bückte, um die Knöchel des Mannes zu fesseln, riß sie den Totschläger aus meiner Hüfttasche, und bevor ich sie aufhalten konnte, hatte sie ihm die Nase zerschlagen, ein paar Zähne demoliert und zwischen seinen Augen eine walnußgroße Beule hervorgerufen.

»Himmel Herrgott«, murmelte ich, während ich ihr den Totschläger entwand.

»Das wird das Schwein lehren, Hunde zu erschießen«, sagte sie ruhig.

Sie ging zum Wagen zurück, und ich mußte hinter seinem Knebel noch Zahnsplitter suchen, damit er mir nicht erstickte, aber das war ein aussichtsloses Unterfangen. Ich schnitt ihm den Knebel ab. Er würde solche Schmerzen haben, daß er ohnehin nicht sehr laut werden konnte. Falls er überhaupt aufwachte.

Es war ein langer Tag gewesen, also fuhr ich auf dem Kotflügel die Auffahrt hinauf, sprang herunter und entfernte die Ventilschäfte von dem Dreivierteltonner-Dodge-Transporter und dem schwarzen Continental. Als Stacy den Wagen wendete, nahm ich die Schlüssel der Bewacher mit, um die Tür von der Garage in die Küche zu öffnen, aber sie war gar nicht abgesperrt. Ich legte die Schlüssel auf die Stufen und kehrte um, damit ich Trahearne mit seiner Flinte einweisen konnte.

»Sie bleiben draußen«, sagte ich, während ich noch einmal nachprüfte, daß er nicht durchgeladen hatte. »Kommen Sie nicht rein, außer Sie hören Schüsse, und ballern Sie nicht herum, wenn Sie reinkommen, bis Sie genau wissen, wer da ist. Klar?«

»Lecken Sie mich am Arsch«, erwiderte er.

»Das ist mein Text«, sagte ich.

Er funkelte mich böse an.

»Auf Guadalcanal führte ich einen Zug, als Sie noch in den Windeln lagen.«

»Sie sollen draußen bleiben und versuchen, nicht dran zu denken«, sagte ich.

Ich wechselte das Magazin der 22er, damit ich drei Schrotpatronen über sechs Hohlspitzengeschossen hatte, dann holte ich aus dem Wagen eine 9-mm-Browning-Pistole, lud durch und spannte den Hahn.

»Wenn es dazu kommt«, sagte ich zu Stacy, »halten Sie das Ding so, wie ich es Ihnen gezeigt habe, zielen auf die Kniescheiben und drücken ab, bis es leer ist.« Sie nickte, flach atmend, mit großen Augen. »Wollen Sie wirklich mittun?«

»Tun wir's, bevor ich auf andere Gedanken komme«, entgegnete sie und folgte mir ins Haus.

Als wir uns durch die dunklen Räume tasteten, gab sie mir Dekkung, während ich die Telefonkabel durchschnitt, was draußen zu tun ich vergessen hatte. Jedesmal, wenn ich über die Schulter schaute, stand sie geduckt da, die schwere Pistole mit der rechten Hand umklammernd, das rechte Handgelenk mit der linken stützend, während die Pistole langsam hin- und herging. Sie hatte ebenfalls zu viele Filme gesehen. Ich hoffte nur, daß sie auch abdrücken würde, wenn ich sie brauchte. Nachdem wir beide Stockwerke abgesucht und alle Räume leer gefunden hatten, blieben wir unten an der Treppe stehen, um Atem zu holen, dann gingen wir den Flur hinunter zu dem Schlafzimmer, wo gedreht wurde.

Ich lauschte kurz an der Tür. Jemand beschwerte sich über die Arbeitsbedingungen, die späten Stunden und die zweifelhaften körperlichen Attribute gewisser sogenannter Schauspieler.

»Schon mal eine Erektion gehabt?« fragte die Stimme, als ich die Tür öffnete, hineintrat und Hyland das Glas mit dem Hohlspitzengeschoß im Lauf zerschoß. Nur der Wirkung wegen.

»Alle ganz ruhig«, sagte ich, während Stacy in die Ecke neben der Tür zurückwich. »Ganz ruhig.«

Es klappte beinahe. Alle erstarrten sekundenlang. Bis auf Torres. Er war mit einer raschen Bewegung auf den Beinen und griff unter seinen linken Arm. Auf zwei Meter Entfernung pulverisiert eine 22er Schrotpatrone den Kopf einer Klapperschlange, und als ich Torres in die rechte Hand schoß, schien sie zu explodieren, aber es machte nicht mehr Lärm als der schallgedämpfte Schuß.

»Sie müssen jemanden einstellen, der Ihnen Arsch und Nase putzt«, sagte ich.

Er lachte leise in sich hinein und ließ die Hand fallen.

Wie auf ein Signal hin begann das Aufnahmeteam sich zu bewegen und wahllos zu schnattern, aber als Stacy die Pistole auf die Leute richtete, verstummten sie alle bis auf den korpulenten Regisseur.

»Also«, sagte er scharf, »was geht hier vor?«

»Wenn er noch einmal den Mund aufmacht«, sagte ich zu Stacy über die Schulter, »schießen Sie ihm die Birne weg.«

Er öffnete den Mund und klappte ihn blitzschnell wieder zu, als er in die Mündung der Pistole starrte. Er seufzte und sank ohnmächtig zu Boden.

»Die Filmleute legen sich flach auf das Bett, mit dem Gesicht nach unten, die Finger im Nacken verschränkt«, sagte ich. »Sofort.« Melinda starrte mich verwirrt an, aber als ich den Kopf ruckartig bewegte, hetzte sie zum Bett und legte sich zu den anderen.

»Die beiden Herren nehmen die bekannte Stellung an der Wand hinter dem Sofa ein«, sagte ich zu Hyland und Torres. Sie waren zu hartgesotten, um sich zu beeilen, aber sie gingen hin.

»Wenn sie einen Finger heben«, sagte ich zu Stacy, »drücken Sie ab und hören nicht auf, bis die Waffe leer ist.«

Sie nickte und trat links neben mich, um die beiden Männer in Schach zu halten, während ich sie abtastete. Hyland hatte nichts, Torres dagegen eine 357er Magnum Colt Python mit kurzem Lauf, nach der er hatte greifen wollen. »Sie brauchen einen Monat, um das Ding rauszuholen«, sagte ich, während ich die Waffe entlud, aber er antwortete nicht. Er lehnte nur an der Wand und sah zu, wie das Blut von seiner Hand am Verputz herunterrann. »Ihr bleibt schön stehen«, sagte ich, als ich zurücktrat und den Colt unter das Sofa warf. »Wir führen ein kleines Gespräch.«

»Was wollen Sie?« fragte Hyland ruhig.

»Das Mädchen«, erwiderte ich, »und ein bißchen Satisfaktion.«

»Nehmen Sie sie mit«, sagte er achselzuckend, »und genießen Sie sie nach Herzenslust, Freundchen, weil Sie ein toter Mann sind.«

Nur um zu sehen, ob er so hartgesotten war, wie er tat, bediente ich ihn mit einem Schrotstreifschuß am Hintern.

»Menschenskind«, heulte er auf und begann zu schwitzen.

Torres betrachtete Hyland mit Verachtung und die 22er mit Interesse. Ich feuerte die letzte Schrotpatrone in die Flaschenreihe auf einer Bartheke an der Wand.

»Das war die letzte Schrotpatrone, und ich weiß nicht, wie weit Sie mit einem Hohlspitzgeschoß zwischen den Augen kommen, aber wenn Sie wollen, können Sie es versuchen.«

Torres erschlaffte und lehnte sich schwerer an die Wand, aber bevor ich reden konnte, wankte Trahearne ins Zimmer und schrie: »Wo ist sie?« während er die Straßenkampfwaffe durchlud und an die Decke ballerte. Der große Spiegel explodierte wie ein Schrapnell, eine Reihe von Lampen flammte auf und erlosch. Hyland rollte sich über die Sitzbanklehne, um sich dahinter zu verstecken, und Torres stieß sich von der Wand ab wie ein wildgewordener Stier, zu Stacy und der Pistole unterwegs. Er warf mir nicht einmal einen Blick zu und zögerte nicht. Er glaubte nicht, daß die Kleine den Mumm zum Abdrücken haben würde, und es war um ein Haar der letzte Fehler, den er beging.

Stacy feuerte fünfmal, so schnell sie abdrücken konnte, die Waffe tief haltend. Die Pistole ruckte aber mit jedem Schuß ein bißchen höher. Der erste spritzte vor ihm in den Boden, die beiden nächsten gingen zwischen seinen Beinen hindurch, und Torres konnte sehen, was kam. Er warf sich mit dem Kopf voraus zu Boden und rutschte weiter. Als er zum Stehen kam, hatte Stacy aufgehört, und er sah auf. Sie hielt die Waffe regungslos auf seinen Kopf gerichtet. Wie sie ihn bei dieser Entfernung mit fünf Schüssen nicht getroffen hatte, werde ich nie begreifen. Torres konnte es auch nicht.

»Genug«, flüsterte er, dann robbte er zur Sitzbank zurück. »Macht es was, wenn ich mich kurz hinlege?« fragte er.

»Aber gern«, sagte ich.

Er kletterte auf die Sitzbank und legte den Kopf auf die Armlehne, die Stacy zerschossen hatte.

»Wie hab' ich nur danebentreffen können?« fragte sie sich.

»Wo ist meine Frau?« ließ sich Trahearne vernehmen. Die Schüsse hatten auch ihn zum Stehen gebracht.

»Ich dachte, wir hätten ausgemacht, daß Sie draußen bleiben«, sagte ich, aber er sah mich nicht einmal an. »Sie ist da drüben.« Ich deutete auf den Haufen Menschen, der sich hinter dem Bett versteckt hatte. Trahearne gab mir die Flinte und ging Melinda holen. »Bringen Sie sie raus«, sagte ich, während er ihr aufhalf, wie eine Glucke um sie bemüht.

Als sie an mir vorbeigingen, zog Melinda die Perücke herunter und ließ sie auf den Boden fallen. Trahearne versuchte, der Perücke einen Tritt zu geben, verfehlte sie aber und wäre hingefallen, wenn Melinda ihn nicht gepackt hätte. Selbst mit ihren kurzgeschorenen Haaren und dem verschmierten Make-up sah sie immer noch so aus, als wäre sie das Blut eines Mannes wert, wenn nicht sein Leben. Ein dünner, roter Faden von einer kleinen Schnittwunde lief an ihrer glatten Wange herunter, und als sie zu mir herschaute, sah ich, daß sie weinte.

Die Filmleute waren wieder auf das Bett gestiegen und untersuchten ihre Wunden vom umherfliegenden Glas. Soweit ich das erkennen konnte, sah nichts ernst aus; es waren nur kleine Schnittwunden. Der männliche Held hatte die schlimmste Verletzung, verursacht von einem Spiegelscherben von etwa zehn Zentimetern Länge, der durch den schlaffen Muskel unter seinem linken Schulterblatt herausragte. Als er zu jammern begann, riß die Farbige den Scherben heraus und fuhr den Mann an, er solle den Mund halten.

»Mr. Hyland«, sagte ich, als ich zum anderen Ende der Sitzbank ging, »Sie können jetzt herauskommen.«

Er tat es nicht. Als ich über die Armlehne schaute, lag er in einer Blutlache. Eines von Stacys Geschossen hatte eine Seite seines Kopfes über die ganze Wand gespritzt. Es war eine unglaubliche Anstrengung, die schwerste der ganzen beschissenen Nacht, aber ich drehte mich zu Stacy um und sagte: »Der harte Mann hier ist ohnmächtig geworden. Warum treiben Sie nicht die anderen Leute da in das Badezimmer, damit sie sich saubermachen können?«

Sie nickte, dann bewegte sie ruckartig die Waffe vor den Leuten auf dem Bett. Die Negerin mußte dem männlichen Hauptdarsteller eine Ohrfeige geben, damit er sich rührte, und das andere Mädchen und einer der Kameraleute mußten den Regisseur tragen, aber sie schafften es endlich und marschierten hinaus.

»Ist er tot?« fragte Torres sofort, als das Zimmer leer war.

»Er klebt an der ganzen Wand, Mann«, erwiderte ich, während ich zur Bar ging und eine Flasche Scotch aus den Scherben hob. »Gehen wir in die Küche und trinken ein Glas.«

»Das ist heute abend Ihr erster guter Einfall«, sagte er, rollte von der Sitzbank und stand auf. »Vielleicht der erste gute in Ihrem ganzen Leben.«

Ich steckte die 22er in den Gürtel und nahm die Schrotflinte unter den Arm. Torres hielt den Mund. Als wir das Zimmer verließen, machte ich das Licht aus und schloß die Tür.

»Schmeckt gar nicht wie Chivas, oder?« sagte Torres, als wir unsere Gläser hoben.

»Im Augenblick schmeckt er wie Scheiße, aber er schmeckt gut«, entgegnete ich. Auf dem Weg in die Küche hatte ich den Verein ins Badezimmer gesperrt und Stacy vors Haus geschickt, wo sie aufpassen sollte. Nur für den Fall, daß die Schüsse irgend jemanden aufmerksam gemacht hätten, hatte ich erklärt.

»Hyland«, fuhr Torres fort. »Er kauft Scotch für vierachtundneunzig und gießt ihn in eine Chivas-Flasche, und der dumme Hund glaubt, das merkt keiner.«

»Hübscher Nachruf«, sagte ich.

»Mehr, als ihm zusteht«, meinte Torres. »Was geschieht nun?«

»Das hängt davon ab, wie Sie es sich einrichten wollen.«

Er trank einen großen Schluck und starrte mich an.

»Okay, ich will es Ihnen klarmachen«, sagte er, dann hob er die in ein blutiges Spültuch gewickelte Hand. »Ich glaube, meine nutzbringende Tätigkeit ist vorbei, und ich bin ans schöne Leben gewöhnt...«

»Die Zeit ist für uns alle fast abgelaufen«, unterbrach ich ihn.

»Ganz klar«, meinte er seufzend. »Ich weiß immer noch nicht, wie die Kleine mich verfehlt hat.«

»Wenn sie nur Hyland verfehlt hätte«, sagte ich.

»Wenn Sie es ihr nicht verraten, braucht sie es nicht zu wissen, Mann«, erklärte Torres, »und in gewisser Weise hat sie uns beiden einen Gefallen getan.«

»Wieso das?«

»Er war ein so blöder Hund, daß er solche Dinge persönlich nahm«, sagte Torres. »Er wußte nicht, daß man auch mal was einstecken muß.«

»Aber Sie wissen es?«

»Richtig«, gab er zurück. »Sehen Sie das so, Mann: Hyland war ein Idiot – ich meine, wie blöd kann man sein, im eigenen Haus Filme zu machen –, und der Onkel, der ihn ins Geschäft gebracht hat, ist nicht mehr im Geschäft, wenn Sie mich verstehen, so daß es sehr wenige Leute gibt, die weinen werden, wenn sie dahinterkommen, daß Hyland ebenfalls raus ist.«

»Und Sie gehören dazu?«

»Ich weiß mehr von seinem Geschäft, als er verstand«, erwiderte Torres, »und wenn er weg ist, kann ich einsteigen und es richtig führen.«

»Ich gehe mit dem Mädchen also einfach weg? Ungehindert?«

»Unbedingt«, sagte er. »Bis auf eines.«

»Die Vierzigtausend?«

»Genau«, sagte er.

»Das ist lange her.«

»Stimmt. Aber alle Beteiligten wissen davon«, meinte er.

»Ich glaube, Sie wollen mich hereinlegen und nebenbei einen kleinen Profit machen.«

»Können Sie mir das verdenken?« Er grinste. »Und ich mache Ihnen nichts vor: Wenn ich die vierzig Riesen hätte, wäre der Druck viel geringer.«

»Das ist Ihr Eintrittspreis fürs Kino, was?« fragte ich.

»Kapiert.«

»Nicht in meiner Tasche«, sagte ich, »aber wenn Sie mir zwei Monate Zeit lassen, will ich tun, was ich kann.«

»Schneller wäre nützlich«, meinte er.

»Hören Sie, drängen Sie mich nicht«, sagte ich. »Nicht, wenn ich die Flinte in der Hand halte.«

»Ach, Mensch«, erklärte er und wedelte mit seiner blutigen Hand.

»Wenn Sie mich umbringen wollten, hätten Sie das gleich getan, statt mit dem Schrotzeug herumzufummeln. Das ist zu kompliziert, Mann – tot bringe ich mehr Ärger, als es wert ist, aber lebendig kann ich hier klar Schiff machen.«

»Zwei Monate«, sagte ich, »und keine Versprechungen.«

»Okay, na und, das lohnt sich«, sagte er. »Abgemacht?«

»Ich brauche eine zusätzliche Chance«, antwortete ich.

»Nämlich?«

»Ihre Fingerabdrücke auf der Kanone, mit der Hyland umgelegt wurde, und die Bücher aus seinem Safe«, sagte ich.

»Oder was?«

»Oder ich rede mit einem toten Mann. Ich lasse Sie bei Hyland im Zimmer liegen, den Browning in Ihrer Hand, die 22er in der seinen, und verlasse mich auf mein Glück.«

»Die Kanonen sind nicht auf Ihren Namen registriert, was?«

»Aus Arkansas, blitzsauber.«

»Ein idealer Bürger sind Sie nicht gerade.«

»Ich bin überhaupt kein Bürger.«

»Sie bekommen die Kanone, ich die Bücher«, sagte Torres ruhig.

»Sie holen die Bücher, ich schaue zu.«

»Gut«, sagte er, kniete vor dem Unterschrank an der Spüle nieder, öffnete ihn und nahm heraus, was nach Putzmitteln von mindestens zehn Jahren aussah. Er hob den Schrankboden heraus. Darunter war ein runder Tresor im Betonfundament eingelassen. Er drehte an der Kombination und machte eine Pause, bevor er die Tür öffnete. »Als erstes kommt eine Kanone, Mann, aber sie kommt langsam«, sagte er, öffnete und hob eine vernickelte 32er Pistole heraus, die er mir gab.

»Ein schönes Stück«, meinte ich, während ich sie entlud.

»Ja«, sagte Torres. »Er muß mindestens zwanzig Dollar dafür bezahlt haben.« Er lachte, richtete sich auf und gab mir einen Stapel schmaler Kontobücher. »Kann ich noch um eine Gefälligkeit bitten?«

»Ja?«

»Wenn Sie mir davon Kopien schicken, wird der Übergang um so glatter erfolgen«, sagte er.

»Okay.«

»Ich glaube Ihnen beinahe«, grinste er.

»Sie schicken mir die Quittung über eine Spende von tausend Dollar an den Tierschutzverein«, sagte ich, »und Sie bekommen die

Kopien.«

»Abgemacht«, erklärte er. »Das mit den Hunden tut mir leid. Hyland haßte Hunde, und als die Dogge ihn ins Bein biß, drehte er durch. Ich versuchte, ihn aufzuhalten, ehrlich, aber er –«

»Halten Sie den Mund«, sagte ich und richtete die Flinte auf seine Nase. »Verstanden?« Er nickte. »Holen wir den Browning.« Ich trieb ihn hinaus, nahm Stacy die Pistole ab und trieb ihn wieder in die Küche. »Entladen«, sagte ich, »sauber abwischen und neu laden.« Er tat es schnell und geschickt. Ich brauchte ihn nicht einmal aufzufordern, jede Patrone einzeln aus dem Magazin zu nehmen. Als er fertig war, fand er eine große Plastiktüte und warf die Kanone hinein.

»Jetzt gehen wir durch den Flur und holen uns die fünf Figuren«, sagte ich.

»Sie sind ein vorsichtiger Hund«, äußerte er, als er mir die Tüte gab.

»Das mache ich hier«, nickte ich, »meine vorsichtige Rolle üben, Schweinehund.«

»Sie brauchen mich nicht zu beleidigen«, erklärte er, als ich hinter ihm durch den Flur ging.

»Wüßte nicht, wo ich anfangen sollte«, sagte ich und trat zurück, als er die Tür öffnete und das Licht einschaltete. Die fünf Nieten drängten sich hinter der Tür zusammen, und er sammelte sie auf und gab sie mir. »Und jetzt holen Sie mir die Magnum unter der Sitzbank raus.«

»Na, hören Sie, das ist meine Lieblingskanone«, klagte er. »Außerdem ist sie auf mich eingetragen.«

»Das ist noch besser«, sagte ich, und er kniete nieder, um unter die Sitzbank zu greifen. »Nichts Persönliches«, sagte ich, als er den Revolver bis zum Rand der Bank herauszog, und hieb ihm den Gewehrkolben hinters Ohr. Sein Gesicht krachte auf den Boden, und sein Rücken bäumte sich auf, seine Füße trommelten auf den Teppich. »Durchaus nichts Persönliches.« Ich hob die 357er auf und steckte sie in den Gürtel, dann holte ich mit dem Fuß aus, um Torres ins Gesicht zu treten, aber ich wußte, daß es nichts helfen würde. Ich stellte den Fuß zurück auf den Boden. Melinda hatte ich herausgeholt, aber Satisfaktion war damit keine verbunden gewesen.

Als ich zum Wagen kam, schickte ich Stacy ans Steuer, stieg bei ihr ein und warf meinen Arm voll Waffen auf den Boden zu den Kontobüchern.

»Wozu haben Sie so verdammt lange gebraucht«, fragte Trahearne, als Stacy losfuhr. »Wir sitzen mindestens seit einer Scheißstunde im Wagen.«

»Schatz«, tadelte Melinda flüsternd, »still, Schatz. Er hat mich rausgeholt.«

»Ja, aber dafür bezahle ich ihn gut«, sagte er.

Stacy trat so abrupt auf die Bremse, daß wir auf dem Kies wegrutschten, drehte sich herum und brüllte Trahearne an: »Du alter Fettsack, halt dein Maul! Nein – du sagst danke, und dann hältst du dein Maul! Du hast heute abend nichts gemacht als Seich und Gewinsel und Scheiß, und wenn er nicht wär', würde es Melinda unter den Lampen mit dem gutaussehenden Blonden machen, also sag danke und halt dein Drecksmaul!«

»Schon gut«, sagte ich.

»Hören Sie auf, Ausreden für ihn zu finden!« schrie sie mich an.

»Beim bezahlten Personal brauch' ich mich nicht zu bedanken«, höhnte Trahearne.

Das machte Stacy so wütend, daß sie ans Lenkrad zurückschnellte und das Gaspedal in den Boden rammte. Der Wagen schoß die Einfahrt hinunter und schleuderte auf die Straße hinaus.

Lange Zeit sagte niemand etwas, während wir nach Denver zurückfuhren. Die Stille wurde nur unterbrochen vom Wispern der Reifen, dem Gurgeln und Schnalzen von Trahearnes Flasche und Melindas Schluchzen.

Ich trank aus einer Feldflasche einen großen Schluck Wasser, dann befeuchtete ich ein Handtuch, um die Tarnfarbe vom Gesicht zu wischen. Als ich fertig war und mich zurücklehnte, griff Stacy herüber und tätschelte meinen Schenkel.

»Danke«, sagte Melinda leise, »ich kann Ihnen nicht genug danken.«

»Ja«, knurrte Trahearne so freundlich, wie er konnte. »Wollen Sie was trinken?« Er reichte den Wodka über die Sitzlehne.

»Ist das Ihre Antwort auf alles?« schrie Stacy, fuhr auf dem Sitz herum und raste beinahe von der Straße.

»Machen Sie ihn nicht böse«, sagte ich, als ich das Lenkrad packte, »oder er gibt mir nichts.«

»Ach«, maulte sie und achtete wieder auf die Straße. Als ich ihr Trahearnes Flasche anbot, fluchte sie, trank aber einen großen Schluck.

»Ich weiß nicht, warum ihr das scheußliche Zeug sauft«, sagte sie spuckend und hustend.

»Anders kann man sich nicht besaufen«, erklärte ich, und alle lachten, als hätte ich etwas Komisches gesagt.

»Tut mir leid«, ließ sich Trahearne vernehmen, und das erregte Lachstürme.

»Gehört sich auch«, sagte Stacy kichernd. »Ich kann nicht glauben, daß ich den Saukerl verfehlt habe«, fügte sie hinzu und kicherte lauter.

»Sie hätten den Hund nicht schneller zum Stehen bringen können, wenn Sie ihm die Rübe weggeschossen hätten«, meinte Trahearne, und sie lachten in sich hinein.

»Brutaler wie'n Marineinfant'rist«, quietschte Stacy.

»Das sagt nicht viel«, erklärte Trahearne. »Meine Mutter ist brutaler als jeder Marineinfanterist, den's je gegeben hat.«

»Ohne Witz«, sagte Melinda leise. »Sie hätte nicht danebengeschossen«, fügte sie hinzu, und sie gröhlten wieder alle. Sie waren so glücklich, am Leben zu sein, daß sie über ein Halteschild gelacht hätten.

Im Motel schafften wir alles vom Auto ins Zimmer, und ich ließ die anderen dort, während ich Jackson aus dem Kofferraum auf den Vordersitz verfrachtete. Stacys Fahrweise hatte ihn etwas strapaziert. Er blutete nicht zu arg, sah aber aus wie einer, der gerade einen grauenhaften Autounfall überlebt hat. Ich fuhr ihn zum Eingang der Notaufnahme im General-Krankenhaus von Denver und ließ ihn auf dem Randstein zurück, davon ausgehend, daß er zurechtkommen würde, nachdem ich ihm erklärt hatte, daß Hyland tot sei und keiner nach ihm fahnde. Er nickte knapp, dann humpelte er ins Krankenhaus.

»Tut mir leid!« schrie ich zum Wagenfenster hinaus, aber er winkte, ohne sich umzudrehen, als wolle er sagen, das gehöre alles dazu.

Als ich wieder ins Motel zurückkam, war noch nicht mal Mitternacht, und ich fand die Truppe bei angelieferter Pizza und Bier vom Etagenservice, und wir aßen und tranken wild, bis uns die Erschöpfung überfiel wie ein Tropengewitter, so daß wir umfielen wie durchnäßte Fliegen. Trahearne schlief ein, während er ein Stück Pizza in den Mund schieben wollte, und als Melinda ihm ins Bett half, kippte sie mit einem kurzen, raschen Schnaublaut zu ihm hinein, als hätte man sie niedergeschlagen. Binnen Sekunden begann Trahearne, auf dem Rücken ausgestreckt, zu schnarchen, wie nur er das konnte.

»Menschenskind«, flüsterte Stacy, »wie kann sie da schlafen?«

Ich gähnte.

»Sie muß ihn wohl lieben.«

»Muß sie.«

»Ich werde in Ihrem Zimmer schlafen müssen«, sagte ich.

»Natürlich«, erwiderte sie lieb, nahm mich bei der Hand und führte mich durch die Verbindungstür. Sie schlief schon im Stehen, und als ich mit ihr auf dem Bett zusammenbrach, war ich auch weg.

Aber es war, wie ich vorher gewußt hatte, ein schneller, unruhiger Schlaf, traumlos, jedoch unterbrochen vom Hochzucken in dem fremden Zimmer – wie die ersten Nächte nach der Rückkehr aus dem Urwald im Stützpunkt bei An Khe. Und als ich das zweitemal aufwachte, gegen drei Uhr früh, wollte ich nicht wieder damit anfangen. Ich löste mich aus Stacys Armen so vorsichtig, wie es irgend ging, aber sie wurde dennoch wach.

»Jedesmal, wenn ich die Augen zumache, sehe ich, wie der Spiegel in tausend Splitter zerspringt«, murmelte sie verschlafen, »und ich verstehe nicht, warum ich mich so mies fühle.«

»Die Guten haben gewonnen«, sagte ich und lockerte ihren Griff um meinen Hals.

»Wohin wollen Sie?«

»Aufs Klo«, erwiderte ich.

»Kommen Sie wieder«, flüsterte sie, »ich fühl' mich nicht schlecht, aber kommen Sie wieder, ja? Ich versteh' nicht, warum ich mich nicht schlecht fühl'.«

»Ich komme wieder«, sagte ich, stieg hinaus und schloß die Verbindungstür, dann ging ich aufs Klo. Als ich herauskam, hatte sie sich ausgezogen und lag nackt auf der Bettdecke und hielt ihre kleinen Brüste mit den Händen fest, als wären sie schmerzende Wunden.

»Es ist nicht wie bei ihr«, sagte sie leise – sie brauchte nicht zu erklären, wer *sie* war –, »aber alles, was ich je haben werde.«

»Du bist schön«, sagte ich.

»Ich weiß, du willst ihre«, sagte sie und versuchte gleichzeitig zu lächeln und zu weinen, »aber hab mich lieb.«

Ich legte mich hin und hielt sie fest, während das Schluchzen krampfartig durch ihren schlanken Körper ging, hielt sie fest, bis sie sich in den Schlaf geweint hatte. Ich deckte sie zu und ging ins Badezimmer, um mir etwas zu trinken zu machen, weil ich trinken wollte, bis ich wieder schlafen konnte, aber ich hörte ein leises Klopfen an der Verbindungstür. Als ich öffnete, wunderte ich mich nicht, Melinda warten zu sehen.

»Wir sollten reden«, flüsterte sie und hielt den Zeigefinger an die blutleeren Lippen. Irgendwann in der Nacht hatte sie die Schminke abgeschrubbt, aber sogar in ein Laken gewickelt und bleich, war die Schönheit, die ich anfangs nicht hatte sehen können, so klar wie der verstörte Ausdruck, der ihre Augen verdunkelte.

»Wir sollten reden«, wiederholte ich, führte sie ins Badezimmer und schloß die Tür. Sie setzte sich mit gekreuzten Beinen auf den Boden. Ich ließ mich in meiner klassischen Denkerpose auf die Kloschüssel nieder. »Ich scheine heute viel in Klosetts zu reden.«

»Tut mit leid«, sagte sie, als könne sie umkehren und jetzt alles ändern. »Es tut mir so leid.«

»Mir auch«, erklärte ich, »aber es ist zu spät, noch etwas ändern zu wollen.«

»Viel zu spät.«

»Woher weiß man, wann es zu spät ist, etwas zu ändern?« fragte sie mit traurigem Lächeln, aber sie wollte keine Antwort haben. Nicht auf diese Frage. »Wozu haben Sie so lange gebraucht, als Trahearne und ich das Haus verlassen hatten?«

»Ich mußte Ordnung machen«, erwiderte ich, »mit Torres und Hyland über die Einzelheiten reden.« Sie schien nicht wissen zu müssen, daß Stacy Hyland umgebracht hatte. Ich wollte nicht, daß es sonst irgend jemand erfuhr.

»Welche Einzelheiten?« fragte sie beiläufig.

»Etwas, das mit Ihrer Leiche geschehen soll, wenn Sie die Vierzigtausend nicht heranschaffen«, sagte ich, und sie schlug die Hände vors Gesicht. »Diesen Leuten darf man nichts stehlen«, setzte ich hinzu. »Wußten Sie das nicht?«

»Ich hatte keine Wahl.« Sie hob den Kopf und starrte mich an. Zum erstenmal, seit ich sie kannte, konnte ich Rosies Einfluß in ihren Zügen sehen. Sie hatte dieselben geduldigen Augen, denselben Trotz im vorgereckten Kinn. »Ich konnte einfach keinen Film mehr machen«, fuhr sie fort. »Ich konnte... konnte es nicht tun... Verdammt... ich kann es nicht einmal mehr sagen... ich konnte mit keinen Fremden mehr bumsen. Als ich anfing, war das noch ein Spaß. Ich meine, es kam einem lustig vor, ich war die ganze Zeit high und schlief ohnehin mit jedem, wissen Sie, und die Bezahlung kam da gerade recht. Was ich mit meinem Körper machte, spielte keine Rolle. Nur Geist und Seele spielten eine, dachte ich. Aber das war falsch. Alles, was man macht, spielt eine Rolle. Jedes Handeln ruft Komplikationen und Auswirkungen hervor. Das habe ich im Gefängnis gelernt.«

»Was ist passiert?« fragte ich.

»Nichts besonders Dramatisches«, antwortete sie. »Ich ging hinein in der Meinung, ich wäre Betty Sue Flowers – ein bißchen verkorkst, gewiß, mit dreißig Pfund zuviel, aber trotzdem klüger und hübscher als der Dreck im Knast. Das war falsch. Ich traf eine, die klüger war und besser aussah und talentierter war dazu. Und sie war die gemeinste und hartgesottenste Person, die ich je kennengelernt hatte. Sie schlug mich in der ersten Nacht zusammen und demütigte mich danach Tag und Nacht, aber das Schlimmste war, daß sie mir sagte, in zehn Jahren würde ich genauso sein wie sie. Sie hatte natürlich völlig recht, und als ich entlassen wurde, wußte ich, daß ich mein Leben ändern mußte. Das Geld bot mir diese Chance, und eine andere hatte ich nicht, also nahm ich es.«

»Was haben Sie damit gemacht?«

»Als ich von Selma wegging, wohnte ich bei einer Freundin von ihr in St. Louis, und sie sorgte dafür, daß ich mich als Gasthörerin an der Washington-Universität einschreiben lassen konnte –«

»Der große amerikanische Traum«, unterbrach ich, »die Ausbildung mit Mafiageld finanzieren.«

»Damals erschien mir das als guter Einfall«, meinte sie leise. »Ich studierte also, bis ich die Töpferei entdeckte. Als sich meine Sachen zu verkaufen begannen, ging ich in den Westen zurück. Alles war wunderbar, bis... bis das alles passierte.«

»Ich weiß nicht, ob das alles Trahearnes oder meine Schuld ist, aber entschuldigen möchte ich mich für alle Fälle.«

»Das ist nicht notwendig«, sagte sie. »Wenn jemand schuld ist, dann ich.« Sie seufzte. »Wie wird es jetzt weitergehen?«

»Haben Sie von dem Geld noch etwas?«

»Ungefähr dreitausendfünfhundert liegen auf der Bank, und ich kann noch etwas aufbringen – drei oder viertausend Dollar vielleicht, wenn ich alle meine fertigen Stücke verkaufe. Das sind keine vierzigtausend, nicht?« Sie lachte leise. »Vielleicht erlauben sie, daß ich in Raten zurückzahle.«

»Wir«, korrigierte ich sie.

»Wir?«

»Ich bin jetzt auch dran«, sagte ich. »Ich habe eine Frist erkauft, aber keine so günstige Position herausgeholt, daß sie uns dauernd den Rücken freihalten könnte. Die sind wirklich empfindlich bei ihrem Geld. Die sind imstande, hunderttausend auszugeben, nur um die Vierzigtausend zurückzuholen, und dann hacken sie uns die Hände ab.«

»Was können wir tun?« fragte sie müde.

»Das Geld von Trahearne borgen.«

»Er ist so pleite, daß ich Lebensmittel mit der Kreditkarte einkaufen muß.«

»Und Selma?«

»Sie hat schon zuviel getan.«

»Bitten Sie Trahearne, es von seiner Mutter zu borgen.«

»Da lasse ich mir vorher die Hände abhacken«, sagte sie und hielt sie mir hin. Sie begann zornig zu weinen und flüsterte: »Ich habe alles kaputtgemacht, und Leute, die ich nicht einmal kenne, sind mir immer wieder zu Hilfe gekommen... Vielleicht sollte ich Hyland anrufen und ihm sagen, daß ich wieder für ihn arbeite.«

»Das würde wohl nicht gehen«, meinte ich.

»Warum nicht?«

»Er hat mir gesagt, er will Sie nie wiedersehen«, log ich.

»Und Ihr Leben habe ich jetzt wohl auch noch ruiniert«, sagte sie.

»Das war es schon immer«, erklärte ich leichthin.

»Sie haben so viel getan, und ich weiß nicht einmal, warum.«

Ich wußte es auch nicht, aber ich griff nach meiner Brieftasche, zog ihr Schulfoto heraus und gab es ihr.

»Dieses Mädchen habe ich vor langer Zeit umgebracht«, sagte sie leise, »Sie haben nach einem Gespenst gesucht.« Sie berührte das Gesicht auf dem Foto, während ihr lautlose Tränen über das Gesicht liefen. »Die Kamee gehörte meiner Großmutter, wissen Sie, das einzige, was sie noch hatte, als sie nach Kalifornien kam – das, sieben Kinder und einen krebskranken Mann. Sie hat alle aufgezogen, alle die Oberschule fertig machen lassen.

Mein Gott, warum habe ich das alles nicht verstanden?« stöhnte sie. »Ich bin nicht zu ihrer Beerdigung gegangen, weil ich in ›Antigone‹ die Tragische mimte... Schauspielerei, mein Gott, was für ein dummes Kind ich war ... ein dummes Kind.« Dann verstummte sie und starrte mich an. »Warum?« fragte sie nur.

»Ich weiß es nicht«, sagte ich, und sie zog die Beine unter den Körper und ließ ihren Kopf in meinen Schoß fallen.

»Ich habe zehn Jahre nicht geträumt«, sagte sie. Ihr heißer Atem war sogar durch die Hose spürbar. »Es heißt, man träumt und erinnert sich nicht, aber ich weiß, daß ich gar nicht träume. Meine Hände träumen für mich«, sagte sie, als sie auf die Knie zurückwippte und mir wieder die Hände hinhielt. Ich griff danach, doch sie erfaßte mein Gesicht mit ihnen, umklammerte meine Wangen und zog mich an sich, küßte mich durch die Tränen, flüsterte an meinem Mund: »Leg dich zu mir, laß mich vergessen, bitte, bitte ...«

Mit der letzten Kraft meiner Hände ergriff ich ihre Handgelenke und schob sie weg. Das Laken löste sich von ihren Schultern wie ein Leichentuch, und ihre nackten Brüste standen zwischen uns.

»Sie wollen mich nicht«, sagte sie, »und das kann ich Ihnen nicht verdenken, nach allem, was Sie wissen.«

»Es ist Trahearne«, erklärte ich.

»Er will mich nicht mehr«, sagte sie. »Er will, daß ich gehe, aus seinem Leben verschwinde. Ich weiß es schon lange, wollte es aber nicht wahrhaben.«

»Für jemanden, der Sie nicht will, hat er sich viel Mühe gemacht«, sagte ich.

»Er hält mich für eine Schlampe«, flüsterte sie, »und er wollte nur Gewißheit haben. Das ist alles. Es ist nicht dasselbe, als wollte er mich haben. Eine Frau weiß das. Sie wollen mich, das fühle ich. Ich weiß nicht, warum Sie nicht bei mir liegen wollen.«

»Ich habe Angst«, sagte ich.

»Vor mir?« fragte sie und wand sich mühelos aus meinem Zugriff.

»Vor mir selbst«, erwiderte ich, und sie starrte mich wieder an. »Sie lieben Trahearne«, fügte ich hinzu und legte meine Hände auf ihre nackten Schultern.

»Sie haben recht«, sagte sie und neigte ihren Kopf, bis ihre Wange auf meinem linken Handrücken lag. »Es tut mir leid.« Sie stand auf und wickelte sich in das Laken. »Sie glauben, daß Sie mich lieben, nicht?« sagte sie, die Hand am Türknopf. Ich nickte langsam. »Sie kennen mich nicht einmal«, setzte sie hinzu, und ich mußte wieder nicken. »Es ist sehr freundlich von Ihnen, aber Sie kennen mich ja gar nicht.« Dann ging sie aus dem sterilen Licht des Badezimmers in die Dunkelheit. Für meinen verschwommenen Blick schien das weiße Laken ein schwebendes Nachbild zu sein, das wie Sumpffeuer glomm.

Als die Verbindungstür einschnappte, stieg Stacy aus dem Bett und ging zur Tür.

»Sie haben Ihre Chance vertan«, sagte sie leise. Ich stand auf und machte mir etwas zu trinken. »Die Männer sind romantische Furze«, meinte sie lächelnd. »Komm ins Bett.«

Wir wurden am nächsten Morgen um zehn wach, aber Melinda und Trahearne waren schon fort und überließen mir wie einem alten Hausdiener das Aufräumen.

Kapitel 16

Ich versuchte Stacy zu überreden, zu Selma zurückzugehen, während ich saubermachte, aber sie wollte nichts davon hören.

»Ich hab' mein erstes neues Kleid seit fünf Jahren«, sagte sie, »und du führst mich heute abend zum Essen aus, Freund.«

»Richtig«, sagte ich und war froh darüber.

Sie wartete im Motel, während ich Gänge machte. Ich gab die beiden Mietwagen zurück, ließ die Kontobücher kopieren, schickte Torres die Kopien und legte die Originale in ein Bankfach, zusammen mit einem Brief, der erklärte, was sie zu bedeuten hatten. Ich bestellte einen Tisch in einem chinesischen Lokal und kaufte zwei Flaschen Champagner, die wir tranken, während wir uns zum Essen anzogen.

»Ich hab' noch nie echten französischen Champagner getrunken.« Stacy seufzte, als sie ihr Kleid anzog. »Aber den will ich wieder trinken.« Dann fiel sie aufs Bett zurück und lachte leise, bis sie einschlief.

Ich bestellte telefonisch Essen und schickte einen Taxifahrer los. Als er die Kartons brachte, bezahlte ich und legte mich zu ihr. Irgendwann mitten in der Nacht wurden wir wach, als wir uns angezogen liebten. Danach zogen wir uns aus und setzten uns zum kalten Essen, das wir stumm wie verhungernde Bauern hinunterschlangen, bevor wir wieder ins Bett krochen.

»Weißt du«, sagte Stacy verträumt, »ich muß wieder gesund sein.«

»Wieso das?«

»Ich bin besoffen vom Champagner, liege bei einem fremden, älteren Mann, in der Nase habe ich noch den Pulvergeruch, und ich fühle mich prima«, sagte sie. »Und du?«

»Ich habe die Löcher in der Schulter«, erwiderte ich, »einen geschwollenen Knöchel, einen schlechten Magen vom Essen und nichts vor mir als einen Champagner-Kater und eine lange Fahrt nach Hause.«

»Ist es nicht herrlich«, flüsterte sie. »Ich werd' eine prima Tierärztin, weißt du, verdammt gut. Wenn ich erwachsen bin. Was wirst du sein, wenn du groß bist?«

»Älter«, sagte ich, aber sie schlief schon wieder.

Als ich am nächsten Morgen vor Selmas Steig hielt, mußte ich mich hinter ihrem Transporter, einem fremden Lastwagen und Melindas Volkswagen anstellen.

»Glaubst du, sie ist noch da?« fragte Stacy.

»Ich glaube, ich bin im Abschleppgeschäft«, entgegnete ich, als ich ausstieg, um mir den Zettel unter dem VW-Scheibenwischer anzusehen. Ein Schlüssel war hineingewickelt, und auf dem Papier stand ein einziges Wort: ›Bitte‹. Ich schüttelte den Kopf, und Stacy und ich hoben unsere müden Füße auf und trieben sie den Steig hinauf.

Selma saß im Wohnzimmer und beobachtete vier junge Männer, die Löcher für Zaunpfosten in das Gestein zu schlagen versuchten.

»Hätte nie gedacht, daß es dazu kommt«, sagte sie, als wir bei ihr saßen.

»Glauben Sie, es ist genug?« fragte ich.

»Ich habe zwei Wachhunde aus einem Zwinger in Broomfield bestellt«, gestand sie. »Niemand wird hier mehr ungebeten hereinkommen. Niemand.«

»Hoffentlich«, sagte ich. »Ich habe uns ein bißchen rückversichert, aber Zaun und Hunde sind trotzdem gut. Für alle Fälle.«

»Das klingt wie von einem, der sich verabschiedet«, sagte sie. »Sie sollten ein paar Tage bleiben und sich ausruhen.«

»Tu's«, sagte Stacy und packte meinen Arm.

»Ich bin zu müde zum Bleiben«, gab ich zu. »Warum packt ihr nicht alle und fahrt ein paar Tage in die Berge? Sucht euch einen kleinen See und Luft, die noch keiner geatmet hat. Ich fahre in die Stadt, um eine Schleppstange und meinen Hund zu holen, dann fahre ich heim, solange ich noch kann.«

»Vielleicht haben Sie recht«, sagte Selma. Sie sah Stacy an, die nickte und meinen Arm losließ. »Sie sind hier immer willkommen, wissen Sie.«

»Danke.«

»Ich danke Ihnen«, sagte sie, »und bitte geben Sie sich an den letzten Ereignissen keine Schuld. Das hat vor vielen Jahren angefangen, und nichts war Ihre Schuld.«

»Da bin ich nicht so sicher«, entgegnete ich und ließ sie und Stacy mit den Katzen und Hühnern und dem glänzenden neuen Zaun allein.

Aber die wirklich schlimmen Fälle hören nie auf. Sie ziehen sich hin wie ein endloser Prozeß oder chronisches Dschungelfieber. Ich glaubte aber, dieser sei vorbei, abgesehen von den vierzigtausend Dollar, die in erster Linie Melindas Sorge waren. Ich hatte auch genug Zeit darüber nachzudenken, während ich wieder nach Norden fuhr, mit Melindas VW im Schlepptau. Fireball befand sich in alkoholischer Betäubung neben mir auf dem Sitz. Der Hund war dick verbunden, damit die Drainagen hielten. Man hatte ihm ein Stück vom Magen herausgenommen und den Dünndarm dazu, so daß ich möglichst vorsichtig fuhr. Bis wir Meriwether erreichten, sah er so schlecht aus, daß ich ihn in die Tierklinik brachte. Dann schleppte ich den VW nach Cauldron Springs hinauf.

Ich hatte vom Familienzirkus der Trahearnes die Schnauze voll und stellte Melindas Wagen hinter dem Badehaus des Hotels ab. Anschließend fuhr ich heim, um mich um Fireball zu kümmern und das Ganze abzuwickeln. Ich saß in meinem Büro und hielt den Hörer fest, bis er schweißnaß war, dann legte ich auf und kramte nach Postkarten. Das schien eine passende Verständigungsform zu sein. Ich schickte eine an Rosie, mit Trahearnes Rufnummer drauf; eine zweite an Melinda, um ihr zu sagen, sie solle ihre Mutter anrufen; eine dritte an Trahearne, auf der nur stand: ›Sie sind mir was schuldig, Alter.‹

Als ich das Büro verließ, blieb ich am Schreibtisch der Sekretärin stehen, die sich die blauen Fingernägel polierte.

»Wenn jemand anruft, sagen Sie, ich bin auf unbestimmte Zeit verreist«, erklärte ich ihr.

»Wie lange ist das?« fragte sie, ohne aufzusehen.

»Fast für immer«, antwortete ich und schrieb es auf.

Ich holte Fireball ab, der sich immer noch am Leben hielt, und fuhr ihn zum Blockhaus am North Fork hinauf. Seine Wunden heilten langsam, aber sie heilten. Er hatte weiße Haare an der Schnauze, lief vorsichtig und konnte das Bein zum Pissen nicht heben, aber er überlebte. Schließlich fuhr ich ihn nach Columbia Falls, um die Drainagen und Fäden entfernen zu lassen. Als wir zurückkamen, stand Trahearnes Caddy vor dem Haus, und er saß mit einer Zweiliterflasche Wodka an einem Tisch. Er sagte gar nichts, als ich Fireball heraushob und hineintrug. Als ich den Hund hinstellte, ging er auf Trahearne zu, um ihn zu beschnuppern, überlegte es sich aber auf halbem Weg und legte sich hin, um seine Wunden zu lecken.

»Daran geben Sie mir wohl auch die Schuld«, sagte Trahearne beiläufig.

»Ich gebe keinem an irgend etwas die Schuld, glaube ich.«

»Muß hart sein, als Heiliger«, meinte er. Es klang nüchtern, aber seine Augen waren rot und betrunken.

»Was machen Sie hier?« fragte ich.

»Ich konnte nicht arbeiten«, erwiderte er und ließ den Kopf hängen.

»Vielleicht stehen Sie zu weit weg von Ihrem Schreibtisch.«

»Was verstehen Sie schon davon?« erklärte er, und mitten in der Frage wurde aus seinem Zorn Traurigkeit.

»Nichts.«

»Dann versuchen Sie nicht, es mir beizubringen«, sagte er und versuchte, Wodka in sein Glas zu schütten. Es war aber zuviel Mühe. Er hob die Flasche und trank aus dieser.

»Fangen wir mit dem Gespräch neu an«, schlug ich vor.

»Wie Sie meinen«, murmelte er. Er stand auf und wankte zum Rand des Blockhauses. Er stürzte auf die Knie, als wolle er beten, rang ein-, zweimal nach Luft, dann kotzte er einen riesigen Klumpen Blut.

»Menschenskind«, sagte ich.

Er machte dasselbe noch einmal und brach dann über dem Sockel zusammen, einen Meter hinunter aufs Gesicht. Ich ging hin, half ihm auf die Beine und wischte ihm das Gesicht ab, dann hakte ich einen Arm über meine Schulter und schleppte ihn zum Auto.

»Was machen Sie?« fragte er.

»Ich bringe Sie ins Krankenhaus«, erwiderte ich.

»Lassen Sie mich sterben«, murmelte er, »lassen Sie mich sterben.«

»Das zieht die Fliegen an«, sagte ich, als ich ihn in den Caddy stopfte. Als ich umkehrte, um Fireball zu holen, lachte Trahearne und würgte wieder. Ich brauchte ein paar Minuten, um Kleidung in einen Seesack zu werfen, und als ich aus dem Zelt trat, war Trahearne ausgestiegen und stolperte zum Fluß.

»He!« schrie ich, als ich ihm nachlief.

»Weg da«, sagte er, als ich ihn am Arm faßte. Als ich nicht ging, riß er sich so heftig los, daß er mich an einen Baum schleuderte. Dann ging er weiter zum Fluß.

Am liebsten wäre ich aufgesprungen und hätte ihn niedergeschlagen, aber ich wollte mir an seinem Riesenkinn die Hand nicht brechen. Als ich ihn einholte, klemmte ich den Unterarm um seinen Hals, damit er keine Luft bekam. Er wand sich und tobte und bäumte sich auf wie ein verwundeter Stier, aber ich blieb an seinem Rücken hängen, bis er auf die Knie stürzte, dann ließ ich ihn los. Er schüttelte den schweren Kopf, nach Atem und Sauerstoff für sein Gehirn ringend, dann stand er wortlos auf und lief weiter zum Fluß. Diesmal war es leichter. Beim drittenmal noch leichter.

»Ich kann das den ganzen Tag«, sagte ich, als er das letztemal aufstand.

»Das müssen Sie auch«, flüsterte er, immer noch an seinen Worten fast erstickend.

»Zum Teufel damit«, sagte ich, als ich mich abwandte, dann fuhr ich herum und traf ihn an der Kinnspitze. Es war, als hätte ich an einen Baum gehauen, und ich schien mir sämtliche Knochen in der rechten Hand und im Gelenk gebrochen zu haben. »Verdammte Scheiße«, sagte ich, während ich die Rechte mit der Linken vorsichtig festhielt. Trahearne stand einen Augenblick aufrecht, dann trat er einen Schritt auf mich zu und stürzte an meine Brust. Wir fielen beide hin, der schwere Mann auf mich, und ich spürte, wie ein paar Rippen knackten. Aber wenigstens war er jetzt k. o. Ich kroch unter ihm heraus und packte ihn am Kragen, um ihn zum Auto zu zerren, bevor der Schmerz zu groß wurde, doch ich konnte ihn nicht von der Stelle bringen. Ich mußte Hilfe holen, um ihn auf den Rücksitz des Caddy verfrachten zu können. Bis ich das Krankenhaus in Kalispell erreichte, schnarchte Trahearne friedlich, und meine rechte Hand sah aus wie ein Gummihandschuh voll Wasser.

Zwei Tage später besuchte ich ihn. Als ich sein Krankenzimmer betrat, lächelte er mühsam.

»Sie werden noch mein Tod sein«, sagte er.

»Ich hab' mir in der Hand sechs Knochen gebrochen, Alter, und drei Rippen angeknackst – um Sie am Leben zu erhalten.«

Ich zeigte ihm den Gipsverband.

»Ich bin wieder in Ihrer Schuld, was?«

»Allerdings.«

»Na, danke.«

»Was, zum Teufel, wollten Sie überhaupt?« fragte ich, als ich auf einen Stuhl sank.

»Wer weiß?« murmelte er. »Wer, zum Teufel, weiß das?« Dann schwieg er einen langen Augenblick. »Melinda hat mir von den Vierzigtausend erzählt«, sagte er, »und ich habe den Fehler gemacht, zu meiner Mutter zu gehen, um mir das Geld zu leihen.«

»Fehler?«

»Die irre alte Schachtel hat mich ausgelacht«, sagte er und wurde vor Scham rot. »Ich wußte, ich hätte mich hüten sollen«, fügte er hinzu, »ich wußte, daß ich alles allein schaffen mußte.«

»Was haben Sie gemacht? Eine Hypothek auf Ihr Haus aufgenommen?«

»Das würde ich tun, wenn ich könnte, aber die Bank hat schon zwei überfällige Schuldscheine drauf«, sagte er. »Sie wirft mich nur nicht hinaus, weil meine Mutter hinunterfuhr und für die Scheine bürgte. Gottverdammte Irre. Ich habe bei ihr nie etwas verstanden, wissen Sie, gar nichts. Vielleicht will sie mich in der Nähe haben, aber nur zu ihren Bedingungen. Ich weiß nicht...«

»Sie lachte, und Sie haben zur Flasche gegriffen, wie?«

»Da noch nicht. Ich rief meinen Verleger an und brachte ihn dazu, mir vierzigtausend Dollar Vorschuß auf das neue Buch zu geben –«

»Was für ein neues Buch?«

»Das ich schreiben soll. Aber ich muß mindestens hundert Seiten fertig haben, bevor er mir das Geld gibt. Deshalb bin ich zu Ihnen gekommen.«

»Soll ich es schreiben?« fragte ich. »Oder Ihnen nur die Hand halten, während Sie es tun?«

Er nickte langsam.

»Wenn Sie raufkommen und mich einen Monat trockenhalten könnten, ginge es.«

»Sie machen Witze.«

»Durchaus nicht«, sagte er. »Ich weiß, wieviel ich Ihnen schulde, aber wenn Sie das noch tun könnten, würde ich... würde ich alles für Sie tun, Ihnen bezahlen, was Sie wollen. Ich muß einfach arbeiten, verstehen Sie, ich muß...«

»Für die Vierzigtausend?« fragte ich. »Für Melinda?«

»Ja, stimmt«, murmelte er.

»Sie Saukerl«, sagte ich. »Ich mache es, aber nicht für Sie oder Ihr Scheißbuch –«

»Für sie«, sagte er leise. »Das nehme ich an. Es ist wohl mehr, als ich verdiene.«

»Was hält sie davon?«

»Sie weiß noch nichts. Sie hat einen Lastwagen gemietet und ihre Keramiken aufgeladen und ist damit nach San Francisco gefahren.«

»Großartig«, sagte ich. »Warum haben Sie ihr nicht geholfen?«

»Sie wollte nicht«, gestand er. »Sie sagte, das hätte sie sich selbst eingebrockt und müßte sie auch auslöffeln. Aber wenn ich das Geld habe, können Sie es ihnen geben, und sie ist außer Obligo.«

»Ich auch«, sagte ich, aber er hörte nicht zu.

»Es muß hart sein«, meinte er leise.

»Was?«

»Die Gralssuche zu beenden und die schöne Jungfrau besudelt zu finden«, sagte er beinahe flüsternd.

»Nur von Ihnen«, erklärte ich, »nur von Ihnen.«

»Das meine ich natürlich«, sagte er, »die schöne Jungfrau in den Drachen verliebt zu sehen, mit der zottigen, stinkenden Bestie verheiratet...« Er verstummte und starrte mich an. »Sie hätten mich zum Fluß gehen lassen sollen.«

»Das habe ich mir überlegt.«

»Und warum nicht getan?«

»Wohl, weil sie Sie liebt«, sagte ich, »auch wenn ich das nicht verstehen kann.«

»Ich auch nicht.«

»Und Sie?« fragte ich. »Lieben Sie sie?«

Er schwieg lange, bevor er antwortete: »Ich weiß nicht mehr genau, was das bedeutet, aber ich weiß, daß ich ohne sie nicht leben kann.«

»Sie scheinen auch mit ihr nicht recht leben zu können?«

Er schwieg weiter, diesmal noch länger und sagte dann: »Wissen Sie, früher habe ich mich auf den Tag gefreut, an dem ich zu alt sein würde, um an Frauen noch etwas zu finden. Ich dachte immer, wenn der Tag kommt, geht die ganze Energie, die ich auf der Jagd nach ihnen vergeudet habe, in meine Arbeit ein. Ich dachte, ich werde alt und weise, geschlechtslos wie ein Orakel, aber so ging das nicht, überhaupt nicht. Es überfiel mich früher, als ich erwartet hatte, es machte mich verrückt – oder noch verrückter. Und als Melinda das Feuer wieder entzündete, habe ich sie aus Dankbarkeit geheiratet. Jetzt fürchte ich, ich könnte sie verlieren.«

»Sie brauchen keinen Detektiv, alter Mann, sondern einen Psychiater.«

»Mag sein, aber Sie sind alles, was ich habe. Ich gebe die dreißig Dollar in der Stunde lieber Ihnen. Sie kaufen mir wenigstens ab und zu was zu trinken.«

»Aber jetzt nicht mehr«, sagte ich. »Das erste Glas, das Sie trinken, ist das letzte, das ich spendiere.«

»Ich werde brav sein wie ein Lämmchen«, versprach er und grinste. »Sie werden sehen.«

Als die Ärzte ihn untersuchen konnten, kamen sie dahinter, daß Trahearne gar kein durchgebrochenes Magengeschwür hatte. Nur ein Anfall akuter alkoholischer Gastritis. Am nächsten Morgen durfte er das Krankenhaus verlassen.

»Machen Sie's Verdeck zu«, meinte er gereizt, als er sich auf dem Beifahrersitz seines Caddy niederließ. Sein Gesicht war so weiß, daß es wie für einen Clown geschminkt zu sein schien.

»Halten Sie den Mund und genießen Sie die Sonne«, sagte ich, als ich losfuhr.

»Wo fahren Sie hin?« Er seufzte. »Das ist die falsche Richtung.«

»Ich muß den Transporter holen.« Ich riß eine Bierdose auf.

»Ich kann nicht fahren«, sagte Trahearne und starrte das Bier an.

»Ich weiß«, nickte ich. »Ich habe eine Schleppstange im Kofferraum. Sie haben mir eben eine gekauft. Ich habe es satt, die verdammten Dinger dauernd auszuleihen. Fast so satt, wie Ihre verdammten Autos hin- und herzuschleppen.«

»Sie wollen mich die vierzig Meilen Kiesstraße hin- und herfahren lassen?« fragte er.

»Und Sie dürfen mich auf dem ganzen Weg Bier trinken sehen. Wenn Fireball es schaffen kann, dann Sie auch«, antwortete ich und wies mit dem Kopf auf den Rücksitz, wo der Hund schlief.

»Sughrue, Sie sind ein gemeiner Schweinehund«, sagte Trahearne, während er sich das verschwitzte Gesicht abwischte.

»Wollen Sie für zwei Cent Mitgefühl oder Leistungsfähigkeit für hundert Dollar am Tag?«

»Wie wär's mit Wörtern für sechs Cent?« fragte er, beinahe lächelnd.

»Onkel Sam hat mir eine Tasche voll gekauft«, entgegnete ich, »aber ich habe nie Gelegenheit, sie zu gebrauchen.«

Trahearne grinste, bis ich von ihm verlangte, mir eine Bierdose aufzumachen, dann fuhren wir ins Gebirge. Ich trank, und er schaute auf dem ganzen Weg bis zum Blockhaus zu, wo ich unsere Wagen wieder aneinanderhängte. Auf dem Rückweg besuchte ich ein paar Bals in Columbia Falls und Kapispell, dann auf dem Weg nach Cauldron Springs jede, an der wir vorbeikamen. Der große Mann beklagte sich nie. Er saß einfach im Auto und nippte an der Limonade, während er Fireball den Kopf kraulte. Als wir endlich vor seinem Haus hielten, war es Spätnachmittag, und ich war stinkbesoffen. Als ich die Tür des El Camino öffnete, riß Catherine Trahearne sie mit ihrem Porsche beinahe ab. Sie bremste wie wahnsinnig und kam schleudernd vor uns zum Stehen. Dann stürzte sie heran, um Trahearne herauszuhelfen.

»Wie fühlst du dich?« säuselte sie. »Du hättest mich ins Krankenhaus kommen lassen sollen, weißt du.«

»Mir geht's gut.« Trahearne seufzte schwer. »Ganz gut. Nur ein wenig müde bin ich. Vielleicht schlafe ich ein bißchen.«

»Schlafen? Oder gluckern?« fragte ich, als ich ausstieg. Trahearne zeigte mir ein trauriges, müdes Lächeln, während er den Kopf schüttelte, aber Catherine sah mich so wutentbrannt an, daß ich beinahe nüchtern wurde. Nicht zu vergleichen mit ein bißchen nacktem Haß, damit ein Besoffener wach wird. »Schlafen Sie gut«, fügte ich blöd hinzu, als sie Trahearne die Stufen hinaufschob.

Nachdem sie verschwunden waren, half ich Fireball heraus. Er schob die Nase langsam durchs Gras, auf der Suche nach einem Busch. Aber nicht zum Pissen – um sich zu verstecken. Daß er wie ein Hündchen hocken mußte, war ihm zutiefst peinlich. Schließlich fand er ein Gebüsch und ließ sich dahinter nieder.

»Was, zum Teufel, machen wir hier, Hund?« fragte ich, aber er wußte es auch nicht. Als er fertig war, kam er zurück und rollte sich neben mir im Schatten zusammen. Ich lehnte am Kotflügel und trank mein Bier.

Catherine kam aus dem Haus und ging auf mich zu. Der kurze Tennisrock bauschte sich.

»Sie sehen heute besonders schön aus«, meinte ich. Es stimmte wirklich. Sie roch nach Parfüm und Damenschweiß, nach Kokosöl und Sonnenschein.

Sie blieb vor mir stehen und schlug mir die Bierdose aus der Hand. Die Dose ratterte über den Kiesweg und spie Schaum auf die Straße.

»Was bilden Sie sich eigentlich ein?« fragte sie zornig.

»Er hat soviel zärtliche Pflege bekommen, wie er sie aushalten kann«, erwiderte ich, bemüht, meine eigene Wut hinunterzuschlukken.

»Was verstehen Sie denn davon?«

»Fast alles, was davon zu verstehen ist«, sagte ich. »Er hat mich angeheuert, ihn trockenzuhalten, und ich wollte nur sehen, ob er den Mumm dazu hat.«

»Alkoholismus ist eine Krankheit!« kreischte sie mich an. »Mit Mumm hat sie nichts zu tun!«

»Angeheuert hat er aber mich, nicht Sie.«

»Sie machen es nicht einmal für ihn, sondern für sie«, sagte sie. Ich bestritt das nicht. »Oh, das gottverdammte Miststück«, zischte sie. Die Wut machte ihre Lippen flach und straffte die Haut in ihrem Gesicht, bis die Knochen wie ein Mumienschädel durch Pergament zu leuchten schienen. Sie zischte einen lautlosen Fluch, stampfte mit dem Fuß, lief zu ihrem Porsche und brauste in einer Wolke von Kies und Staub davon. Ich holte mir noch ein Bier und schaute ihr nach. Sie fuhr die Straße zur Stadt hinunter, bremste plötzlich, kehrte um und kam zurück.

»Bitte, nehmen Sie meine Entschuldigung an«, sagte sie, als sie neben mir hielt. »Es tut mir aufrichtig leid.«

»Entschuldigen Sie sich nicht«, erklärte ich, als sie ausstieg, »das ist ein Zeichen von Schwäche.«

Ihr Zorn flutete wieder hoch, aber sie schluckte ihn hinunter und fragte lieb: »Warum?«

»Das sagte John Wayne«, erwiderte ich. »Ich weiß nicht mehr, in welchem Film, aber ich weiß, daß er es gesagt hat.«

»Er ist Ihr Held, nicht wahr?« fragte sie.

»Nur Dummköpfe haben Helden.«

»Verstehe«, sagte sie und lächelte langsam. »Ich mache immer den Fehler, Sie zu unterschätzen, nicht wahr?«

»Das ist besser, als mich zu überschätzen, oder?«

»Da bin ich mir nicht sicher, aber leid tut es mir ganz gewiß.«

»Lassen wir das«, meinte ich. »Das Ganze ist eine Narretei, und ich mache sie als Narr. Anders kann ich es nicht. Stolz und Mumm – das ist das einzige, was bei Trahearne wirken kann.«

»Wenn es hart wird, setzen sich die Harten durch, oder was?«

fragte sie listig.

»Witzeln Sie, wenn Sie wollen, aber darum geht es beim Charakter.«

»Es tut mir leid.« Sie lachte und berührte meinen Arm. »Ich konnte einfach nicht widerstehen, Sie zu necken. Sie waren *so* ernst, wissen Sie.«

»Betrunkene sind immer im falschen Augenblick ernst.«

»Glauben Sie, daß Sie Trahearne eine Weile trockenhalten können?«

»Wenn es ihm wirklich ernst ist, kann ich ihm behilflich sein, glaube ich. Einen Versuch ist es wert.«

»Vielleicht sollte ich später herüberkommen, um euch Essen zu kochen.«

»Danke«, sagte ich, »aber wir kommen zurecht.«

»Ich bin sozusagen ausgeladen?«

»So ungefähr«, gab ich zu.

»Vielleicht haben Sie recht«, sagte sie. »Kommen Sie nach dem Essen auf einen Drink.«

»Werd' mal sehen«, antwortete ich.

»Natürlich.« Sie küßte mich auf den Mundwinkel. »Passen Sie für mich auf ihn auf.«

»Ich werde mein Bestes tun«, sagte ich, und sie nickte, ging zu ihrem Wagen zurück und fuhr langsam zum Haus von Trahearnes Mutter. Wieder einmal belud ich mich mit unserem Gepäck und schleppte es die Stufen hinauf.

Statt zu schlafen, saß Trahearne in kurzer Hose und T-Shirt am Schreibtisch und spielte zerstreut mit dem Schlitten des 45er Colts. Neben ihm stand ein Glas Whiskey.

»Keine Sorge«, sagte er, als ich die Koffer abstellte, »ich schieße mir keine Kugel in den Kopf.« Dann hob er das Glas Whiskey hoch. »Und da brauchen Sie sich auch nichts zu denken«, fuhr er fort und stellte es wieder hin. »Daß es da ist, tröstet mich irgendwie.« Er griff nach dem Colt und drehte sich mit dem Sessel herum. »Sie haben das Haus da unten in Colorado wie ein guter Soldat genommen«, sagte er. »Waren Sie das?«

»Es schien damals die beste Möglichkeit zu sein, der beste Weg, am Leben zu bleiben.«

»Das ist der große Unterschied zwischen Ihrem Krieg und meinem«, sagte er leise. »Ihr jungen Leute habt gewußt, daß ihr den Krieg übersteht, wenn ihr den Einsatz überlebt. Wir wußten alle, daß wir fallen würden. Nur so konnten wir weitermachen – wir akzeptierten vorher unseren Tod, damit wir weitermachen konnten. Aber das ist nicht der Punkt, oder?«

»Was ist er dann?« fragte ich, als ich mich setzte.

»Was war das Schlimmste, das Sie im Krieg gemacht haben?« fragte er plötzlich.

Es war keine beiläufige Frage, und ich hatte keine beiläufige Antwort.

»Wir kämpften uns durch eine Ortschaft südlich von An Khe, die Plei Bao Three hieß, und ich warf eine Handgranate in eine Hütte und brachte drei Generationen einer Vietnamesenfamilie um. Die Großeltern, deren Tochter und drei Kinder.«

»Waren Sie vorher ein guter Soldat?« fragte er.

»Ich glaube schon.«

»Und danach?«

»Es gab kein Danach«, sagte ich. »Danach war ich im Militärgefängnis. Ein kanadisches Fernsehteam filmte den Angriff, und am nächsten Tag war ich in den Nachrichten, also mußten sie mich einsperren.«

»Das ist Politik, nicht Frontkampf«, sagte Trahearne und wedelte mit der leeren Hand. Nachdem er das zentrale Trauma meines Lebens mit einer Handbewegung abgetan hatte, fuhr er fort: »Ich werde Ihnen etwas sagen, das ich noch keinem Menschen erzählt habe.«

»Fein«, nickte ich, aber das merkte er nicht.

»Als wir auf Guadalcanal landeten, war ich kein besonders guter Marineinfanterist«, sagte er. »Ich meine, ich ging und sprach und kämpfte wie einer, aber das war alles geschauspielert. Ich dachte wohl, ich sollte den verdammten Krieg überleben oder was – ich weiß es nicht –, aber ich tat nur so und versuchte gut auszusehen. Dann waren wir am Tenaru-Fluß eingegraben, und die Japse unternahmen einen Nachtangriff. Wir hielten die Stellung und prügelten ihnen die Scheiße aus dem Leib, und ich begann langsam zu begreifen, was ich falsch machte. Als es vorbei war, kam ich ganz dahinter.

Wir sahen uns die Leichen an, die japanischen, und ich fand einen Japaner mit dem Gesicht nach oben im seichten Wasser. Es gab gerade genug Licht von den Sternen, um zu erkennen, daß er noch am Leben war, so viel, daß er mich sehen konnte. Ich beugte mich vor und schoß ihm mit dieser 45er zwischen die Augen.

Ich brauche Ihnen wohl nicht zu sagen, wie das aus der Nähe aussieht, das werden Sie wissen, aber ich zwang mich, hinzusehen, nicht zurückzuzucken, und dann wußte ich, worum es bei dem Krieg ging. Nicht um Politik oder das Überleben oder solchen Scheiß, sondern um Töten ohne Zurückzucken, Leben ohne Zurückzucken.« Er machte eine Pause und warf die Pistole auf einen Stapel Papier. »So habe ich seit dieser Nacht gelebt, und da hapert es. Wenn man nicht zurückzucken kann, kann man ebensogut tot sein.«

»Das ist lange her«, sagte ich. »Vielleicht sollten Sie jetzt aufhören, sich die Schuld zu geben.«

»Haben Sie aufgehört, sich die Schuld am Tod der Zivilisten zu geben?« fragte er schnell.

»Zum Teil.«

»Dann haben Sie Glück«, meinte er traurig. »Ich kann nicht aufhören. Also werde ich aufgeben. Hören Sie, ich weiß, was für sentimentaler Unsinn meine Gedichte sind, und was für ein Männlichkeitsdreck meine Romane – ich bin so unecht wie meine gottverdammte irre Mutter –, aber ich habe in den vergangenen verrückten Monaten etwas gelernt und habe den ganzen anderen Scheiß hinter mir. Und an allem sind Sie schuld.«

»Ich bin immer schuld«, erwiderte ich leichthin.

»Anfangs wollte ich, daß Sie das mit Melinda klären, damit ich Bescheid weiß – wenn Rosie Sie nicht beauftragt hätte, wäre mir ein anderer Weg eingefallen –, aber ich habe gesehen, wie Sie für ein Lächeln und siebenundachtzig Dollar losgezogen sind und nie ein Urteil über sie gefällt haben, nicht ein einziges Mal, Sie haben ihr vergeben, ohne dafür etwas zu fordern. Als ich im Krankenhaus war, dachte ich die ganze Zeit darüber nach und begriff es schließlich. Die ganze Zeit, all die Jahre seit dem Krieg, habe ich mir Gedanken darüber gemacht, wie zäh man sein muß, um zu leben, wie ich leben müßte, ohne zu zucken, aber wenn es darauf ankam, wenn gelebt, statt gestorben werden sollte, hatte ich nicht den Mumm, der Frau zu verzeihen, die ich liebte. Ich schaffte es nicht, hinten und vorne nicht.« Er griff nach der Pistole und stieß den Stapel vom Schreibtisch. »Jetzt bin ich mit alldem fertig. Ich werde einen Roman über Liebe und Vergebung schreiben. Und wenn es mich umbringt. Deshalb werde ich mir damit keine Kugel durch den Kopf schießen.« Er warf die Waffe auf den Schreibtisch. »Sie ist nur noch ein Briefbeschwerer.«

»Gut.«

»Ich habe zum letztenmal abgedrückt«, sagte er grinsend.

»Gut«, erklärte ich. Als ich aufstand und zusah, wie er seine gespitzten Bleistifte und einen neuen Schreibblock heranzog, spürte ich einen seltsamen Kloß in meiner Kehle und ein Brennen in den Augen, aber ich machte mich auf den Weg zu meiner Arbeit, bevor das dem Alten auffiel.

Trahearne arbeitete bis zum Abendessen, dann aß er Rührei mit Würstchen am Schreibtisch, winkte aber ab, als ich nachlegen wollte. Ich ging hinaus und schlenderte zur Brücke hinüber. Catherine kam mir dort entgegen. Sie trug ein langes Strickkleid, das im Zwielicht über ihren Körper floß.

»Bist du auf einen Drink da?« fragte sie, als sie die Arme um meinen Hals legte und sich unten an mich preßte.

»So ungefähr«, sagte ich und legte die Arme um ihre feste Taille.

Als sie mich küßte, murmelte sie an meinem Mund: »Wir können nirgends hin, Liebster.« Es schien aber keine Rolle zu spielen. Sie ließ die Hände sinken und machte rasch meine Hose auf, dann hob sie die langen Falten ihres Rockes und raffte sie zu ihren Hüften hinauf, so daß ich ihr nacktes Gesäß mit der gesunden Hand halten konnte, während ich in die Knie ging.

Als wir fertig waren, blickte ich über ihre Schulter zum Haus von Trahearnes Mutter hinüber. Ein Vorhang an einem Fenster im Oberstock schwankte, als wäre jemand gerade zurückgetreten.

»Ich glaube, die alte Frau hat uns zugesehen«, sagte ich.

»Zum Teufel mit ihr«, sagte Catherine, während sie ihren Rock glättete.

»Ist dir je der Gedanke gekommen, daß wir das nicht tun sollten?« fragte ich.

»Der kommt mir immer erst danach«, erwiderte sie und lachte hell. »Morgen abend«, fügte sie hinzu, »dieselbe Zeit, derselbe Ort.« Dann ging sie davon in die Abenddämmerung, noch bevor ich nein sagen konnte.

Aber als ich am nächsten Abend nach dem Essen zur Brücke kam, erwartete mich Edna Trahearne. Sie trug ihre alte Fischerkleidung und einen Strickhut, wegen der Abendkälte. Als ich auf die Brücke hinaustrat, schnaubte sie, als wäre ich zu spät zu einer Flugwurf-Lektion erschienen.

»Versuchen Sie, Ihre Enttäuschung zu bezähmen«, knurrte sie mich an. »Catherine räumt noch den Eßtisch ab, sie kommt gleich.«

»Es ist nett, Sie wiederzusehen«, sagte ich, als ich mich neben ihr über das Gelände beugte. »Beißen die Fische?«

»Wie höflich«, spottete sie. »Wie sind Sie nur unter alle diese Sterblichen geraten?«

»Und Sie?«

»Ein Augenblick dummer Leidenschaft, mein Junge«, erwiderte sie, dann begann sie zu gackern. Es war ein rauhes, fiebriges Lachen, das wie der Ruf eines Seetauchers durch den Abend gellte. »Was haben Sie für eine Ausrede?«

»Keine, glaube ich.«

»Da müssen Sie sich aber eine zulegen«, riet sie heiter. »Sie sind in eine Schlangengrube getreten, und wenn Sie ohne guten Grund hier sind, haben Sie hier nichts zu schaffen.«

»Ein Tag Arbeit für einen Tag Lohn«, sagte ich, und sie lachte wieder. »Sie sind heute guter Stimmung«, fügte ich hinzu.

»Jedesmal, wenn die kleine Schlampe fort ist, bessert sich meine Laune merklich«, erklärte sie und lächelte, während sie darauf wartete, daß ich den Köder annahm. Als sie begriff, daß ich nicht zuschnappte, schnaubte sie wieder und fragte: »Was ist mit Ihrer Hand passiert?«

»Ich hab' Ihrem Kleinen eine gelangt«, gab ich zu.

»Einer in Ihrem Beruf sollte wissen, daß man einem so großen Mann nicht mit der Faust beikommt.«

»Ich wußte es, aber ich habe es trotzdem getan. Nur zum Vergnügen.«

»Sie sind höflich«, sagte sie mit einem Lächeln, das so verkrümmt war wie ihre Finger, »aber nicht nett. Nicht die Spur.«

»Ja, Ma'am«, versetzte ich, und die alte Frau wandte sich ab, um zu ihrem Haus zurückzuhumpeln. Sie blieb kurz stehen, um mit Catherine zu sprechen, die zur Brücke ging. Was Edna sagte, konnte ich nicht hören, aber Catherine blickte über ihre Schulter, um mich anzulächeln, ein Lächeln, das meine Mutter ein ›Schlangengrinsen‹ zu nennen pflegte. Als sie fertig waren, ging die alte Frau weiter zum Haus, Catherine kam langsam auf mich zugeschlendert. Sie trug dasselbe lange, grüne Kleid und hatte ein hohes Glas in der Hand.

»Ich hörte, du bist den älteren Leuten gegenüber nicht immer respektvoll«, sagte sie, als sie auf die Brücke trat, immer noch mit dem listigen Lächeln.

»Zu dir bin ich immer nett«, erwiderte ich.

»Findest du es amüsant, mich an mein Alter zu erinnern?« fragte sie, und das Lächeln war wie weggewischt.

»Nur ein kleiner Spaß«, sagte ich als Entschuldigung.
»Ich bin nicht belustigt«, meinte sie, während sie die Flüssigkeit im Glas heftig kreisen ließ.
»Es tut mir leid.«
»Warum kehrst du nicht um und spielst das Kindermädchen?«
»Richtig, Lady«, sagte ich und ging.

Kapitel 17

Fast zwei Wochen lang lief alles glatt, und Trahearne und ich lebten so friedlich zusammen wie zwei impotente Junggesellen, ähnlich wie damals bei seinem langen Besuch am North Fork. Für mich war das wie ein Urlaub. Morgens machte ich Läufe, dann saß ich in der Sonne und las viele Bücher aus seiner Bibliothek. Nach dem Mittagessen stellte ich den Stuhl in den Schatten und griff nach dem vorher weggelegten Buch. Trahearne arbeitete jedoch den ganzen Tag, wild kritzelnd und vor sich hinmurrend. Gegen fünf Uhr nachmittags kam er heraus, reckte sich und knurrte: »Kritzel, kritzel, kritzel, was, Mr. Gibbon?«, dann lachte er leise, pfiff Fireball und kam die Stufen herunter, um zu seinem täglichen Spaziergang aufzubrechen.
Der große Mann und die Bulldogge gingen jeden Nachmittag in Richtung Stadt, während ich im Caddy hinterherfuhr wie ein Trainer, der seine Boxer beim Waldlauf beobachtet. Sobald Trahearne müde wurde, lud ich die beiden in den Wagen und fuhr zum Schwimmbecken am Hotel, wo Trahearne wie ein altes Walroß herumplantschte, bis er einzudösen begann. Dann fuhr ich die zwei Invaliden heim und fütterte sie. Nach dem Abendessen schliefen sie beide ein, und ich ging hinunter, um Bier zu trinken und fernzusehen, bis auch ich Zuflucht im Schlaf fand.
Jeden Morgen, wenn ich außer Haus war und lief, brachte Catherine Trahearne einen Stapel getippter Manuskriptseiten und holte die Seiten vom Vortag zum Abschreiben ab. Einmal kam sie jedoch verspätet, und ich saß auf der Veranda, von meinem Lauf zurück und noch keuchend, als sie die Stufen heraufkam. Sie nickte mir zu und ging ins Haus, aber als sie wieder erschien, blieb sie stehen.
»Das finden Sie wohl merkwürdig?« sagte sie und wedelte mit den gelben Seiten herum.
»Niemand sonst auf der Welt kann seine Handschrift lesen«,

grinste ich.

»Ich mache gern alles, was ich kann«, sagte sie beleidigt und ging.

»Tun wir das nicht alle?« flüsterte ich ihr nach.

Trahearne blieb trocken, scheinbar mühelos, bis auf einen Schluck von meinem Bier an dem Nachmittag, an welchem wir auf Fireball tranken, weil er zum ersten Mal das Bein wieder hatte heben können.

»Mensch, ist das gut«, seufzte Trahearne, nachdem er das Bier geschluckt hatte. »So gottverdammt gut.«

»Der erste immer«, erinnerte ich ihn, als ich ihm die Dose wieder abnahm.

»Richtig«, sagte er und trollte sich.

An diesem Abend, als Trahearne sich in das Becken gleiten ließ, fragte er, warum ich nicht mehr mit hineinkäme.

»Das ist, als schwämme man im Rotz anderer Leute«, sagte ich.

»Sughrue«, sagte er leise, »Sughrue, Sie sind das abscheulichste Menschenwesen, das kennenzulernen ich je das Pech hatte.«

»Wenigstens schwimme ich nicht in –«

»Mein Gott, sagen Sie's nicht noch einmal!« rief er und steckte den Kopf ins Wasser. Als er auftauchte, täuschte er einen gewaltigen Nieser vor und bespritzte mich von oben bis unten. Sein Lachen hallte durch den gefliesten Raum, als zerbreche man Glasgeschirr. Dann bespritzte er mich noch einmal und schrie: »Nie wieder! Sagen Sie das nie wieder!«

Ich streckte den feuchten Stiefel aus und drückte seinen Kopf wieder unter Wasser. Er packte mit seiner Riesenhand meinen Knöchel und riß mich vom Beckenrand. Wir tauchten auf und johlten wie die Kinder.

Später, als ich fernsah und meine Sachen trocknen ließ, hörte ich am großen Panoramafenster im Souterrain ein Klopfen. Als ich aufblickte, stand Catherine da und grinste mich an. Meine Hose war fast trocken, also schlüpfte ich hinein, bevor ich hinging, um die Tür aufzumachen.

»Wir sind aber zimperlich«, sagte sie grinsend.

»Meine Mutter war eine Avon-Lady, und sie hat mir beigebracht, die Tür nur zu öffnen, wenn ich angezogen bin.«

»Das ergibt sehr viel Sinn«, antwortete sie, dann seufzte sie, und ihr Grinsen kam nicht wieder. »Hör zu, mir fällt die Decke auf den Kopf. Als ich heute abend mit dem Tippen fertig war, kam ich zu dem Schluß, daß ich aus dem Haus muß. Warum schließen wir keinen Waffenstillstand, und du kannst mich in die Stadt fahren und mir was zu trinken spendieren.«

»Gute Idee«, sagte ich.

Als der ›Sportsman‹ um zwei Uhr schloß, kaufte ich ein halbes Dutzend Drinks in Mitnehm-Bechern und trug sie zu Catherines Porsche hinaus. Während ich die Becher balancierte und einstieg, berührte sie meine Wange.

»Machen wir ein Mitternacht-Schwimmen?« schlug sie vor.

»Gute Idee.«

Sie lenkte den Sportwagen durch die dunkle Stadt und hielt hinter dem Hotel, stieg aus und schloß den Hintereingang auf. Im Innern reihte ich die Pappbecher am Beckenrand auf, während Catherine sich raschelnd auszog. Dann kam sie, um mir aus meinen Sachen zu helfen.

»Schwimmen wir vorher oder nachher?« flüsterte sie, als ich so nackt war wie sie.

»Während«, sagte ich, als ich sie packte und wir in die warme, glitschige Umarmung des Wassers plumpsten.

Einige Zeit später saßen wir auf dem Beckenrand und ließen die Beine ins Wasser baumeln. Dampfschwaden schwebten über dem zerwühlten Wasser, und am anderen Ende des Raumes grollte die Quelle wie fernes Donnerecho. Das letzte Mondviertel zog langsam an einem Oberlicht vorbei.

»Nachts ist es hier so seltsam«, flüsterte Catherine. »Wie am Eingang zu einer Unterwelt, wo es immer warm und stumm ist. Deshalb flüstere ich. Wenn geschlossen ist wie jetzt, würden sie dich im Hotel nicht hören, und wenn du kreischst.«

»Kreisch nicht«, sagte ich, als ich ihr die Hand auf den Mund hielt. Sie kicherte an meinen Fingern. Als ich die Hand wegnahm, schrie sie, einen hohen, gellenden Ton ausstoßend, der die Stille zersplitterte und von den Wänden hallte.

»Entschuldige«, sagte sie leise, dann kicherte sie hinter vorgehaltener Hand.

»Sie sind betrunken, werte Dame«, erklärte ich, als ich nach dem nächsten Becher tastete. Das Eis war geschmolzen, aber ich kippte den Inhalt trotzdem hinunter.

»Ist das nicht wunderbar«, fragte sie seufzend und lehnte sich an mich. »Ich verrate dir ein Geheimnis«, sagte sie.

»Dann ist es keines mehr.«

»Du sagst es keinem?«

»Ich bin zu voll, um es mir zu merken.«

»Im Winter, wenn ich nachts herkomme, steige ich aus dem Bekken, renne hinaus und wälze mich im Schnee. Dann springe ich wieder ins Wasser.«

»Das weiß die ganze Stadt«, sagte ich.

»Ach, du«, zischte sie und gab mir einen Klaps auf die Brust. »Das solltest du mal versuchen. Wie eine Wiedergeburt.«

»Sich nackt im Schnee zu wälzen, ist nicht meine Vorstellung von einem religiösen Erlebnis«, meinte ich.

»Weichling.«

»Das haben sie zu dem Affen auch gesagt, als er sich im Schnee herumwälzte«, sagte ich.

»Was für ein Affe?«

»Der sich die Eier weggefroren hat.«

»Du bist schrecklich«, sagte sie. »Außer, wenn du wunderbar bist.«

»Das sage ich auch immer.«

»Ich verrate dir noch ein Geheimnis, du schrecklicher Mann.«

»Das andere habe ich schon vergessen.«

»Du bist der erste Mann, mit dem ich je hierher gekommen bin«, verriet sie mir und beobachtete ihre Füße, die das Wasser aufrührten. »Der allererste.«

»Ich bin gerührt.«

»Sei nicht zynisch«, sagte sie. »Der Ort hier ist für mich etwas ganz Besonderes.« Sie richtete sich wieder auf und mußte bemerkt haben, daß ich sie anstarrte, weil sie ihre weißen Brüste, die wie kleine Monde leuchteten, mit den dunkel gebräunten Händen bedeckte. »Der Kosmetik-Chirurg, der mich behandelt, sagt, von jetzt an muß schnell gemacht werden«, meinte sie leichthin. »Außerdem hat er mich daran erinnert, wie gut es ist, daß ich keine Kinder hatte. Trahearne wollte keine, weißt du.« Als ich nicht reagierte, fügte sie hinzu: »Wenn man bedenkt, wie alles gekommen ist, hatte er vielleicht recht.«

»Trahearne ist ein Egoist«, sagte ich.

»Trahearne ist ein großer Künstler«, meinte sie schnell, »und wenn ich Opfer gebracht habe, dann dieser Größe gegenüber.«

»Okay«, nickte ich.

»Das klingt nicht gerade überzeugt«, sagte sie.

»Hör mal, ich mag den alten Furz, aber ich lasse die Leute entscheiden, die für Größe und dergleichen Scheiß zuständig sind.«

»Manchmal beweist du eine unwürdige Kleinheit des Gemüts«, sagte sie.

»Provinziell, hm?«

»Ein gottverdammter Hinterwäldler«, sagte sie und lachte. »Du verdammter Schwindler, ich weiß genau Bescheid über dich. Trahearne hat mir alles erzählt.« Auch dazu hatte ich nichts zu sagen. Wenn Trahearne mit seiner Ex reden wollte, war das *seine* Ex. »Ich erzähle ihm nicht alles, wenn dich das beruhigt.«

»Ich beunruhige mich nie.«

»Ich mich schon, wegen Trahearne«, erklärte sie ernst.

»Vielleicht wird es Zeit, daß du aufgibst.«

»Nein, jetzt braucht er mich mehr denn je«, sagte sie. »Das kannst du verstehen.«

»Sicher.«

»Du bist doch nicht eifersüchtig, oder?«

»Ich glaube nicht«, sagte ich. »Meine Bedürfnisse sind klein, und wenn du Trahearne hätscheln willst, geht das nur euch beide an.«

»Nicht direkt«, sagte sie leise.

»Was?«

»Melinda«, flüsterte sie.

»Richtig.«

»Weißt du, ich glaube, ich würde sie hassen, selbst wenn sie nicht meinen Ehemann hätte«, sagte Catherine ruhig.

»Eifersüchtig?« fragte ich.

»Nur auf ihre Rückhand.«

»Was?«

»Ach, als sie das erstemal herkam und ich noch großzügig zu sein versuchte, spielte ich mal mit ihr Tennis, und sie machte mich nieder, auf dem Platz und später im Umkleideraum hier. Du kannst dir vorstellen, wie mir zumute war, als ich den Körper sah, den sie unter den weiten Sachen versteckte. Nicht, daß sie mir ihn gezeigt hätte. Sie gab sich große Mühe, ihn zu verbergen, das muß ich zugeben, aber ich spionierte unter der Dusche. Das war der schlimmste Augenblick von vielen schlimmen.«

»Du bist auch eine wunderschöne Frau«, sagte ich.

»Lieb von dir, so zu denken. Ich nehme an, im Bett ist sie auch besser.«

»Keine Ahnung«, erklärte ich.

»Aber«, sagte sie ehrlich überrascht, »ich dachte, sie ist mit ihrer Gunst ziemlich freigebig.«

»Du bist nicht der einzige Mensch, der so denkt.«

»Du liebst sie ein bißchen, was?«

»Vielleicht.«

»Trahearne glaubt es.«

»Vielleicht, vielleicht auch nicht. Ich weiß es nicht mehr.«

»Verdammt.«

»Was?«

»Bist du nüchtern genug, daß ich dich etwas sehr Wichtiges fragen kann?«

»Sicher.«

»Glaubst du, sie würde ihn verlassen? Unter den richtigen Umständen?«

»Das weiß ich nicht«, entgegnete ich. »Sie liebt ihn, glaubt aber, daß er sie nicht mehr liebt. Es könnte sein, daß sie geht, aber ich wüßte nicht, wie die richtigen Umstände aussehen müßten.«

»Denk mal nach«, sagte sie. »In meiner Handtasche stecken drei Barschecks. Ein Inhaberscheck über Vierzigtausend, einer über Zwanzigtausend, ausgestellt auf eine Miss Betty Sue Flowers. Und ein dritter auf deinen Namen über Zehntausend.«

»Nein«, sagte ich. Ich stand auf und ging zu meinen Sachen.

»Hör mich an«, sagte sie und ging mir nach, »laß mich ausreden. Trahearne arbeitet jetzt, er trinkt nicht und hat eine Chance, den Rest seines Lebens zu erleben und zu arbeiten. Wenn sie wieder zurückkommt und hier lebt, stirbt er noch in diesem Jahr. Das mußt du doch wissen.«

»Nein«, erklärte ich. »Damit will ich nichts zu tun haben.«

»Wenn sie von San Francisco zurückfliegt, wird Trahearne dich bitten, sie am Flugplatz in Meriwether abzuholen«, sagte Catherine, während sie in ihrer Handtasche kramte, »und du brauchst sie nur zu überreden, daß sie wieder in die Maschine oder in eine andere steigt und für immer fortfliegt.«

»Nein.«

»Bitte«, flehte sie und gab mir einen langen weißen Umschlag.

»Trahearne würde mich nur wieder hinter ihr herschicken«, sagte ich, während ich den Umschlag in der Hand wog. Siebzigtausend Dollar schienen leicht zu sein wie eine Feder, und doch so schwer, daß meine Hand sie kaum tragen konnte. Ich tippte damit auf meinen Gipsverband, der nach zweimaligem Eintauchen an diesem Tag zu zerbröckeln begann. »Er würde mich nur wieder hinter ihr herschicken.«

»Aber wenn du lange brauchst, sie zu finden, so lange, daß er das neue Buch fertigschreiben kann, würde es keine Rolle mehr spielen«, sagte sie und fügte, als ich nicht antwortete, hinzu: »Wenn du nur den Anfang seines neuen Buches lesen könntest. Es ist wunderbar, und du würdest begreifen, warum das so wichtig ist.«

»Ich kann es nicht tun«, sagte ich und versuchte, ihr den Umschlag zurückzugeben.

»Dann denk wenigstens darüber nach«, sagte sie. »Behalt das Geld und denk darüber nach. Soviel bist du mir schuldig.«

»Das mag sein«, erwiderte ich, als ich den Umschlag weglegte und mich anzog. »Von wem ist das Geld?« fragte ich, als wir uns angezogen hatten.

»Kommt es darauf an?«

»Vielleicht.«

»Edna und ich tragen je die Hälfte.«

»Ich denke darüber nach, aber ich weiß, daß ich es nicht mache«, sagte ich.

»Wenn du sie nicht überredest«, flüsterte Catherine, als sie in meine Arme kam, »ist Trahearne ein toter Mann.«

»Ich kann nicht«, beteuerte ich und vergrub mein Gesicht in ihren Haaren.

»Alles wäre so einfach, wenn du es könntest«, wisperte sie an meinem Hals, »und es wird so schrecklich, wenn du es nicht tust.«

»Schrecklich ist es schon«, sagte ich.

Wir fuhren stumm zu Trahearnes Haus zurück, und als sie mich dort absetzte, sagten wir einander nicht einmal gute Nacht. Ich sah ihr nach, und als es im Oberstock hell wurde und ich die Schatten der beiden Frauen hinter den Vorhängen sah, fröstelte ich. Ich ging zu meinem El Camino, sperrte auf und kroch hinein, um den Umschlag im Waffenfach unter dem Werkzeug zu verstauen. Ich ging zu Bett, bevor ich über irgend etwas nachdenken konnte.

Aber in einem hatte Catherine recht: Zwei Tage später bat mich Trahearne, Melinda abzuholen, damit ihm nicht ein Tag Arbeit ausfiel.

Als sie die Gangway herunterkam, erkannte ich sie beinahe nicht. Sie trug ein pflaumenblaues Schneiderkostüm mit Weste und hatte wieder blonde Haare, kurz, aber doch glatt geschnitten, statt zu einem Gewirr zerhackt, und sie hatte sogar ein wenig Schminke auf dem Gesicht. Als sie mit raschen Schritten über den Betonboden und ins Terminal ging, kam im Flughafen alles zum Stillstand, während jedermann sie beobachtete. Sie trug auch neue Lederstiefel und brauchte sich nicht auf die Zehen zu stellen, um mich kurz zu umarmen und mir einen leichten Begrüßungskuß zu geben.

»Wie gefällt Ihnen mein neues Ich?« fragte sie. Ihr Lächeln war so warm und gleißend, daß sie mich beinahe blind machte.

»Menschenskind«, murmelte ich.

»Danke«, sagte sie, das Kompliment akzeptierend, als hätte sie das Gefühl, es stehe ihr zu. »Wie geht es Ihnen?«

»Ich bin überwältigt von Begierde«, gestand ich.

»Noch einmal danke«, sagte sie ruhig und ging zur Gepäckabholung. Zwei gleiche Lederkoffer kamen auf dem Transportband daher. Sie wies mit dem Kinn darauf, und ich griff danach.

»Was ist denn da drin?« keuchte ich.

»Ein neues Leben«, erwiderte sie, immer noch lächelnd.

Fireball führte sich auf wie ein Verrückter, als er sie sah.

»Der alte Fireball MacRoberts scheint sich erholt zu haben«, sagte sie, als sie ihn zwischen den Ohren kraulte.

»Roberts«, meinte ich und warf ihre Koffer in den Wagen.

»Was?«

»Fireball Roberts«, sagte ich, »nicht MacRoberts.«

»Ach, wen stört das?« fragte sie fröhlich, und ich mußte ihr recht geben.

»Ich wage beinahe nicht zu fragen, was passiert ist«, sagte ich, als wir losfuhren.

»Spendieren Sie mir ein Bier, und ich erzähle Ihnen alles«, entgegnete sie, während sie die Kühlbox zwischen den Sitzen aufmachte und zwei Dosen Bier öffnete. »Wie geht es Ihrer Hand?«

»Immer noch gebrochen«, antwortete ich und schlug mit dem dreckigen Gipsverband aufs Lenkrad.

Sie trank die erste Dose rasch aus und griff nach der zweiten.

»Ich weiß gar nicht, wo ich anfangen soll«, sagte sie, »so viele wunderbare Dinge sind geschehen. Ich habe am Ghirardelli Square eine Galerie gefunden, und meine Arbeiten haben so gefallen, daß eine Ausstellung gemacht wurde, die in drei Tagen ausverkauft war, können Sie sich das vorstellen, und den Rest der Sachen habe ich nach Los Angeles geschickt. Das ist also erledigt.

Dann suchte ich alle die alten Gespenster auf. Rosie und ich ließen uns vollaufen, hatten einen furchtbaren Streit und fielen uns dann weinend und lachend in die Arme. Ich war bei Mr. Gleeson, und er ist ein rührender alter Narr. Dann war ich unangemeldet beim armen Albert, und er brauchte zwei Valium und ein Riesenglas Scotch, bevor er mit dem Stottern aufhörte. Ich verzieh dem Schweinehund, daß er einer ist, und wissen Sie, was er getan hat?«

»Nein, aber ich kann es mir vorstellen.«

»Er machte mir Avancen, und als ich ihn auslachte, brach er in Tränen aus und lief hinauf zu einem Psychiater. Ich war begeistert.« Sie lachte und kramte in ihrer Handtasche. Als sie einen langen weißen Umschlag herauszog, beschäftigte ich mich mit der Bierdose, aber sie schlug mir mit dem Umschlag auf die Brust.

»Fünftausend Dollar in bar«, sagte sie. »Sorgen Sie dafür, daß Hyland es bekommt?«

»G-gut«, stammelte ich und stopfte das Geld in meine Brusttasche.

»Eine Anzahlung auf ein neues Leben.«

»Melinda –«

»Betty Sue«, sagte sie leise, »Betty Sue Flowers. Das ist ein anständiger Name.«

»Das fand ich auch immer.«

»Wie geht es Trahearne?« fragte sie. »Am Telefon hatte er nicht viel zu sagen.«

»Die Nase am Schleifstein, knochentrocken«, sagte ich klischeeverhaftet.

»Er hat erwähnt, daß Sie ein großartiges Kindermädchen sind«, kicherte sie. »Sie bleiben doch, ja? Solange er Sie braucht?«

»Denke schon«, erwiderte ich. »Außer, Sie wollen mit mir fortgehen.«

»Seien Sie nicht albern«, lachte sie und schlug mir auf den Schenkel. »Ich bin gerade erst heimgekommen.«

Kapitel 18

Als wir heimkamen, sprang Betty Sue aus dem Transporter und rannte auf die Stufen zu. Fireball und ich gingen langsam hinterher, aber sie empfing uns am Eingang mit einem Finger an ihren weichen Lippen.

»Er arbeitet«, flüsterte sie.

»Hören Sie«, erklärte ich, als ich ihre Koffer abgestellt hatte, »ich glaube, ich gehe heute nachmittag fischen. Damit Sie mit dem großen Mann allein sein können, wissen Sie.«

»Nicht gemein sein«, sagte sie scheu. »Und Sie brauchen nicht wegzugehen.«

»Ich gehe trotzdem«, blieb ich stur und wandte mich an Fireball. »Komm, wir murksen eine Forelle ab.« Aber er blieb eisern neben Betty Sue sitzen. »Passen Sie auf den Hund auf?« fragte ich.

»Er wird auf mich aufpassen«, entgegnete sie. »Amüsieren Sie sich.«

»Sie auch«, sagte ich, bemüht, es ernst zu meinen. Als ich zum Transporter ging, kitzelte mich unter der Hitze der Spätsommersonne ein Anflug von kühler, frischer Luft in der Nase. Bald Herbst, dachte ich, und wieder ein Montana-Winter vor dem Auftritt.

Ich fuhr die Straße hinunter und bog nach rechts ab, von der Stadt fort, aber Catherines Porsche holte mich ein, bevor ich über der ersten Steigung war. Ich hielt am Straßenrand und stieg aus.

»Was hat sie gesagt?« fragte Catherine, als sie herkam und stehenblieb. »Also?«

»Wir haben nicht darüber gesprochen.«

»Warum nicht?« fragte sie scharf.

»Der ganze Gedanke ist... ist schrecklich«, antwortete ich. »Du kannst nicht erwarten, daß die Menschen so etwas tun.«

»Warum nicht?«

»Es geht um mehr als um Geld.«

»Deshalb sind Edna und ich bereit, so viel auszugeben.«

»Du mußt dir jedenfalls einen anderen suchen. Oder es selbst tun.«

»Du bist der einzige, der das könnte, und wenn du's nicht tust, mußt du alles verantworten.«

»Manchmal habe ich den argen Verdacht, daß ich diese ganze Geschichte von Anfang an nicht in der Hand hatte«, sagte ich, »also kann es nicht meine Schuld sein. Aber selbst wenn, werde ich nicht versuchen, sie zu bestechen, damit sie den Mann verläßt, den sie liebt.«

»Wenn sie ihn liebt, würde sie ihn ohne Geld verlassen, Sughrue.«

»Betty Sue ist nicht –«

»Jetzt sind wir also schon bei Betty Sue«, unterbrach sie mich. »Sehr interessant.«

»So heißt sie.«

»Sehr passend«, erklärte sie verächtlich.

»Hör mal«, sagte ich, »ich gebe dir die verdammten Schecks wieder zurück, und dann will ich mit dem ganzen Scheißdreck nichts mehr zu tun haben.«

»Jetzt bist du verantwortlich«, sagte sie, lief zu ihrem Wagen zurück und fuhr davon.

»Scheiß.« Ich hustete in ihrem Staub, als ich absperrte.

Ich verließ den Moondog-See erst, als es ganz dunkel war, und kam kurz vor Mitternacht zurück. Die Lichter in Trahearnes Haus brannten noch, also fuhr ich in die Stadt und trank etwas. Als ich zurückkam, war das Haus dunkel. Ich stellte den Wagen ab und ging durch die Souterraintür hinein. Als ich mir etwas zu trinken machte, war es still. Ich schaltete den Fernsehapparat ein und schlief.

Wach wurde ich, als Schüsse fielen und ich einen Schrei gehört zu haben glaubte. Ich warf einen Blick auf den Kasten, aus dem ein aggressiver junger Mann mich drängte, einen neuen Transporter zu kaufen. Dann krachte im Haus wieder ein Schuß. Im Badezimmer unten hörte ich Glas splittern. Ich hetzte zum Schlafzimmer, holte die 38er und rannte die Treppe hinauf, während ich das Ächzen und Poltern einer Rauferei hörte. Ich huschte durch die dunkle Küche und hörte wieder einen Schuß. Ich hechtete über den Teppich im Wohnzimmer und rollte hinter Trahearnes Lehnsessel in Schußposition mit der linken Hand.

Die Tischlampe im Arbeitszimmer brannte, aber der Schirm war gekippt, und das Licht strahlte mir direkt in die Augen. Dahinter konnte ich jedoch zwei schattenhafte Gestalten sehen, die um die 45er rangen. Sie ging gerade wieder los. Ein Regalbrett voll Bücher wurde zerfetzt. Ich feuerte an die Decke und brüllte: »Halt!« Niemand achtete aber auf mich. Als ich zur Tür stürzte, hörte ich eine Faust dumpf auf weiches Fleisch prallen, und Betty Sue stolperte auf mich zu. Ich stieß sie weg und ging neben der Tür in die Knie. Als Trahearne herausgewalzt kam, hieb ich ihm den Kolben der 38er auf den Hals, und während er zu Boden ging, ein zweites Mal. Er stürzte und riß die 45er zu mir herum, aber ich schlug sie ihm mit dem Gipsverband aus der Hand. Er prallte bewußtlos auf den Boden und erbrach sich; es roch nach Whiskey. Ich hob die 45er auf, entlud sie und warf die Waffe auf seinen Sessel.

»Alles in Ordnung mit ihm?« keuchte Betty Sue hinter mir.

»Er lebt«, sagte ich, als ich niederkniete, um seinen Puls zu prüfen, der kräftig war aie bei einem Bären. »Aber eotal betrunken. Alles in Ordnung mit Ihnen?«

»Ich bin nur außer Atem.« Sie keuchte. »Das ist alles.«

Wir trugen den schweren Mann ins Schlafzimmer. Als wir ihn aufs Bett warfen, wurde er lange genug wach, um uns zu erklären, unsere Scheißhilfe brauche er nicht. Doch er schlief ein, bevor wir widersprechen konnten.

»Danke«, sagte Betty Sue schweratmend.

»Was, zum Teufel, war los?« fragte ich.

»Ich muß etwas trinken«, erwiderte sie und ging hinaus.

»Ich auch«, sagte ich, als ich ihr folgte.

Aber im Wohnzimmer wollte sie auch nicht reden. Ich füllte zwei Gläser und gab ihr eines, zündete zwei Zigaretten an.

»Sie sollten sich lieber hinsetzen«, meinte ich.

»Draußen«, sagte sie, und ich ging ihr wieder nach.

Während ich am Türrahmen lehnte, lief sie auf der Terrasse herum, rauchte und trank, bis Zigarette und Whiskey fort waren. Als ich hineinging, sah ich in dem anderen Haus Licht. Hoffentlich hatten die Frauen die Schüsse nicht gehört. Ich brachte Betty Sue wieder ein volles Glas.

»Was ist passiert?« fragte ich.

»Ich bin mir nicht sicher«, erwiderte sie kleinlaut. »Als er heute nachmittag mit der Arbeit fertig war, fuhren wir in die Stadt zum Essen, und er fing an zu trinken – das gehe in Ordnung, sagte er, weil er ein Kapitel abgeschlossen hätte und ich heimgekommen sei. Und es war in Ordnung. Er war in großer Form, guter Laune und voller Witz...«

»Bis?« sagte ich in ihr Schweigen hinein.

»Bis wir ins Bett gingen. Er schlief ein – schließlich –, und ich bin wohl auch eingedöst. Als ich wach wurde, war er fort. Ich ging hinunter, um nachzusehen, ob er in seinem Studio saß und arbeitete – das macht er nachts manchmal, wenn er nicht schlafen kann. Er war da. Er... er hielt die Waffe an seinen Kopf... Er hatte sie in der Hand und starrte mir in die Augen... Es war beinahe so, als wolle er mich herausfordern, ihn zum Abdrücken zu zwingen. Ich weiß nicht... ich erinnere mich, geschrien zu haben, dann kämpften wir um den Revolver. Das ist alles, was ich –«

»Reißen Sie sich lieber zusammen«, unterbrach ich sie, als ich das Blaulicht eines Polizeiautos von Cauldron Springs zur Abzweigung hierher rasen sah.

»Warum?« Sie war dem Weinen nahe.

»Weil die Polizei kommt.«

»Was soll ich sagen?«

»Kein Wort«, erwiderte ich. »Sie lassen sich in den Sessel fallen, und jedesmal, wenn jemand eine Frage stellt, brechen Sie in Tränen aus, ja?«

Wie um mich beim Wort zu nehmen, fiel sie auf den Stuhl und begann laut zu schluchzen. Ich trat ins Haus und knipste das Verandalicht an, dann stand ich mit leeren Händen im grellen Lichtschein, als das Polizeiauto unten hielt. Der Beamte stieg aus, beugte sich über die Kühlerhaube und hielt mich mit seiner Dienstwaffe in Schach.

»Schieß!« heulte es vom Bach herüber. »Er hat meinen Jungen umgebracht! Bring ihn um!« Die alte Frau stürmte aus den Schatten und zerrte Catherine mit, die sie zurückhalten wollte. »Umbringen!« schrie sie wieder.

»Mr. Trahearne fehlt nicht das geringste«, sagte ich zu dem Hilfssheriff hinter dem Wagen. »Niemand ist verletzt.«

»Auf die Knie, Freundchen!« knurrte er. »Und die Hände hinter dem Hals verschränken!«

Ich zögerte keine Sekunde. Er kam hinter dem Wagen hervor und stieg die Stufen hinauf. Er tastete mich ab und riß mir die 38er aus dem Gürtel.

»Aufstehen!« befahl er und legte mir um das linke Handgelenk eine Handschelle. Er packte die rechte Hand und fesselte sie über dem Gipsverband.

»Langsam«, knurrte ich, so leise ich konnte. »Ich sagte schon, daß nichts passiert ist. Es besteht kein Grund, mir die Knochen noch einmal zu brechen.«

»Umbringen!« schrie die alte Frau wieder und kam die Stufen herauf wie ein verwundeter Krebs. Catherine versuchte nicht einmal mehr, sie zurückzuhalten.

»Sagen Sie der alten Schachtel, sie soll den Mund halten«, sagte ich zu niemand Bestimmtem.

»*Du* hälst das Maul, Freund!« sagte der Hilfssheriff. »Der Sheriff wird gleich da sein.« Er zerrte an den Handschellen, als wolle er mir die Arme aus den Schultern reißen.

»Ihrem Kleinen fehlt nichts, er schläft seinen Rausch aus«, sagte ich zu der alten Frau, als sie heranhinkte und ihr Zahnfleisch bleckte.

»Sie sollen den Mund halten«, fauchte der Hilfssheriff und zerrte wieder an meinen Armen.

»Hören Sie auf damit«, sagte ich ruhig.

Er lachte und machte es noch einmal. Manche lernen nie was, Landpolizisten schon gar nicht. Bei denen rührt sich zu wenig, als daß sie in Form bleiben könnten. Ich packte den dicken Ledergürtel des Hilfssheriffs, riß den Kerl heran, trat ihm mit Wucht auf den rechten Rist, hieb ihm den Hinterkopf auf die Nase und stieß ihn mit dem Hintern an. Als er zurücktaumelte und nach seinem Revolver in der Tasche griff, drehte ich mich herum und trat ihm so wuchtig in die Eier, daß er hochgerissen wurde. Er brach zusammen, zusammengerollt wie ein Fötus, aber ich zog ihm mit den Füßen die Arme auseinander, kniete mich drauf und setzte mich auf seine Brust.

»Sie haben nicht zugehört«, sagte ich. Er drehte den Kopf zur Seite und spuckte Blut. Ich hörte hinter mir ein Ächzen und Schlurfen, aber Catherine hielt die alte Frau fest. Betty Sue saß auf dem Stuhl, den Mund geöffnet, als hätte sie mitten im Schluchzen aufgehört.

»He«, forderte ich sie auf, »nehmen Sie dem Trottel die Schlüssel ab und sperren Sie die Handschellen auf.«

Sie sagte nichts, sie tat es nur.

»Es fehlt ihm wirklich nichts«, wandte ich mich an Trahearnes Mutter, als Betty Sue mir die Handschellen abgenommen hatte. »Er hat sich nur betrunken und wollte sein Studio mit einer 45er neu dekorieren. Das ist alles.«

»Wirklich?« fragte Catherine mit hochgezogenen Brauen.

»Führen Sie seine Mutter ins Schlafzimmer, damit sie es selbst sehen kann«, sagte ich, während ich dem Hilfssheriff den Revolver abnahm und ihn entlud. Die beiden Frauen sahen einander an und gingen ins Haus. »He«, sagte ich zu Betty Sue, »können Sie mir ein Handtuch und eine Schüssel mit Eis bringen?« Als sie auch ins Haus gegangen war, stand ich auf und ließ den Hilfssheriff los. »Haben Sie das alles gehört?« fragte ich. Er nickte und kroch zum leeren Sessel. »Wie dumm möchten Sie aussehen, wenn der Sheriff kommt?«

»Der Dumme sind Sie, Sie Scheißkerl«, murmelte er. »Warten Sie nur, bis ich Sie in einer Zelle habe.«

»Sie glauben, Sie haben noch einen Job, zehn Sekunden nachdem der Sheriff erfährt, daß ein gefesselter Gefangener Ihnen die Kanone abgenommen hat?«

»Er ist mein Onkel«, erklärte er höhnisch.

»Aber Roy Berglund ist kein Narr«, sagte ich. »Neffe hin, Neffe her, er wird Sie fallenlassen, wie eine heiße Kartoffel. Er wird nicht gewählt, wenn er Verwandte einstellt, die doof aussehen.«

Er dachte eine Weile nach, bis die Schmerzen nachließen, dann sah er mich an.

»Woran dachten Sie?« fragte er.

»Ans Gras wässern«, sagte ich, aber er glotzte mich nur an. »Die Stufen werden sonst nur naß und glatt wie Eulenkacke.«

»Gottverdammte Stufen«, murmelte er, dann grinste er und wischte am Blut auf seinem Gesicht herum.

Betty Sue brachte eine Schüssel Eis und zwei Geschirrtücher. Ich gab sie dem Hilfssheriff, dann kümmerte ich mich um die Rasensprenganlage. Danach warteten wir auf den Sherrif. Alle, bis auf Edna Trahearne. Sie ging stinkwütend heim.

Roy Berglund sah aus wie ein Sheriff. Er war groß und blond, hatte kristallblaue Augen und ein zerklüftetes Gesicht. Soviel ich wußte, war er weder korrupt noch dumm. Aber er war ein Wahlbeamter, mehr daran interessiert, wie er aussah, als wie er seine Aufgaben erfüllte. Und in der Uniform wirkte er großartig. Er hatte Zeit gefunden, sich in eine frische zu werfen. Roy sah toll aus, bis er mit dem Lederabsatz auf den nassen Hartholzboden trat. Als er losschlitterte, ruderte er wild mit den Armen und fällte einen Mitarbeiter mit einer Rückhand. Betty Sue mußte in Schluchzen ausbrechen, um ihr Kichern zu übertönen, und der Hilfssheriff auf dem Sofa schnaubte vor Lachen, bis seine Nase wieder zu bluten anfing.

»Stell das gottverdammte Wasser ab!« schrie Berglund dem am Boden liegenden Hilfssheriff zu. Der Sheriff war böse. Der wichtigste Bürger, der Sohn der reichsten Frau im Bezirk, war brutal ermordet worden, und Sheriff Roys Würde beschädigt. »Also, was geht hier vor?« fuhr er uns an.

»Ich fürchte, das ist alles ein schrecklicher Irrtum«, sagte Catherine, als sie aus dem Schatten trat. »Wir – Edna Trahearne und ich – hörten Schüsse und dachten an das Schlimmste. Wir zogen einen voreiligen Schluß.« Sheriff Roy wirkte gleichzeitig verwirrt und enttäuscht. »Mein Mann – ich meine, mein gewesener Mann«, sagte Catherine mit schwachem Lächeln, »reinigte seine Waffe, als sie ungewollt losging. Kein Schaden, Gott sei Dank.«

»Oh«, sagte der Sheriff und zupfte an seiner dicken Unterlippe.

»Okay.« Dann wandte er sich seinem Neffen zu. »Was ist mit dir passiert?«

»Ich wollte dich über Funk anrufen«, murmelte er, »und bin auf der beschissenen Treppe ausgerutscht.«

»Oh«, sagte der Sheriff noch einmal. »Nun, Mistress Trahearne, ich bin sehr froh, daß niemand verletzt worden ist, aber ich muß eine Meldung machen. Wenn Sie in den nächsten Tagen vorbeikommen könnten, wäre ich Ihnen sehr dankbar.«

»Versteht sich«, erwiderte Catherine, bevor Betty Sue dazukam.

»Macht Schluß«, sagte er zu seinen Höflingen. »Warum begleiten Sie uns nicht zum Wagen, Mr. Sughrue?«

»Gern.«

Der Sheriff wartete, bis alle anderen vorausgegangen waren, dann legte er den Arm um meine Schulter und führte mich die Stufen hinunter.

»Aufpassen hier«, sagte er freundlich. Aus der Nähe konnte ich sehen, daß er sich sogar rasiert hatte. »Also«, fragte er leise, als wir unten standen, »was war los? Wollte der Alte sich in die Birne schießen?«

»Ich hab' geschlafen«, sagte ich.

»Schon gut«, murmelte er und zog mich noch näher heran. »Das bleibt ganz unter uns.«

»Nur unter uns, hm?«

»Absolut.«

»Ganz unter uns, Roy, ich hab' geschlafen«, flüsterte ich.

»Komm mir nicht so, Freund«, sagte er, »sonst verpass' ich dir ein Ding, daß du dran denkst. Wie wär's mit drei bis fünf Jahren in Deer Lodge für Widerstand gegen die Staatsgewalt?«

»Ich denke, das gibt zwei bis zehn«, sagte ich, aber ich wußte es auch nicht.

»Egal was, das gefällt dir nicht«, sagte er, aber als ich nicht antwortete, versuchte er es auf andere Weise. »Wieso sind Sie nicht bei mir vorbeigekommen, um mir mitzuteilen, daß Sie hier tätig sind?«

»Ich bin nicht tätig, ich bin nur zu Besuch hier.«

»Hoffentlich nicht lange, Freundchen«, erklärte der Sheriff, dann schlug er mir auf die Schulter und lachte, als hätte er eben einen Witz gemacht. »Wirf nicht mal 'ne Bierdose in den Straßengraben, mein Junge«, fügte er hinzu.

»Sie glauben, es bringt Ihnen was ein, wenn Sie wissen, daß Trahearne sich eine Kugel in den Kopf jagen wollte?«

»Ein Mann, der alles hat, braucht keine Geschenke«, entgegnete der Sheriff über die Schulter. »Ich weiß, was passiert ist, und es ist mir egal. Ich mag nur nicht, daß mich einer belügt.«

»Ich auch nicht«, sagte ich.

Er lachte, als er ging.

»Auf bald, Sughrue«, sagte er, stieg in seinen Wagen und ließ sich heimfahren.

Oben auf der Terrasse stand Catherine an der Treppe, Betty Sue saß im Sessel. Sie beobachteten mich beide, während ich müde hinaufstieg.

»Betty Sue, würdest du uns bitte entschuldigen?« sagte Catherine, ohne sie anzusehen.

»Gewiß«, antwortete Betty Sue und ging ins Haus.

»Reden wir morgen darüber«, sagte ich, als ich auf die letzte Stufe trat. »Okay?«

»Morgen ist es zu spät«, erklärte Catherine. »Sprich jetzt mit ihr.«

»Ich gehe ins Bett.«

»Das kann ich mir lebhaft vorstellen«, sagte sie zu meinem Rükken.

Ich ging im Haus an die Bar, um etwas zu trinken. Ich war beim zweiten Glas, als Betty Sue aus dem Schlafzimmer zurückkam. Sie hatte ihr Nachthemd aus- und die alten, weiten Sachen angezogen.

»Anders haben Sie mir besser gefallen«, grinste ich.

Sie gab keine Antwort, als sie sich an den Türrahmen lehnte.

»Er soll seinen Dreck selber aufräumen«, sagte ich.

»Das geht nicht«, widersprach sie. »Wenn Sie bei mir auch so gedacht hätten, was dann?«

»Das ist etwas anderes«, sagte ich lahm, aber sie war schon ins Studio getreten.

Ich goß mir noch einen Whiskey ein und trat hinaus, wobei ich das Außenlicht anknipste. Meine 38er Airweight lag immer noch auf dem Polster, auf das der Hilfssheriff sie geworfen hatte. Ich entlud sie und steckte sie in die Hüfttasche. Eine haarrißgroße Mondsichel öffnete den Nachthimmel, die dunkle Masse des Himmelskörpers wurde deutlich sichtbar. Während ich hinaufstarrte, hörte ich Fireball auf dem Rasen wimmern. Ich rief ihn, und er watschelte herauf und kletterte mühsam auf meinen Schoß, als ich mich hinsetzte. Seine Hinterbeine zitterten heftig.

»Schon gut«, sagte ich und streichelte ihn. »Beim ersten Knall erschrickt jeder.« Er winselte, als ich ihn kraulte, bis das Zittern aufhörte. Dann setzte ich ihn auf den Boden und ging ins Haus zurück. Er folgte mir auf den Fersen.

Betty Sue saß immer noch am Schreibtisch. Ihre Augen waren trocken, als sie mich ansah. Fireball ging zu ihr hin, und sie hob ihn auf den Schoß. Ich lehnte mich an den Schreibtisch.

»Alles in Ordnung?« fragte ich.

»Was habe ich falsch gemacht?«

»Nichts.«

»Warum wollte er sich dann umbringen?«

»Er wird nicht fertig damit, vermute ich.«

»Womit?« fragte sie, während sie mit dem Handrücken über ihre Nase fuhr.

»Mit Liebe und Vergebung«, antwortete ich.

»Ich glaube, ich verlasse ihn«, sagte sie leise.

»Das ist vermutlich das beste.«

»Für wen?«

»Für Sie beide.«

»Wahrscheinlich haben Sie recht«, sagte sie. »Es könnte für alle das beste sein.«

»Wohin werden Sie gehen?«

Sie starrte mich an, dann erwiderte sie langsam: »Ich bin zehn Jahre zu spät dran, aber ich fahre nach Hause.«

»Dann weiß ich wenigstens, wo ich Sie finden kann«, sagte ich.

»Nicht«, flüsterte sie, »bitte nicht.«

»Wie Sie wollen.«

»Und machen Sie sich keine Sorgen um Hyland und den Rest des Geldes«, sagte sie. »Das erledige ich auf irgendeine Weise.«

»Gehen Sie wirklich?« fragte ich.

»Ja.«

»Warten Sie einen Augenblick«, sagte ich und ging hinaus zum El Camino, um die Schecks und ihre Fünftausend in bar zu holen.

»Was ist das?« fragte sie, als ich ihr den Umschlag gab.

»Sehen Sie es sich an.« Sie seufzte, als sie die Schecks herauszog. »Catherine?«

»Und seine Mutter.«

»Wenn sie ihn so dringend haben wollen, müssen wir ihn ihnen wohl lassen«, sagte sie, dann gab sie mir die Schecks und das Bargeld. »Geben Sie Catherine die Schecks zurück und Hyland das Bargeld«, sagte sie. »Ich zahle meine Sachen selbst.«

Ich faltete die Schecks zusammen und steckte sie mit den Fünftausend in bar ein.

»Morgen früh«, erklärte ich. »Ich gehe zur Bank, um den Scheck über Vierzigtausend einzulösen, dann fahre ich nach Denver und übergebe das Geld. Catherine kann Ihre Fünftausend und die beiden anderen Schecks haben.«

»Bitte nicht«, flehte sie.

»Hören Sie«, sagte ich, »Sie sind nicht als einzige beteiligt, ich riskiere auch den Kragen.«

»Entschuldigen Sie. Danken Sie Catherine an meiner Stelle – sagen Sie ihr, ich werde es zurückzahlen.«

»Sagen Sie es ihr selbst.«

»Ich bin fort, bevor es hell wird«, erklärte sie. »Ich habe im Studio ein paar Sachen zu packen und etwas Kleidung, dann bin ich fort.«

»Ich schon vorher«, sagte ich.

»Kommen Sie her«, forderte sie mich auf, und ich beugte mich vor. Sie schob eine Hand hinter meinen Kopf und zog mein Gesicht zu dem ihren heran. Unsere Lippen streiften sich. »Danke«, flüsterte sie. »Danke für alles.«

»Tun Sie mir einen Gefallen?« fragte ich sie, als ich mich aufrichtete.

»Was für einen?«

»Wenn Sie heimgehen, nehmen Sie diesen gottverdammten, nutzlosen Hund mit.«

»Danke«, sagte sie noch einmal, mit einem Anflug von Lachen im Schleier aufkommender Tränen.

Ich berührte ihre Wange mit den Fingern meiner gebrochenen Hand, und so verließ ich sie.

Kapitel 19

Während ich packte, ging ich ins Badezimmer, um meine Toilettensachen zu holen, und fand den großen Spiegel von der Kugel zerschossen, die Trahearne in die Wand gejagt hatte. Ein großes Stück war heruntergefallen und hatte die schlanke Vase mit der Last der Strohblumen und den Gesichtern einsamer Frauen zerquetscht. Ich griff in das Gewirr von Glas und Keramik, um ein großes Stück mit einem Frauengesicht herauszunehmen. Ich starrte es lange an, warf es auf das Wandbrett zurück und packte zu Ende.

Nachdem ich den El Camino beladen hatte, wuße ich nicht, wohin. Ich fuhr den Kiesweg zur Straße hinunter und bog wieder nach rechts zum Gebirge ab. Als ich die erste Steigung erreichte, hielt ich an und stieg aus, zündete mir eine Zigarette an und öffnete eine Bierdose. Die Häuser der Trahearnes waren dunkel, aber aus dem Arbeitszimmer in seinem Gebäude flutete grelles Licht, und hinter den Fenstern ging Betty Sues Schatten schnell hin und her. In der Dunkelheit des Tales wirkte das Studio wie eine Kristallinsel in einem Meer aus schwarzem Wasser. Ich rauchte die Zigarette zu Ende, trank das Bier aus und fuhr hinauf zum Moondog-See, um zu warten, bis die Nacht verging.

In der Morgendämmerung füllte ein früher Seetaucher das andere Ende des Sees mit seinem irren Geschnatter. Ich trat mein kleines Feuer aus und fuhr nach Cauldron Springs zurück.

Als ich den Stadtrand erreichte, hielt ich vor einer Telefonzelle, um Torres anzurufen und ihm zu sagen, ich hätte sein Geld. Dann rollte ich langsam durch den erwachenden Ort und suchte nach einer Tasse Kaffee, aber es war noch alles geschlossen. Ich fuhr ziellos herum, ich war der einzige wache Mensch, mit Ausnahme eines rheumatischen alten Mannes, der aus einem billigen Motel zum Hotel mit seinen Thermen schlurfte. Ich wollte ihn mitnehmen, aber er lehnte ab und erklärte gackernd, er brauche die Bewegung. Ich fuhr langsam am Hotel vorbei, und als ich wendete, sah ich Betty Sues VW im Durchgang zwischen Badehaus und Tennisplätzen stehen. Ich starrte ihn an, fuhr vorbei, wendete wieder und rollte in die Gasse, um hinter ihrem Wagen, der vollgepackt war, zu halten.

Der Hintereingang war unversperrt, aber als ich ins Badehaus ging, lag das Wasser flach und leer da, von der Unterwasserbeleuchtung in leuchtende Zähflüssigkeit verwandelt. Ich ging zum Becken und rief ihren Namen, aber ihre nackte Leiche schwamm mit dem Gesicht nach unten im durchscheinenden Wasser. Ihr rechter Arm lag um die kleine Leiche der Bulldogge, als habe sie versucht, den Hund vor den Kugeln zu schützen. Drei schwarze Einschußlöcher waren nah beieinander mitten auf ihrem Rücken zu sehen, ein viertes glomm wie glühende Kohle hinter Fireballs Ohr. Unter ihnen lag die 45er wie eine giftige Meerespflanze auf dem Beckengrund, und eine Wolke Blut, die sich im stillen Wasser nicht aufgelöst hatte, umgab die Toten wie ein träger Hof den dunklen Mond.

Es ging nicht darum, was ich tun wollte, sondern was ich tun mußte. Ich ging hinaus, öffnete die Motorhaube des El Camino und nahm den Staubsauger heraus. Ich versteckte Schecks und Bargeld in der Saugtüte, dann ging ich wieder hinein und durch zum Hotel. Der alte Mann, der nicht hatte mitfahren wollen, und ein noch krüppelhafterer und älterer Portier unterhielten sich über ihre Leiden. Ich ließ das Gespräch einen natürlichen Tod sterben, bevor ich den Portier bat, den Sheriff anzurufen.

Das erste, was Sheriff Roy tat, war natürlich, mich zu verhaften. Ich verbrachte zwei Wochen und drei Tage im Gefängnis von Logan County, ohne zu irgend jemandem außer meinem Pflichtverteidiger ein Wort zu sagen, und ihm erklärte ich nur, ich hätte nichts zu sagen. Wenn die Trahearnes keinen Druck ausübten, hatte der Bezirksanwalt nichts in der Hand, also hielt ich den Mund, und sie übten keinen Druck aus. Einmal kamen sie aber, Catherine und Trahearne, und besuchten mich im Gefängnis. Wir saßen am Ende eines langen Tisches, mein Anwalt am anderen. Trahearne wirkte niedergeschlagen, aber Catherine lächelte, als sie mir mitteilte, man werde mich nicht anklagen.

»Danke«, nickte ich.

»Wir haben von den Leuten in Denver erzählt«, sagte Catherine, »aber die haben natürlich stets eiserne Alibis.«

»Solche Leute immer«, erklärte ich.

»Was ist aus dem Geld geworden?« fragte sie beiläufig.

»Das befindet sich an einem sicheren Ort«, erwiderte ich. »Wollen Sie es wiederhaben?«

»Sie haben es sich verdient«, meinte Catherine lächelnd.

»Richtig«, fand ich.

Trahearne wollte etwas sagen, aber Catherine legte ihm die Finger auf den Mund. Ich ging davon aus, daß sie wieder in seinem Haus lebte, ihn tröstete und beschützte.

»Hoffentlich hat es sich gelohnt«, sagte ich, dann stand ich auf und ging hinaus in den Korridor zu meinem Aufseher.

Als ich an diesem Nachmittag zur Stadt hinausfuhr, folgte mir Sheriff Roy. Er blinkte mich an, und als ich nicht halten wollte, schaltete er das Blaulicht ein. Ich bremste nicht einmal, selbst dann nicht, als er die Sirene heulen ließ. Zehn Meilen nach der Stadt gab er auf und ließ mich in Ruhe. Als er hielt, um zu wenden, hielt ich auch und stieß zurück. Wir stiegen beide aus und trafen uns mitten zwischen den beiden Fahrzeugen.

»Sie haben allerhand Mumm«, sagte er.
»Und Sie sind ganz schön unverschämt«, erwiderte ich.
»Ich wollte nur verhindern, daß Sie den Fehler begehen, hierher zurückzukommen, um alles ins Lot zu bringen«, sagte er.
»Was alles?«
»Eine oder mehrere unbekannte Personen«, meinte er. »Lassen wir es dabei.«
»Sie haben mir mehr bezahlt als Ihnen«, sagte ich und ging zu meinem Transporter zurück.
»Sie haben mir nichts bezahlt«, behauptete er hinter mir, und ich glaubte ihm.

Im Gefängnis hatte ich die Bestattungen versäumt, aber die Gräber sah ich, als ich nach Kalifornien kam. Betty Sue war zwischen ihren Brüdern in einem dieser modernen, geschmackvollen Friedhöfe beigesetzt worden. Nichts als Rasen und Steinplatten. Der Unterhalt kostete weniger. Man kann über die Grabsteine einfach hinwegmähen. Direkt über das verfaulende Fleisch hinweg.
Oney und Lester hatten den Boden aufgegraben und Fireball vor dem Eingang zu Rosies Kneipe beerdigt, dann eine neue Betonplatte gegossen, auf die sein Name und die Daten in trunkener Schrift eingeritzt waren.
An jenem Nachmittag, an dem ich nach Sonoma kam, saßen Rosie und ich auf den Eingangsstufen und betrachteten sein Grab. Lester und Oney rahmten uns ein mit dem Bier, das ich spendiert hatte.
»Ihr Jungs geht rein«, sagte sie, und sie taten es. »Ich danke Ihnen für die ganze Mühe«, sagte sie zu mir.
»Es tut mir leid«, erwiderte ich.
»Wenigstens hab' ich sie das eine Mal gesehen«, erklärte sie, »und das ist besser als nichts.« Dann trank sie aus ihrer Bierflasche. »Sie hat mir ... alles erzählt«, fuhr sie leise fort, »aber ich verstehe einfach nicht, warum sie sie umbringen mußten. Sie hätte das Geld zurückbezahlt, das wissen Sie, oder wenn sie hätten warten könn', hätte ihr Mann es bezahlt – das hat er mir gesagt, als er die Leiche brachte. Sie hätten sie nicht umbringen müssen.«
»Nein«, sagte ich.
Dann wandte sie sich mir zu und fragte: »Ich könnt' Sie wohl nicht noch mal beauftragen, damit ... damit Sie es den Leuten da in Denver besorgen ... wie?«
»Nein«, entgegnete ich, »Sie könnten mich nicht beauftragen, und

es würde auch nichts helfen.«

»Der Mann, der sie umgebracht hat, er hat sie wahrscheinlich nicht mal... nicht mal gekannt... nicht mal gewußt, warum...«, stammelte sie und ließ den Kopf auf die Arme sinken.

»Richtig«, sagte ich und ließ sie in dem Glauben, daß es so gewesen war.

»Ich will noch nicht weinen«, erklärte sie, als sie schnell den Kopf hob.

»Tun Sie mir den Gefallen?« fragte ich.

»Was für einen?«

«Ich habe Geld von Betty Sue«, sagte ich, »und ich weiß, daß sie Ihnen das hatte geben wollen.« Ich zog die Fünftausend aus der Hüfttasche und gab sie ihr. Torres hatte ich sein Geld schon geschickt. Wenn er Angst hatte, den Scheck einzulösen, war das sein Problem.

»Warum nehmen Sie nicht ein Flugzeug und fliegen nach Hawaii oder sonst wohin? Ich könnte den Laden für Sie führen«, schlug ich ihr vor.

»Das ist zuviel verlangt«, sagte sie, als sie mit dem Geldbündel auf ihren Schenkel klatschte.

»Tun Sie's!« sagte ich zorniger, als ich gewollt hatte.

»Ich flieg' lieber nach Oklahoma und besuch' Verwandte«, erwiderte sie leise.

»Bleiben Sie, so lange Sie wollen«, sagte ich, und endlich ließ Rosie den Tränen freien Lauf. Als sie aufhörte, ging sie zum Wohnwagen zurück, um zu packen, und Lester und Oney fuhren sie mit meinem Wagen nach San Francisco zum Flughafen.

Während sie abwesend war, stand ich hinter der Theke, führte das Lokal und verbrachte meinen Tag damit, auf ihn zu warten.

Er brauchte eine Woche dazu, aber an einem Donnerstagnachmittag tauchte Trahearne schließlich auf und walzte durch die Tür wie ein betrunkener Bär. Er nahm sich Zeit, Lester und Oney betrunken zu kondolieren, dann watschelte er zum anderen Ende der Theke, wo ich wartete. Als er sich auf einen Hocker stemmte, ging ich an der Theke entlang und brachte zwei Bier für die Jungs und ein drittes für den alten Mann.

»Wie steht's, mein Junge?« fragte er, als ich die Flasche vor ihn hinstellte.

»Bei mir besser als bei Ihnen, Alter«, erwiderte ich.

»Wie das?«

»Mein Gewissen ist rein.«

»Ja, ich weiß«, lallte er. »Wenn ich nicht so pleite gewesen wär', hätt' es das alles nicht gegeben. Dieses Schwein Hyland!«

»Wer?«

»Hyland«, sagte er. »Der Schweinehund in Denver.«

»Er war tot, als wir das Haus verließen«, sagte ich.

Trahearne schwieg einen Augenblick, dann erwiderte er: »Das wissen Sie nicht. Er kann sich herausgeredet haben oder was. Das wissen Sie nicht.«

»Ich habe die Leiche gesehen.«

»Dann muß es der große, häßliche Saukerl gewesen sein.«

»Es war ein großer, häßlicher Saukerl«, sagte ich, »aber der hatte nicht den Mumm, selbst abzudrücken.«

»Wie?«

»Er hat von seiner Ex-Frau abdrücken lassen«, erklärte ich.

»Ich verstehe nicht«, log er.

»Sie hat abgedrückt«, sagte ich, »aber Sie hatten ihr die Waffe in die Hand gegeben. Und alles für nichts, alter Mann. Betty Sue war fort, war schon fort.«

»Ach, hören Sie, das muß ein Witz sein«, antwortete Trahearne und lachte hohl. »Ich spendier' ein Bier, mein Junge, bevor ich fahre, ja? Ich muß nach Hause, wissen Sie, zurück zum Arbeitstisch. Wie Sie mal sagten, ich stand zu weit weg davon. Nehmen Sie sich ein Bier.«

»Geh heim«, sagte ich, als ich ihm die Flasche aus der Hand riß. »Hau ab, alter Mann.«

»Los, geben Sie mir mein Bier«, winselte er.

Ich warf es hinter mich auf die Laufbretter.

»Okay, wenn Sie so sind, dann geh' ich eben«, sagte er.

»Wenn du daheim bist«, erklärte ich, »möchte ich, daß du mir einen Gefallen tust.«

»Was für einen?« fragte er, als er aufstand, sich dabei wie ein Schwerverwundeter hochzog.

»Wart auf mich.«

»Ich weiß nicht, was Sie meinen«, antwortete er verwirrt und rollte die Augen.

»Fahr heim und wart auf mich«, sagte ich. »Ich habe eine nagelneue Hirschbüchse, eine 7-mm-Magnum, alter Mann, und an einem Nachmittag, irgendwann nachmittags, wirst du nach einem Tag

Kritzeln, Kritzeln, Kritzeln auf deine Sonnenterrasse hinausgehen, und ich werde ein 75er Bleigeschoß genau in deinen Bauch jagen.«

»Immer die Witze, Sughrue«, sagte er, während er von der Bar zurückwankte.

»Geh heim, alter Mann«, sagte ich, »geh heim und warte auf mich und versuche zu arbeiten, alter Mann.«

»Hören Sie doch«, flehte der schwere Mann, während er an den Billardtisch prallte.

»Du bist tot«, sagte ich. »Fahr heim, bevor du zu stinken anfängst.«

Das tat er dann wohl. Das letzte, was ich von ihm sah, war, daß er aus Rosies Kneipe hinauswankte und über Fireballs Grab stolperte.